U0109300

古典文學研究輯刊

十二編

曾永義 主編

第18冊

魏晉南北朝論體文通論（下）

楊朝蕾 著

國家圖書館出版品預行編目資料

魏晉南北朝論體文通論（下）／楊朝蕾 著 — 初版 — 新北市：
花木蘭文化出版社，2015〔民104〕
目 6+208 面；19×26 公分
（古典文學研究輯刊 十二編；第18冊）
ISBN 978-986-404-416-0（精裝）
1. 六朝文學 2. 文學評論
820.8 104014988

古典文學研究輯刊
十二編 第十八冊 ISBN：978-986-404-416-0

魏晉南北朝論體文通論（下）

作　　者 楊朝蕾
主　　編 曾永義
總 編 輯 杜潔祥
副總編輯 楊嘉樂
編　　輯 許郁翎
出　　版 花木蘭文化出版社
社　　長 高小娟
聯絡地址 235 新北市中和區中安街七二號十三樓
電話：02-2923-1455／傳真：02-2923-1452
網　　址 http://www.huamulan.tw 信箱 hml 810518@gmail.com
印　　刷 普羅文化出版廣告事業
初　　版 2015年9月
全書字數 395199字
定　　價 十二編26冊（精裝）新台幣48,000元

魏晉南北朝論體文通論（下）

楊朝蕾　著

目次

上冊

下　冊

表　次

第四章　魏晉南北朝論體文之言說方式

儘管生活於共同的對象世界中，不同民族對其有不同的理解方式與關注角度，從而產生不同的生存重心與言說重心，形成獨具特色的言說話題與表達方式。不同的言說方式顯示出不同的民族特性與精神個性，以獨立平等的身份「相互交談」，才會使世界文學格局「雜語喧嘩」，豐富多彩。「人類學認爲每一種文化都有其獨特的精微特質，這往往是無法通約的，即無法用普遍性的理論和概念工具加以準確把握。像針灸所賴以存在的穴位經絡觀念，至今無法用西化的科學儀器如 X 光機所把握和認識。」〔註 1〕如果以西方的概念與邏輯體系來衡量魏晉南北朝論體文，只會稱其不成體系，甚至語無倫次，因此，認識和理解魏晉南北朝論體文的特性所在，尊重古人特有的言說方式，避免用西方的思維和概念架構對其進行硬性的肢解和切割，這樣才能突出其民族特色與時代精神，也才能在世界文學格局中展示其獨特魅力。

魏晉南北朝論體文，是其時理性精神的產物，並代表了時代理性精神的最高水準，其言說方式以理性思辨爲主，又融合了敘事性與詩意性，本章對其進行分別論述，在此基礎上探究言說方式相融綜的深層意蘊與生成機制。

第一節　思辨性言說

魏晉南北朝時期，隨著玄風日熾，佛學肇興，掀起繼先秦之後的又一股思辨風潮。其時文士暫時走出具體繁雜的表象世界，去沉思隱藏在其後的本

〔註 1〕葉舒憲：《文學人類學教程》，北京：中國社會科學出版社，2010 年版，第 89 頁。

質與始因，以深邃的思考、精闢的剖析、卓異的見解和雄辯的議論，創作出諸多思慮精湛的論作，在思辨中體會一種因嚴密推理而覓得眞諦的純知性樂趣。李澤厚先生在《美的歷程》中指出：「中國重視的是情、理結合，以理節情的平衡，是社會性、倫理性的心理感受和滿足，而不是禁欲性的官能壓抑，也不是理知性的認識愉快，更不是具有神秘性的情感迷狂和心理淨化。」〔註2〕然而，魏晉南北朝時期文士所傾向於的卻正是「理知性的認知愉快」，這不能不引起我們的思考與關注。

魏晉南北朝論體文借助推理與演繹，闡釋道理條分縷析，使文章具有不可置辯的力量。所謂思辨性言說，即在理論表述時，通過概念、範疇的建立，以抽象的言語形式，闡明不同概念、範疇之間的邏輯關係，從而建構新的理論體系。這種言說方式牢牢扣住說理這個中心，邏輯性強，立論嚴謹。但就另一方面的情形看，這類文章又因其太抽象，不易被理解接受，並且體系愈嚴密，理論純度愈高，愈顯高深莫測。與西方哲人單向的線性邏輯表述不同，魏晉南北朝論家擅長思辨與詩性的聯姻，在整體上追求一種不同既往的言說方式，爲其思辨性言說注入藝術的精魂，使之與詩意性相融合，於是理論不再枯澀，變得豐潤而可愛。

一、思辨性言說的主要方式

（一）詮量輕重，遮其所非——遮詮式言說

黑格爾曾把哲學家稱爲「理性思維的英雄」，他說：「哲學史所昭示給我們的，是一系列的高尚的心靈，是許多理性思維的英雄們的展覽，他們憑藉理性的力量深入事物、自然和心靈的本質——深入上帝的本質，並且爲我們贏得最高的珍寶，理性知識的珍寶。」〔註3〕魏晉南北朝時期的「理性思維的英雄」，首先要提及的是王弼。他認爲「名號生於形狀」，那麼該如何給《道德經》中的「道」定名呢？他在《老子指略》中寫道：

> 夫物之所以生，功之所以成，必生乎無形，由乎無名。無形無名者，萬物之宗也。不溫不涼，不宮不商。聽之不可得而聞，視之

〔註2〕李澤厚：《美的歷程》，北京：文物出版社，1989年版，第51頁。

〔註3〕〔德〕黑格爾：《哲學史講演錄》（第一卷），北京：商務印書館，1978年版，第7頁。

不可得而彰，體之不可得而知，味之不可得而嘗。故其爲物也則混成，爲象也則無形，爲音也則希聲，爲味也則無呈。故能爲品物之宗主，苞通天地，靡使不經也。〔註4〕

王弼將老子所言的「道」從形名角度轉化爲「無」，其特徵是無形無象，無法命名，所以就是「無名」，「無名，則是其名也」。〔註5〕此處，王弼對「無」的描述多次運用否定詞「不」，沒有從正面對其進行論述，這種言說方式在佛學上稱爲「遮詮」。據丁福保《佛學大辭典》解釋，遮詮與表詮是語言中的兩種表達方式，「遮詮，即從反面作否定之表述，排除對象不具有之屬性，以詮釋事物之義者；表詮，乃從正面作肯定之表述，以顯示事物自身之屬性而詮釋其義者」。宋初永明延壽禪師《宗鏡錄》卷34釋云：「遮，謂遣其所非，表，謂顯其所是。又遮者，揀卻諸餘；表者，直示當體。」〔註6〕熊十力《新唯識論》認爲，「詳夫玄學上之修辭，其資於遮詮之方式者爲至要。蓋玄學所詮之理，本爲總相，所謂妙萬物而爲言者是也。以其理之玄微，故名言困於表示，名言緣表物而興，今以表物之言而求表超物之理，往往說似一物，兼懼聞者以滯物之情，滋生謬解，故玄學家言，特資方便，常有假於遮詮。」〔註7〕也就是說，因爲言說對象的玄妙不可名狀，所以言說方式應採用遮詮方式。

馮友蘭先生提出正的方法與負的方法，「在《新知言》一書中，我提出，有兩種方法，即：正的方法和負的方法。正的方法的實質是討論形而上學的對象，這成爲哲學研究的主題。負的方法的實質是：對要探討的形而上學對象不直接討論，只說它不是什麼，在這樣做的時候，負的方法得以顯示那『某物』的無從正面描述和分析的某些本性。」〔註8〕正的方法就相當於佛學所言表詮，而負的方法則相當於遮詮。

遮詮式言說亦爲大乘中觀學派所擅長的思辨方式，龍樹《中論》中的「八不緣起」即採用此種言說方式，曰「不生亦不滅，不常亦不斷，不一亦不異，不來亦不出。能說是因緣，善滅諸戲論。我稽首禮佛，諸說中第一」〔註9〕，

〔註4〕〔三國魏〕王弼：《老子指略》。樓宇烈：《王弼集校釋》，北京：中華書局，1980年版，第195頁。

〔註5〕〔三國魏〕王弼：《老子注》第21章。樓宇烈：《王弼集校釋》，北京：中華書局，1980年版，第53頁。

〔註6〕〔宋〕釋延壽集：《宗鏡錄》，西安：三秦出版社，1994年版，第393頁。

〔註7〕熊十力：《新唯識論》，北京：中華書局，1985年版，第66頁。

〔註8〕馮友蘭：《中國哲學簡史》，北京：北京大學出版社，1985年版，第298頁。

〔註9〕《中觀論因緣品第一》，大正新修大藏經第30冊，No.1564。

通過否定「生滅、斷常、一異、來出」等實體性概念來反顯超越名相的最高實在。作爲鳩摩羅什之高足的僧肇，對「三論」（《中論》、《百論》、《十二門論》）的熟稔使其化中觀學派的般若思維方式爲己用，靈活運用遮詮式言說方式創作了《物不遷論》、《不眞空論》、《般若無知論》與《涅槃無名論》，從這四篇論的題目，就可見其遮詮式言說之端倪。其論中更是隨處可見遮詮式言說，如《般若無知論》曰：

然其爲物也，實而不有，虛而不無。存而不可論者，其唯聖智乎！何者？欲言其有，無狀無名；欲言其無，聖以之靈。聖以之靈，故虛不失照；無狀無名，故照不失虛。照不失虛，故混而不渝；虛不失照，故動以接麤。〔註 10〕

此處對聖智的描繪即是從「不是什麼」中彰顯其「是什麼」，將本身就是抽象難以言述的對象「以破爲立」。再如《不眞空論》中的「非有非眞有，非無非眞無」，《涅槃無名論》中的「無相無名，無名無說，無說無聞」等皆如此。宋代的淨源法師曾經分析僧肇使用遮詮法的原因。他在《集解題辭》中說：「昔者論主生於姚秦，遮詮雖詳，表詮未備」〔註 11〕，實際上更重要的是僧肇受到中觀論法的影響。在他看來，唯有祛除對眞相的遮蔽，才能把握事物的本質。因此，運用遮詮法解空，才能不膠著於表相。

（二）二元相關——對舉式言說

黑格爾指出：「事物在同一種情況下，既是它自身，又是它自己的空無，或說是它自己的否定物。……因爲肯定物本身就有否定性。所以它可以超出自身，並引起自身的變化。」〔註 12〕「老子在認識自然、社會普遍存在的矛盾對立、同一、轉化的過程中，就初步抽象出了這種純理性的辯證法則思想，並以此規範了思維過程中對於事物矛盾對立、同一、發展、轉化的認識。表現在思維判斷中，老子就用『正言若反』的語言表達形式描述了這種矛盾雙方的對立、統一、轉化。」〔註 13〕老子的這種「正言若反」的思維方法，被

〔註 10〕〔清〕嚴可均：《全晉文》卷 164，《全上古三代秦漢三國六朝文》，北京：中華書局，1958 年版，第 2412 頁上。

〔註 11〕〔宋〕淨源：《肇論中吳集解》，宋刻本，第 28 頁。

〔註 12〕〔德〕黑格爾：《黑格爾論矛盾》，北京：商務印書館，1963 年版，第 116 頁。

〔註 13〕張曉芒：《中國古代論辯藝術》，太原：山西人民出版社，2001 年版，第 64 頁。

張東蓀先生稱爲「相關律名學」或「二元相關律名學」，「即這種名學注重那些有無相生，高下相形，前後相隨的方面」。〔註 14〕王弼在《老子指略》中沿襲《老子》中「正言若反」的語言表達形式，通過列舉大量對立概念進行辯證思考，如形名、溫涼、宮商、炎寒、柔剛、一多、恩傷、古今等。除此之外，亦以「四象」與「大象」對舉，以「五音」與「大音」對舉，文曰：

> 然則，四象不形，則大象無以暢；五音不聲，則大音無以至。四象形而物無所主焉，則大象暢矣；五音聲而心無所適焉，則大音至矣。故執大象則天下往，用大音則風俗移也。〔註 15〕

此處即以「四象」與「五音」代表「個體」，而以「大象」「大音」指代「一般」，二者既對立又辯證統一。

與正反對舉相類似的是中觀學派所講的「有無雙遣，不落兩邊」。張東蓀先生指出：「我以爲印度哲學上的這種論式是『雙遣法』。例如：『非有相，非無相，非非有相，非非無相，非有無俱相；非一相，非異相，非非一相，非非異相，非一異俱相。』（見《起信論》）此法是以相反的兩概念先使其同時皆非，但亦可使其同時皆是。如有與無，一與多，既非有又非無，同時卻又非非有與非，同時非一非多，而又同時即一即多。此種論法亦就是黑格爾所說的否定之否定，亦即所謂『超騰』（aufheben）。」〔註 16〕僧肇深受中觀思維的影響，在其論中多處運用「雙遣法」進行論證。如「不遷，故雖往而常靜。不住，故雖靜而常往。雖靜而常往，故往而弗遷；雖往而常靜，故靜而弗留矣。（《物不遷論》）」，將「往」與「靜」這對矛盾對立，又使其統一於同一事物中。

（三）鏈體推進——因果式言說

上一章在談及魏晉南北朝論體文順序性結構要素時曾談到雙鏈並行結構，是從文章結構的角度談的，此處則要從思辨性言說的角度談一下鏈體推進的作用與效果。

鏈體結構在《老子》及其同時代文本中已多處使用。德國學者瓦格納曾

〔註 14〕張東蓀：《理性與良知——張東蓀文選》，上海：上海遠東出版社，1995 年版，第 365 頁。

〔註 15〕樓宇烈：《王弼集校釋》，北京：中華書局，1980 年版，第 195 頁。

〔註 16〕張耀南：《知識與文化——張東蓀文化論著輯要》，北京：中國廣播電視出版社，1995 年版，第 247 頁。

對此有深入研究，他將《老子》中的鏈體結構分爲顯見與隱蔽兩種，前者如：

為者敗之，執者失之，是以聖人無爲故無敗，無執故無失。

可拆解爲兩個長句：

爲者敗之，是以聖人無爲故無敗；

執者失之，是以聖人無執故無失。

但拆解後的鏈體結構和原句相比，原句並不僅僅是表達一種思想的簡潔方式，而是以無聲的、結構的方式表達思想的第二個層面，也就是說兩個句子之間並非是平行並置的，而是相互補充的對立面，共同構成一個存在著的界域的整體。

後者如《老子》第 44 章：

1a 名與身孰親，　2b 身與貨孰多，　3c 得與亡孰病，

4c 是故

5a 甚愛必大費，　6b 多藏必厚亡，

7b 知足不辱，

8a 知止不殆，

9c 可以長久。

此處具有鏈體結構的要素，平行的對子與非對偶的要素，但在串繫之間沒有明確的交叉語彙，因此稱其爲隱蔽的鏈體結構。〔註 17〕

瓦格納研究發現，這一風格模式也存在於與《老子》約略同時的文獻中，如《管子》、《禮記》、《韓非子》、《孝經》《墨子》、《周易》中，此處不再舉例。值得注意的是魏晉南北朝時期，此種結構在論體文中亦較常見，有助於建構立體的論辯空間，也增強了文章的邏輯嚴密性。

魏晉南北朝論體文中的鏈體結構具有邏輯推進功能，根據其形式可以分爲兩種：一種爲單鏈推進，從形式上看，與頂針句無異，每一句都以上一句爲前提，推出新的結論，再以此爲前提，推出下一句，與傳統邏輯中的連鎖推理相似。但連鎖推理是復合推理的省略形式，是建立在類屬（屬種）關係基礎上。〔註 18〕此處句子的推導關係卻是建立在因果關係的基礎

〔註 17〕以上分析參閱〔德〕瓦格納著，楊立華譯：《王弼〈老子注〉研究》，南京：江蘇人民出版社，2008 年版，第 57～79 頁。

〔註 18〕張曉芒：《中國古代論辯藝術》，太原：山西人民出版社，2001 年版，第 344 頁。

之上，句式爲「……，故……」，不妨稱其爲因果推理。如慧遠《明報應論》曰：「知久習不可頓廢，故先示之以罪福。罪福不可都忘，故使權其輕重。輕重權於罪福，則驗善惡以宅心。」《三報論》曰：「受之無主，必由於心，心無定司，感事而應。應有遲速，故報有先後。先後雖異，咸隨所遇而爲對；對有強弱，故輕重不同。」另一種爲雙鏈推進，論證中雙鏈並行，二者縱橫交錯，構建起立體的思維空間。在上一章順序性結構要素涉及的就是這種雙鏈並行交錯的鏈體結構。王弼是運用鏈體推進的高手，較之先秦典籍中的鏈體推進，王弼將其進一步系統化，甚至將其用來結構全篇。如上文所引的《老子指略》開端部分即爲雙鏈推進式論述。其《周易略例》亦採用此種結構：

A1 夫象者，出意者也；　　B1 言者，明象者也。

A2 盡意莫若象，　　B2 盡象莫若言。

B3 言生於象，故可尋言以觀象；

A3 象生於意，故可尋象以觀意。

A4 意以象盡，　　B4 象以言著。

B5 故言者所以明象，得象而忘言；

A5 象者，所以存意，得意而忘象。〔註 19〕

如此，便很清晰地將象、言、意之間的關係論述清楚。

慧遠亦常用此結構，如其《明報應論》曰：

A1 無明爲惑網之淵，　　B1 貪愛爲衆累之府。

二理俱遊，冥爲神用，

吉凶悔吝，唯此之動。

A2 無明掩其照，

故情想凝滯於外物。

B2 貪愛流其性，

故四大結而成形。

B3 形結，則彼我有封。

A3 情滯，則善惡有主。

〔註 19〕樓宇烈：《王弼集校釋》，北京：中華書局，1980 年版，第 609 頁。

B4 有封於彼我，

則私其身而身不忘。

A4 有主於善惡，

則戀其生而生不絕。

於是甘寢大夢，昏於同迷，

抱疑長夜，所存唯著。〔註 20〕

論證中雙鏈並行，一條爲「無明——情滯——善惡有主——戀其生而生不覺」，一條爲「貪愛——形結——彼我有封——私其身而身不忘」，最後得出結論「於是甘寢大夢，昏於同迷，抱疑長夜，所存唯著」。

鏈體結構之所以具有邏輯推進功能，很重要的一點就是其句子要素之間的關係爲因果，以「故」或「是以」等詞引出結論，然後再以此作爲新的前提，推導出新的結論。如此層層深入，將論證的過程展現出來。雙鏈結構還具有建構立體論辯空間的功能，一改傳統單線閱讀習慣，使讀者在閱讀時需要縱橫交錯，構建起三維思維空間。這樣就使推理更加深入，文章邏輯性得到增強。

（四）何去何從——二難式言說

所謂二難式言說，是指「由一個包含兩個選言肢的選言判斷和兩個假言判斷構成的假言選言推理」。〔註 21〕這種言說方式，就是在論辯時由一方提出一個斷定事物兩種可能性的選言前提，再由這兩種可能前提引申出對方均難以接受的兩個結論，使之在兩種可能的選擇中處於進退兩難的境地。先秦諸子中，最擅長運用二難式言說的應屬韓非。他在文章中經常設置二難，如《難一》篇載，晉文公採用舅犯的決策與楚交戰勝，卻重賞反對以詐取勝的雍季，孔子評其「既知一時之權，又知萬世之利」，韓非對此論曰：

戰而勝，則國安而身定，兵強而威立，雖有後復，莫大於此，萬世之利，奚患不至？戰而不勝，則國亡兵弱，身死名息，拔拂今日之死不及，安暇待萬世之利？待萬世之利在今日之勝，今日之勝在詐於敵。詐敵，萬世之利也。〔註 22〕

〔註 20〕《弘明集·明報應論》。《弘明集·廣弘明集》，上海：上海古籍出版社，1991 年版，第 34 頁中。

〔註 21〕張曉芒：《中國古代論辯藝術》，太原：山西人民出版社，2001 年版，第 335 頁。

〔註 22〕〔清〕王先愼：《韓非子集解》，北京：中華書局，1998 年版，第 348 頁。

此處批判了視以詐取勝爲「一時之權」的觀點，而視之爲「萬世之利」，設置兩種情形，戰而勝，方有萬世之利，戰而敗，則無萬世之利。可見取得萬世之利的關鍵是戰勝，而戰勝的關鍵在詐敵。因此，詐敵爲萬世之利，如此就駁倒了孔子的觀點。

劉師培先生曾經指出，「中國文學之深刻者，莫過法家。如《韓非·解老》、《喻老》及《說難》，層層辯駁逐漸深入，實議論文之上乘。建安以後，名、法盛行，故法家之文亦極發達。如王弼《易略例》、《易注》之做法皆出於《解老》、《喻老》。至嵇叔夜將文體益加恢宏，其面貌雖與韓非全殊，而其神髓仍與法家無異。」〔註 23〕王弼之文是否出於韓非，暫且不論。嵇康之論受韓非影響卻可由其二難式言說中窺其一斑。如《聲無哀樂論》中對方引「季子聽聲，以知眾國之風；師襄奏《操》，而仲尼覩文王之容」的事例來證明自己的觀點，嵇康認爲這涉及到聲音有無常度的問題，所以提出兩個假言推理：

> 若此果然也，則文王之《操》有常度，《韶》《武》之音有定數，不可雜以他變，操以餘聲也。則向所謂聲音之無常，鍾子之觸類，於是乎躓矣。若音聲〔之〕無〔常〕，鍾子〔之〕觸類，其果然耶？則仲尼之識微，季札之善聽，固亦誣矣。〔註 24〕

面對這個二難陷阱，無論對方選擇哪個，都將否定自己提出的一方面論據，二者不可得兼，要麼鍾子觸類是假的，要麼仲尼識微、季札善聽是假的。

慧遠亦堪稱運用二難推理的大師，其《沙門不敬王者論五》曰：

> 就如來論，假令神形俱化，始自天本，愚智資生，同稟所受。問所受者，爲受之於形耶？爲受之於神耶？若受之於形，凡在有形，皆化而爲神矣；若受之於神，是以神傳神，則丹朱與帝堯齊聖，重華與瞽叟等靈，其可然乎？其可然乎？如其不可，固知冥緣之構，著於在昔，明闇之分，定於形初。雖靈均善運，猶不能變性之自然，況降茲已還乎？〔註 25〕

爲了證明對方所說的人皆稟受元氣而生，死時形神俱化，人的聰慧愚鈍有共同來源的觀點是錯誤的，先設置一個選言命題，稟受的是神呢，還是形呢。

〔註 23〕劉師培：《漢魏六朝專家文研究》。《中國中古文學史講義》，上海：上海古籍出版社，2000 年版，第 143 頁。

〔註 24〕戴明揚：《嵇康集校注》，北京：人民文學出版社，1962 年版，第 203 頁。

〔註 25〕《弘明集·沙門不敬王者論五》。《弘明集·廣弘明集》，上海：上海古籍出版社，1991 年版，第 32 頁下。

然後在此基礎上，設兩個假言命題，如果稟受的是形體，那麼凡是形體相似的，都應該有相同的愚癡聰明，但丹朱與其父堯、舜同其父瞽皆形體相似，聰明才智卻相差甚大；如果稟受的是精神，以神傳神，那麼父子應有同樣的聰明才智，丹朱與其父、舜與其父應都聰明，但丹朱不肖，瞽叟愚頑。這樣，就置對方於二難的境地，非此即彼，非彼即此，無論選擇哪個，皆不合理，自然證明自己的結論是正確的。

二、思辨性言說的特點

（一）概念缺乏確切含義

概念是對事物共性的抽象概括，反映同類事物的共同本質，是最基本的理性思維形式。「構成哲學概念的四個標準，即名詞化，有固定形式，用於普遍性論述，以及用作判斷的主詞或賓詞。」〔註 26〕魏晉南北朝時期的文士在進行論體文創作時，腦海中沒有盛滿西方的哲學話語和方法，因此他們不會像我們似的一說「思辨」，首先想到的就是概念是否明確，他們重視的是「正名」。馮友蘭指出：「蓋一名有一名之定義，此定義所指，即此名所指之物之所以爲此物者，亦即此之要素或概念也。」〔註 27〕以王弼「無」概念爲例，在《老子》中，「無」共出現一百多次，但大多數爲形容詞或副詞，爲名詞的僅一處，第 40 章曰：「天下萬物生於有，（有）生於無」。也就是說，老子並沒有明確地將「無」視作哲學概念，到了王弼的《老子略例》與《老子注》中才將其發展爲哲學概念，他的貴無論是由老子「有生於無」發展而來，曰「有之所始，以無爲本，將欲全有，必反於無也」，又將道稱爲無，曰「道者，無之稱也，無不通也，無不由也」。然而，「無」究竟是什麼，有什麼特徵，王弼依然沒有對其進行明確闡述。因爲「無」與「道」這類範疇型概念，「它本身只是一個無窮的意義場，隨著人類哲學思想的發展、隨著一代又一代的哲學家的闡釋而不斷發展，一旦給它規定一個明確的意義，那就不是它了」〔註 28〕，所以根本無法用西方的那種穩定而明確的定義方式進行闡述。

〔註 26〕劉笑敢：《中國哲學，妾身未明？——關於「反向格義」之討論的回應》，《南京大學學報》，2008 年第 2 期，第 78 頁。

〔註 27〕馮友蘭：《中國哲學簡史》，北京：北京大學出版社，1985 年版，第 52 頁。

〔註 28〕張汝倫：《中哲學研究中的「範疇錯誤」》，《哲學研究》，2010 年第 7 期，第 47 頁。

劉笑敢先生認為，「哲學問題的討論是靠哲學概念還是靠副詞描述，是靠比喻和寓言間接表達還是靠理論論證，這是哲學邏輯思維發展水平的一個標誌。」〔註 29〕如果以此為標準來衡量魏晉南北朝論體文，可以發現較之先秦諸子著作的寓言說理，魏晉南北朝文士在抽象思辨能力方面已有很大提高，敘事性寓言在魏晉南北朝論體文中已較少出現，理論論證增多。但其概念的闡釋仍較多地採用遮詮的方式，因此，貴在意會、領悟、直觀把握，而無法用確切的語言進行界定。在馮友蘭先生看來，概念可分兩種，一種來自直覺，一種來自假定。中國哲學的概念是用直覺的方式獲得的，而西方哲學的概念則用假設的方式獲得，「由假設觀念出發的哲學家喜歡明確的東西，而由直覺出發，則需要重視不明確的東西。」〔註 30〕西方哲學的方法論是理所當然地由正的方法占統治地位，而中國哲學的方法論則理所當然地是負的方法占統治地位。〔註 31〕如何晏、王弼論中的「無」，慧遠論中的「神」無不如此。再如裴頠的《崇有論》開頭曰：

> 夫總混群本，宗極之道也。方以族異，庶類之品也。形象著分，有生之體也。化感錯綜，理迹之原也。夫品而為族，則所稟者偏，偏無自足，故憑乎外資。是以生而可尋，所謂理也。理之所體，所謂有也。有之所須，所謂資也。資有攸合，所謂宜也。擇乎厥宜，所謂情也。〔註 32〕

普慧先生指出，「從裴頠的《崇有論》來看，它運用概念進行邏輯推理的思維形式顯然是全新的」，「其概念的邏輯推理順序是：『道』——『理』——『有』——『資』——『宜』——『情』」〔註 33〕。但值得注意的是，此處對這些概念並沒有進行確切的界定，比如，何謂「理」？「生而可尋，所謂理也」，就是說凡是發生的，有跡象可尋的便是理。實際上，根本沒有說出「理」之特徵是什麼，其他「道」「有」等亦如此。對於這種範疇性概念，往往無法用單一的定義去限定其內涵，因其本身就是一個可以有機生長的意義場，充滿張

〔註 29〕劉笑敢：《經典詮釋與體系建構——中國哲學詮釋傳統的成熟與特點芻議》，《中國哲學史》，2002 年第 1 期。

〔註 30〕馮友蘭：《中國哲學簡史》，北京：北京大學出版社，1985 年版，第 22 頁。

〔註 31〕馮友蘭：《中國哲學簡史》，北京：北京大學出版社，1985 年版，第 298 頁。

〔註 32〕〔清〕嚴可均：《全晉文》卷 33，《全上古三代秦漢三國六朝文》，北京：中華書局，1958 年版，第 1647 頁下。

〔註 33〕普慧：《佛教對中古議論文的貢獻和影響》，《文學評論》，2007 年第 4 期，第 35～41 頁。

力，因此在某種程度上具有多義性與模糊性。如果一定要按現代性的知性思維對其進行概括，反而容易陷入獨斷的境地。

（二）判斷缺乏鮮明形式

概念按照一定形式相互聯結起來，就構成判斷。印歐語中「A是B」式的判斷形式表明兩個概念之間的關係，「是」表明「A」與「B」是同質的。漢語以字爲基礎，層層擴展而成句，與印歐語的詞類劃分及「主語——謂語」結構框架二軌合一的構句法不同。張東蓀認爲由於漢語的主語（subject）和謂語（predicate）的分別極不分明，「遂致中國人沒有『主體』（subject）的概念」，「謂語亦不成立」，「沒有tense與Mood等語格」，「因此遂致沒有邏輯上的『辭句』（preposition）」。〔註34〕「中國哲學更注重判斷認識與生活實際的關係（名實關係），而不大注意判斷概念與概念的關係以及句式本身的清晰性、穩定性、程序性。」〔註35〕古漢語中的判斷往往借助於詞序與虛字來構成，如「……者，……也」，「……，……也」等。在西方人看來，其判斷缺乏明確形式。霍布士指出：「有些民族沒有和我們的動詞『is』相當的字。但他們只用一個名字放在另一個名字後面來構成命題，比如不說『人是一種有生命的動物』，而說『人，一種有生命的動物』；因爲這些名字的這種次序可以充分顯示它們的關係；它們在哲學中是這樣恰當、有用，就好像它們是用動詞『is』聯結了一樣。」〔註36〕這正道出古代漢語的表述特徵。因爲缺乏明確的判斷形式而使複雜判斷句式出現多義化傾向。如王弼《老子指略》曰：「夫刑以檢物，巧僞必生」，由於沒有邏輯連結詞，其涵義就可以作不同理解，可以構成不同的判斷形式：

（1）聯言判斷：P並且Q

刑以檢物，巧僞必生。

（2）假言判斷：如果P，那麼Q

（如果）刑以檢物，（那麼）巧僞必生。

還可以構成因果推理：

〔註34〕張東蓀：《從中國語言構造上看中國哲學》，《東方雜誌》，1936年第7期，第89～99頁。

〔註35〕馬中：《人與和：重新認識中國哲學》，西安：陝西人民出版社，2007年版，第227頁。

〔註36〕轉引自胡適：《先秦名學史》，北京：學林出版社，1983年版，第41頁。

因爲 P，所以 Q

夫（因爲）刑以檢物，（所以）巧僞必生。

如此這般，這個命題就顯得模糊多義，在客觀上有更大的思想容量。作爲哲學天才的王弼，其意究竟爲何呢？後人只能依據自己的理解對其進行揣測。

判斷形式的這種模糊性，使之意義缺乏確定性，而具有更豐富的內涵，充滿詩性特質，但又因其多義性而容易產生歧義，使所言之理缺乏準確性與嚴密性。究其緣由，魏晉南北朝文士沿襲前人的思維方式，認識到「言」與「意」之矛盾，在他們看來「言不盡意」，「言盡而意未了」，對於判斷形式的明確化缺乏內在的興趣與熱情。

（三）推理缺乏清晰過程

任何推理都由前提和結論兩個部分組成，前提是推理的出發點，結論是推理的目的，任何推理都是完整而確定的過程。推理的前提可以是一個，也可以是多個，推理的結論則只有一個。所以，推理必須採取句群或句組的形式。但古代哲人崇尚簡約，在言意關係中，推崇得意忘言。《莊子・外物》曰：「荃者所以在魚，得魚而忘荃；蹄者所以在兔，得兔而忘蹄；言者所以在意，得意而忘言。吾安得夫忘言之人而與之言哉！」〔註 37〕按照道家的思想，「道可道，非常道」，也就是說道不可言，只能悟。語言的作用不在其確定性，而在其暗示性、啓發性。馮友蘭先生指出「……中國哲學的語言何以是提示性的而並不明晰。它不明晰，因爲它不代表用理性演繹得出的概念。哲學家只是告訴人們，他看見了什麼。因此，他所述說的內容非常豐富」〔註 38〕。儘管魏晉南北朝玄學與佛學提升了其時文士的邏輯思辨能力，但他們在提出新的命題時，往往都是單句，而非句組或句群。也就是說他們將自己感悟的結果以簡練的語言概括出來，而省略其推理之過程，或者說他們根本沒有經過嚴密的推理即得出如是結論，沒有大前提、小前提，甚至沒有邏輯聯結詞。

何晏注《論語》提出「思其反」的論辯方法，《論語集解・子罕》曰：「夫思者，當思其反。反是不思，所以爲遠也。能思其反，何遠之有？言權可知，

〔註 37〕陳鼓應：《莊子今注今譯》，北京：中華書局，1983 年版，第 725 頁。
〔註 38〕馮友蘭：《中國哲學簡史》，北京：北京大學出版社，1985 年版，第 22 頁。

唯不知思耳！思之有次序，斯可知矣。」〔註 39〕何晏所謂的「思其反」是針對「道」與「權」的關係而言的，也就是說，「一方面由用以求體，從具體上陞到抽象，使紛紜萬變的現象歸屬服從於總的原則；另一方面，再由體而及用，從抽象返回到具體，通權達變，掌握神而明之的應變能力。」〔註 40〕何晏的論作爲《道德論》或《道德二論》，是根據自己的原作《老子注》改寫而出的，全文已佚，只在張湛《列子注》中保存兩個片段。如其《道論》曰：

> 有之爲有，恃無以生；事而爲事，由無以成。夫道之而無語，名之而無名，視之而無形，聽之而無聲，則道之全焉。故能昭音響而出氣物，包形神而章光影；玄以之黑，素以之白，矩以之方，規以之員。員方得形而此無形，白黑得名而此無名也。〔註 41〕

此處何晏提出其貴無論玄學系統的基本範疇爲「有」與「無」。「有」是由具體現象提升出來的，包括員方、白黑、音響、氣物、形神、光彩等自然界的物象，也泛指各種人事。而「無」則無形無名，是從存在中抽象出來的，即爲道，「夫道者，惟無所有者也。自天地已來皆有所有矣；然猶謂之道者，以其能復用無所有也」。然而，終究沒有講清「有之爲有，恃無以生；事而爲事，由無以成」這一命題是如何提煉出來的。按照其「思其反」的方法，本來是應該由「用」以求「體」，但他卻棄其「用」，單拈出「體」，省略其求之過程。於是，體就成孤懸之體，無法得知其用及由用求體之推理過程。

語言是思維的外化。「語言規律是思維方式、思維規律的體現，語言結構的差異必然會給思維方式、思維規律帶來深刻的影響」。〔註 42〕「魏晉時期的玄學家十分注重『辨名析理』。他們的理論形態和理論思維儘管大都具有很強的邏輯性、思辨性特徵，但從其思維傾向看，與先秦道家一樣，仍然是通過名辯的邏輯過程而排斥具體知識或名言，旨在肯定直覺性思維。〔註 43〕」直覺思維重視體悟，與邏輯思維之不同在於其是綜合的、具體的，而邏輯思維

〔註 39〕〔三國魏〕何晏集解，〔南朝梁〕皇侃義疏：《論語集解義疏》，北京：中華書局，1985 年版，第 129 頁。

〔註 40〕余敦康：《何晏王弼玄學新探》，北京：東方出版社，2007 年版，第 122 頁。

〔註 41〕〔晉〕張湛注：《列子》，上海：上海古籍出版社影印浙江書局本，1989 年版，第 4 頁。

〔註 42〕徐通鏘：《思維方式與語法研究的方法論》，《北京大學學報（哲社版）》，2004 年第 1 期，第 45 頁。

〔註 43〕高晨陽：《中國傳統思維方式研究》，濟南：山東大學出版社，1994 年版，第 145 頁。

重視推理，是分析的、抽象的。在魏晉南北朝論體文中多比喻論證與斷語警句，是其時文士直覺思維的表現。「推理式的思維以『A 是 B』的命題爲中介進行演繹論證，而比喻例證的兩點論的思維方式缺乏嚴格的『A 是 B』的結構，而以『A 猶如 B』那樣的公式進行『比類取象』和『援物比類』。」〔註 44〕魏晉南北朝文士通過比喻論證進行說理時，A 與 B 是異質的，通過體悟與聯想建立聯繫，這種聯繫只是若干可能存在的聯繫中的一種，突出的是主觀性，而忽略了二者之間聯繫的建立過程，即推理過程。范縝在《神滅論》中以「刃」與「利」來比喻「形」與「神」，二者之間並沒有必然聯繫，體現出的是范縝「取象以盡意」的主觀意圖，將客觀的存在轉化爲主觀的認識，用具體的物象來論述抽象的道理，其間不存在推理的過程。

三、玄佛論風與魏晉南北朝論體文的思辨性言說

一般而言，中華民族長於形象思維，短於抽象思辯，但魏晉南北朝時期比較特殊，其時玄學、佛學的興盛使文士對哲理的探討近乎癖好。其時，理性思辨亦具藝術性，成爲諸多文士生命中的一部分，甚至達到廢寢忘食、累病談死的境界。不管是孫盛與殷浩舌戰，「往返精苦」，「至暮忘食」，還是嵇康與向秀筆戰，就養生問題而互相論難，表演精彩的「雙簧」，他們對「論」的熱愛，對「理」的執著，皆表現出「理知性的認識愉快」。

漢魏之際復興的名理之學，繼承先秦名實之辨而又有所發展。王弼明確指出「夫不能辨名，則不可與言理；不能定名，則不可與論實」，強調辨名言理與定名論實的重要。其時文士以擅長名理著稱者甚多，如鍾會「精練名理」，嵇康「研至名理」，阮侃「飭以名理」，衛瓘「清貞有名理」等等。甚至有文士以先秦名家的邏輯命題作爲論資，如西晉爰俞「辯於論議，採公孫龍之辭以談微理」〔註 45〕，謝安「年少時，請阮光祿道《白馬論》，爲論以示謝，於時謝不即解阮語，重相咨盡。阮乃歎曰：『非但能言人不可得，正索解人亦不可得』」〔註 46〕，由此可見其時文士對邏輯思辨的由衷熱愛。

〔註 44〕徐通鏘：《思維方式與語法研究的方法論》，《北京大學學報（哲社版）》，2004 年第 1 期，第 47 頁。

〔註 45〕〔晉〕陳壽撰，〔宋〕裴松之注：《三國志》卷 28《鄧艾傳》，北京：中華書局，1959 年版，第 781 頁。

〔註 46〕〔南朝宋〕劉義慶撰，〔梁〕劉孝標注，徐震堮校箋：《世說新語校箋》，北京：中華書局，1984 年版，第 117 頁。

馮友蘭先生曾經指出，「玄學的辨名析理完全是抽象思維，從這一方面說，魏晉玄學是對兩漢哲學的一種革命。研究中國哲學史的人，從兩漢到魏晉，覺得耳目一新，這是因為玄學的精神面貌和兩漢哲學比較起來，完全是新的。……在中國哲學史中，魏晉玄學是中華民族抽象思維的空前發展。」〔註47〕蔣凡先生也在其《〈世說新語〉研究》中談道：「玄理清談對於中國傳統思維的發展，特別是對於理論思辨，曾起了推動進步的積極作用」〔註 48〕二者皆注意到魏晉時期玄學對抽象思辨的重視及其對士人思維方式的影響。

玄學論辯是在人格平等的基礎上進行的理的論爭，重視以理取勝，必然講究思辨性。王曉毅先生曾從邏輯學角度，將魏晉名學方法分為兩個基本層次，一是「校實定名」的方法，一是辨名析理的方法。前者產生並流行於戰國秦漢時期，以「名」、「形」、「實」為範疇，後者是指「通過比較概念的異同，研究概念之間的聯繫，以達到分析事物規律的目的」。〔註49〕名實方法側重於概念研究，名理方法則側重於運用判斷和推理，二者是魏晉南北朝論體文運用較多的論辯式言說方式。

東晉時期，隨著佛教的全面輸入，使得其時崇佛文士與僧人的理論思維水平進一步提高。佛教中的「論」，《佛學大辭典》解釋為：「佛自論議問答而辨理也，而佛弟子論佛語，議法相，與佛相應者，亦名優婆提舍。三藏中之阿毗達磨藏也。」〔註50〕阿毗達磨，梵語 AbhidhqrMa，漢語亦作毗曇、阿毗曇，譯為無比法或對法，是智慧的別名。因三藏中之論藏詮顯學者之智慧的緣故，雖涉於大小乘論藏之通名，而常指小乘薩婆多部之論藏。

中土第一個組織系統翻譯有部毗曇的僧人是東晉釋道安。在他所組織翻譯的各種經籍中，除了一部《摩訶鉢羅若波羅蜜經鈔》是屬於般若類的以外，其他的十三部一百七十八卷都主要是說一切有部的經典。他認為：

> 阿毗曇者，數之苑藪也。其在赤澤，碩儒通人，不學《阿毗曇》者，蓋闕如也。夫造舟而濟者，其體也安，粹數而立者，其業也美。

〔註47〕馮友蘭：《中國哲學史新編（第四）》，北京：人民出版社，，1986 年版，第 44 頁。

〔註48〕蔣凡：《世說新語研究》，北京：學林出版社，1998 年版，第 69 頁。

〔註49〕王曉毅：《中國文化的清流》，北京：中國社會科學出版社，1991 年版，第 110～111 頁。

〔註50〕丁福保：《佛學大辭典》，上海：上海書店，1991 年版，第 2636 頁。

是故般若啓卷，必數了諸法，卒數以成經，斯乃眾經之喉襟，爲道之樞極也，可不務乎？可不務乎？〔註 51〕

道安強調學習毗曇是讀懂經典的基礎，要研習般若學，也必須掌握毗曇學中的數法。作爲道安得意弟子的慧遠，受其師的影響，對毗曇學甚爲重視。後來他在廬山請僧伽提婆重譯《阿毗曇心論》，對弘揚毗曇學起了重要作用。慧遠在《阿毗曇心序》中介紹說，法勝「以爲《阿毗曇經》源流廣大，難卒尋究，非贍智宏才，莫能畢綜，是以探其幽致，別撰斯部，始自『界品』，迄於『問論』，凡二百五十偈，以爲要解，號之曰心」〔註 52〕。並指出《阿毗曇》相當的深廣幽奧，一般很難探究其內涵。故湯用彤先生說：「《毗曇》學之大興，實由於慧遠徒從也。」〔註 53〕堪稱的論。

呂澂先生在《阿毗達磨泛論》一文中指出：「佛典三藏，阿毗達磨藏居其一……阿毗達磨本意爲對法，乃對教法解釋之一種法門，佛是世時，弟子間盛爲應用，佛亦從而獎勵之，其形式則或法數分類，或諸門解析，漸成定式，但未有一類論書統名阿毗達磨也。後來小乘分派，解經各別，或重視論書爲教證，勢陵經律。於是論書地位特殊，有合佛說佛弟子說統爲一藏者，即謂之阿毗達磨藏。」〔註 54〕此處呂先生講了阿毗達磨藏之來歷，又論大乘阿毗達磨曰：「後世觀《莊嚴經論》及《攝大乘論釋》，皆解阿毗達磨意義有四端：其一對法，謂以四諦道品等說，趨向於涅槃；其二數法，謂以思擇法門數數分別法相；其三伏法，謂說論議能伏他異諍；其四解法，亦稱通法，謂釋規式通曉文義。」〔註 55〕由此可見，阿毗達磨採用的論辯方法甚多，而慧遠受其沾溉，在創作的論體文中靈活運用各種論辯方法，義理豐富，造詣甚高〔註 56〕。

東晉南朝文士受佛學影響，創作了大量佛理論文，誠如劉師培所云：「東晉人士，承西晉清談之緒，並精名理，善論難，以劉琰、王濛、許詢爲宗。

〔註 51〕〔梁〕釋僧祐撰，蘇晉仁、蕭鍊子點校：《出三藏記集》，北京：中華書局，1995 年版，第 369 頁。

〔註 52〕〔梁〕釋僧祐撰，蘇晉仁、蕭鍊子點校：《出三藏記集》，北京：中華書局，1995 年版，第 378 頁。

〔註 53〕湯用彤：《漢魏兩晉南北朝佛教史》，北京：北京大學出版社，1997 年版，第 249 頁。

〔註 54〕呂澂：《呂澂佛學論著選集》，濟南：齊魯書社，1996 年版，第 2340 頁。

〔註 55〕呂澂：《呂澂佛學論著選集》，濟南：齊魯書社，1996 年版，第 2364 頁。

〔註 56〕具體論述可參閱拙文：《簡論毗曇學對慧遠論體文的影響》，《中央民族大學學報》，2012 年第 2 期。

其與西晉不同者，放誕之風，至斯盡革。又西晉所云名理，不越老、莊，至於東晉，則支遁、法深、道安、慧遠之流，並精佛理。故殷浩、郤超諸人，並承其風，旁迄孫綽、謝尙、阮裕、韓伯、孫盛、張憑、王胡之，亦均以佛理爲主，息以儒玄；嗣則殷仲文、桓玄、羊孚，亦精玄論。」〔註 57〕在玄學與佛學的碰撞、交涉過程中，玄學亦受佛學之影響，在論述裴頠《崇有論》與佛學的關係時，普慧先生指出，「由當時玄學與佛學的關係，我們便會認識到他是受到了佛教的影響，尤其是佛教『論』的影響。比較《崇有論》與佛教的『毗曇』之文，就可清楚地發現這一點。除裴頠之外，其它玄學家的議論文在對概念的分析上、在對論點的推理和思辨上也受到了佛教的潛在影響」。〔註 58〕東晉孫綽、羅含、周續之等人，南朝謝靈運、顏延之、宗炳等人之佛理論，注重概念分析與推理思辨，顯然是受佛教之影響。

總之，魏晉南北朝論體文思辨性言說的增強，表明其時文士受玄佛論風的影響，思維得到深化和精確化，思想和語辭產生張力，使理性思辨審美化、藝術化。

第二節　敘事性言說

美國學者浦安迪在談到「敘事不外乎是一種傳達人生經驗本質和意義的文化媒介」時，特別指出「傳達人生經驗的本質和意義並不是敘事文獨此一家的專利，戲劇和抒情詩的本義難道不也在於傳達人生經驗的本質和意義嗎？」〔註 59〕中國學者楊義在《中國敘事學・前言》中列舉了歷史、戲劇、小說中國敘事作品的三大系統之後，又指出「還有許多短小的形式存在於人們的日常生活交往之間」，如碑文、墓誌、行狀、誄碑、史傳、雜文、諧隱等。〔註 60〕二者皆注意到敘事在不少文體中的存在，卻都對以言理爲主要內容、以議論爲主要表達方式、以思辨爲主要特徵的論體文是否具有敘事性未置一詞。

〔註 57〕劉師培：《中國中古文學史講義》，上海：上海古籍出版社，2000 年版，第 56 頁。

〔註 58〕普慧：《佛教對中古議論文的貢獻和影響》，《文學評論》，2007 年第 4 期，第 35～41 頁。

〔註 59〕〔美〕浦安迪：《中國敘事學》，北京：北京大學出版社，1996 年版，第 6 頁。

〔註 60〕楊義：《中國敘事學》，北京：人民出版社，1997 年版，第 16 頁。

與西方以概念爲起點的邏輯推演體系建構不同，中國古代文化體系的理論形態都無法擺脫「未嘗離事而言理」〔註 61〕的根本規定。馮友蘭先生在貞元六書中曾將其概括爲：中國人以事說理，西方人以理說理。其根源在於中西思維方式之大別。西方人「以理（概念）說理」時，形成一套如數學運算一樣的嚴格程序，前後的內在勾聯，即是一種邏輯存在。中國人「以事說理」，則形成另一套洋溢著詩性意蘊的美學存在〔註 62〕。敘事性言說是論體文的重要言說方式之一，對於魏晉南北朝時期論體文而言尤其如此。

一、文體敘事結構

（一）對話體敘事結構

魏晉南北朝論體文不少篇章借鑒吸收大賦的寫法，採用客主問答的敘事結構，作者往往虛構兩個或兩個以上人物，採用一問一答的行文方式，通過人物之間的論辯一步步推動事態的發展，最後曲終奏雅，以一方臣服另一方結束。如王粲《三輔論》開端虛擬三個人物出場：「湘灒先生、江濱逸老將集論，雲夢玄公豫焉」。其他如阮籍《達莊論》虛擬「先生」、「縉紳好事之徒」，嵇康《聲無哀樂論》虛擬「秦客」、「東野主人」，譙周《仇國論》虛擬「高賢卿」、「伏愚子」，魯褒《錢神論》虛擬「司空公子」、「綦母先生」，王沈《釋時論》虛擬「東野丈人」、「冰氏之子」，戴逵《釋疑論》虛擬「安處子」、「玄明先生」，釋道恒《釋駁論》虛擬「東京束教君子」、「西鄙傲散野人」。這種結構主要是通過對話來敘事，體現了論體文的敘事性。

在對話的過程中，作者往往利用虛構的情節和細節描寫，使敘事起伏變化，使行文生動活潑。劉熙載在《藝概・賦概》中說：「賦之妙用，莫過於『設』字訣，看古作家無中生有處可見。如設言何時，處何地，遇何人之類，未易悉舉。」〔註 63〕此語用於賦體論中亦非常合適。所謂「設」字訣說明論體文作者有意識地虛構人物和情節，這是敘事文學創作的重要表現之一。爲了使

〔註 61〕〔清〕章學誠：《文史通義》，上海：上海書店，1988 年版，第 1 頁。
〔註 62〕此處參考了李贛、勞承萬：《中西思維方式與理論形態之大別——兼論中西美學、文論比較研究之關鍵與偏向》中的說法，該文載於《浙江社會科學》，2007 年第 2 期，第 137～149 頁。
〔註 63〕〔清〕劉熙載著，袁津琥校注：《藝概注稿》，北京：中華書局，2009 年版，第 462 頁。

虛構的情節和人物更具有現實性，使人物形象更加生動，作者往往會對其進行細節描寫，以簡潔的語言使其神態凸顯於紙面之上。如阮籍的《達莊論》虛構了一位明達莊子大道、飄然優遊的「先生」，他委運自然，淡定從容，「平晝閒居，隱几而彈琴」，與之相對的是「縉紳好事之徒」，他們「奕奕然步，膰膰然視，投跡蹈階，趨而翔至，差肩而坐，恭袖而檢，猶豫相臨，莫肯先占」。在向「先生」提問時，其中被稱爲「雄傑」的人，「怒目擊勢而大言」，寥寥數語就刻畫出其道貌岸然、虛張聲勢的情貌。「先生」則「撫琴容與，慨然而歎，俯而微笑，仰而流眄，噓唏精神，言其所見」，何等飄逸灑脫，出塵脫俗。在聽了「先生」的論述之後，沒有直言那些縉紳好事之徒的言語，而是又一次描繪了其神態動作，與來時形成對比，「風搖波蕩，相視膰脈，亂次而退，唐跌失迹」，其狼狽離開的情景再現於眼前。再如魯褒的《錢神論》中「司空公子」「盛服而遊京邑，駐駕平市里」，「綦毋先生」則「斑白而徒行」，不僅刻畫出二者的相貌、年齡、貧富情況，而且暗示其不同的境遇，使其相會之地成爲襯托論文主體的合宜背景，錢幣的神奇可信力量，已隱含在此畫面中。此類細節描寫，通過對人物相貌、動作、神態的刻畫，不僅使虛構的人物栩栩如生，而且能夠渲染論辯之後的結果，在敘事中表現作者的思想傾向。

（二）書信體敘事結構

書信，是一種更具實用性與靈活性的文體，頗受魏晉南北朝文士青睞。運用書信進行論辯，不僅能夠反映出作者的個性和情感，而且能夠更直接地展露其思想變化的過程。魏晉南北朝書信體論體文的構成方式有兩種：一種是採用書信的格式，但其實質仍爲論體文，如司馬恬《答張新安論孔釋書》、張新安《答譙王論孔釋書》、郗超《與親友書論支道林》、《與謝慶緒書論三幡義》等；另一種是論體文是單獨的，書信僅僅起介紹創作背景的作用。如曹冏《六代論（並上書）》、僧肇《涅槃無名論（並上秦主姚興表）》、何承天《安邊論（並上書）》等。前者視爲以論理爲主要內容的書信更合適，劉永濟先生曾談論過這一問題：「何曾天《通裴難荀論大功嫁妹》，見《通典》六十。裴松之有《答江氏問大功嫁妹》，荀伯子著議難之，故承天通二家之論，而著此文。又是時所討論者，尙有『次孫宜持重否』與『爲人後爲所後父服』二事。所與往復者，爲司馬操、荀伯子、裴松之等。大抵以書疏往還，非論式也，故不具列。」〔註 64〕此語甚爲有理，此處談的書信體以後者爲準。

書信體敘事結構，其雖非虛設人物與情境，但作者在寫信時往往與看信者有一種心靈的溝通，所以能夠敞開心扉、直言不諱地談出自己的見解。如曹冏的上書與論文的主題一脈相通，其奔放之氣勢與宗臣之苦心亦前後一貫，上書中提出「臣聞古之王者，必建同姓以明親親，必樹異姓以明賢賢」，「今魏尊尊之法雖明，親親之道未備」，宗旨在主張強宗固本，這正是《六代論》中所要反覆陳說的。較之論中言古以衡今、以史實爲據，深入分析封建之得，廢封建之失的寫法，上書則直抒胸臆，放言無忌，「今魏尊尊之法雖明，親親之道未備」，「或任而不重，或釋而不任。一旦疆埸稱警，關門反拒，股肱不扶，胸心無衛」，其語不可謂不誠懇，其見不可謂不卓遠，其情不可謂不痛切，「臣竊惟此，寢不安席，思獻丹誠，貢策朱闕」，作者的一片丹心就在上書中袒露於人主面前，語多激切，雄健疏放。換個角度來看，曹冏的上書又反映了當時曹魏政治潛伏的危機，當政者的麻木不仁，這也是其中所隱含的敘事因素。再如僧肇的《涅槃無名論（並上秦主姚興表）》，則在給姚興的表中簡要介紹了自己的求學經歷、其師去世後對姚興「振彼玄風，以啓末俗」的期待，創作《涅槃無名論》的直接緣由，論文的結構與主要論證方法等，言辭甚爲懇切，讀之，不難想見僧肇佛學造詣之深與弘道明教決心之大，其時「頃諸學徒，莫不躊躇道門，怏怏此旨，懷疑終日，莫之能正」的情形亦再現於信中。

（三）論序的敘事功能

序之功用，孔安國《尚書序》曰：「序，所以爲作者之意，昭然義見。」明代徐師曾《文體明辨序說》稱：「按《爾雅》云：『序，緒也。』字亦作『敘』，言其善敘事理、次第有序若絲之緒也。又謂之大序，則對小序而言也。其爲體有二：一曰議論，二曰敘事。」〔註 65〕清代王之績對徐師曾強調序的議論性表示不滿：「序之體，議論如周卜商《詩序》；敘事如漢孔安國《尚書序》。變體如韓愈《送李愿歸盤谷序》。有謂序文敘事者，爲正體；議論者，爲變體。

〔註 64〕劉永濟：《文心雕龍校釋》，北京：中華書局，1962 年版，第 76 頁。

〔註 65〕〔明〕徐師曾撰，羅根澤校點：《文體明辨序說》，北京：人民文學出版社，1962 年版，第 135 頁。

此說亦可救《明辨》先議論後敘事之偏。」〔註 66〕在其看來，序之功能主要在於敘事。

早在西漢論體文已有論序，吾丘壽王《驃騎論功論》與王褒《四子講德論》均有論序。前者爲：「驃騎將軍霍去病征匈奴，立克勝之功，壽王作士大夫之論，稱武帝之德。」〔註67〕後者爲：「褒既爲益州刺史王襄作中和樂職宣布之詩，又作傳，名曰《四子講德》，以明其意焉。」〔註68〕今人考證王褒《四子講德論》之序文乃來自史辭〔註69〕，吾丘壽王《驃騎論功論》之序文似乎亦非作者所爲。儘管如此，二者均交代了正文之論的寫作背景與創作目的，含有敘事因子。

魏晉南北朝論序分兩種：一種是作品之外的文字，是論體文基本體式之外的一種外加形式，在論文題目上明確標出「並序」，如慧遠《沙門不敬王者論（五篇並序）》、釋道恒《釋駁論（並序）》、蕭琛《難范縝神滅論（並序）》、江淹《無爲論（並序）》、裴子野《雕蟲論（並序）》、劉峻《辯命論（並序）》、釋玄光《辨惑論（並序）》、傅縡《明道論（並序）》等；另一種是作品內部用以引出作論情由意旨的開頭部分，題目上沒有標明，如夏侯玄《樂毅論》、嵇康《養生論》、張昭《宜爲舊君諱論》、孫綽《喻道論》、皇甫謐《釋勸論》《篤終論》、張載《榷論》、范甯《王弼何晏論》、伏滔《正淮論》等。近代學者黃侃在評點《高唐賦》時曾辯解該篇題目下寫有「並序」字樣云：「『並序』二字，未必昭明舊題，即令出於昭明，亦不足訾，至何焯所云序實與並序之序不同，蓋如所論，履端皆可名序也。」〔註 70〕如此理解，不管題目是否標明「並序」，二者均可視作有論序。還有一種，屬於設置情境、人物以引出見解的，如阮籍《達莊論》、魯褒《錢神論》等。

就論序的創作者而言，有自序，亦有他序。魏晉南北朝論體文留存下來的論序多爲自序，其內容包括：其一，交代論體文創作的背景、目的。如皇甫謐《釋勸論》序曰「相國晉王辟余等三十七人，及泰始登禪，同命之士莫

〔註66〕〔清〕王之績：《鐵立文起》。《四庫全書存目叢書（集部第421冊）》，濟南：齊魯書社，1997年版，第701頁。

〔註67〕〔清〕嚴可均：《全漢文》卷27，《全上古三代秦漢三國六朝文》，北京：中華書局，1958年版，第277頁上。

〔註68〕〔清〕嚴可均：《全漢文》卷27，《全上古三代秦漢三國六朝文》，北京：中華書局，1958年版，第356頁上。

〔註69〕王書才：《〈昭明文選〉所錄作品之「序」問題考論》，《鄭州大學學報》2010年第7期，第75～77頁。

〔註70〕黃侃：《文選平點》，北京：中華書局，2006年版，第177頁。

不畢至，皆拜騎都尉，或賜爵關內侯，進奉朝請，禮如侍臣。唯余疾困，不及國寵。宗人父兄及我寮類，咸以爲天下大慶，萬姓賴之，雖未成禮，不宜安寢，縱其疾篤，猶當致身。余惟古今明王之制，事無巨細，斷之以情，實力不堪，豈慢也哉！……遂究賓主之論，以解難者，名曰《釋勸》」。〔註 71〕由這則論序，我們可以瞭解到西晉初年，司馬氏爲拉攏文士所採取的封官進爵的措施、世人對皇甫謐不出仕的指責與皇甫謐的無奈心理。從其夫子自道中，我們可以感受到在司馬氏的高壓政策下文士戰戰兢兢、苟且偷安的不易。東晉慧遠在《沙門不敬王者論》序中追溯了晉成、康之世，庾冰與何充關於沙門是否要禮敬王者的爭辯，引出其時桓玄與八座書關於這個問題的重提與朝士名賢的反映，將自己「深懼大法之將淪，感前事之不忘」〔註 72〕的焦灼、擔憂心情淋漓盡致地表現出來。

其二，引出要論述的問題。嵇康《養生論》開篇曰：「世或有謂神仙可以學得，不死可以力致者；或云上壽百二十，古今所同，過此以往，莫非妖妄者。此皆兩失其情，請試粗論之。」〔註 73〕先將要批駁的靶子樹立起來，下文分別論述這兩種觀點的不合理性。孫綽《喻道論》開端亦是先將世俗的觀點擺出來：「或有疑至道者，喻之曰：『夫六合遐邈，庶類殷充，千變萬化，渾然無端。是以有方之識，各期所見。鱗介之物，不達皐壤之事，毛羽之族，不識流浪之勢。自得於窞井者，則怪遊溟之量；翻翥于數仞者，則疑沖天之力。』」〔註 74〕然後引出下文的喻道之論。

魏晉南北朝論序亦有來自史辭的他序，這可能是嚴可均在輯錄時將其從史書中摘錄出來，使之成爲論體文的一部分，將作者的創作背景、創作意圖與主要觀點明確標識於論序中。如范甯《王弼何晏論》序曰：「時以浮虛相扇，儒雅日替，寧以爲其源始於王弼、何晏，二人之罪深於桀紂，乃著論曰」〔註

〔註 71〕〔清〕嚴可均輯：《全晉文》卷 71，《全上古三代秦漢三國六朝文》，北京：中華書局，1958 年版，第 1870 頁。

〔註 72〕〔清〕嚴可均輯：《全晉文》卷 161，《全上古三代秦漢三國六朝文》，北京：中華書局，1958 年版，第 2392 頁下。

〔註 73〕〔清〕嚴可均輯：《全三國文》卷 48，《全上古三代秦漢三國六朝文》，北京：中華書局，1958 年版，第 1324 頁。

〔註 74〕〔清〕嚴可均輯：《全晉文》卷 62，《全上古三代秦漢三國六朝文》，北京：中華書局，1958 年版，第 1811 頁。

〔註 75〕〔唐〕房玄齡等：《晉書》卷 75《范甯傳》，北京：中華書局，1974 年版，第 1984 頁。

75〕，此語出於《晉書・范甯傳》，其時文士對清談誤國的認識於此可見一斑。

二、文本敘事方式

（一）寓論斷於序事

司馬遷在回答壺遂提出孔子爲何要作《春秋》的問題時，曾引孔子的話「我欲載之空言，不如見之於行事之深切著明也」，意謂發表議論不如寫出事實更有說服力，而事實之中自亦不無道理，故《春秋》一書可以稱得上是「王道之大者也」。這個認識，當是促使司馬遷撰寫《史記》的思想淵源之一。顧炎武《日知錄》卷 26 在評價《史記》時指出：「古人作史，有不待論斷，而於序事之中即見其指者。惟太史公能之。《平準書》末載卜式語，《王翦傳》末載客語，《荊軻傳》末載魯句踐語，《晁錯傳》末載鄧公與景帝語，《武安侯田蚡傳》末載武帝語，皆史家於序事中寓論斷法也。」〔註 76〕「寓論斷於序事」，確實是太史公書的特點，但此處顧炎武是針對其史傳敘事而言的，即司馬遷將自己的觀點寓於史實之中，以敘代議。換個角度看，此語亦道出了古代論體文的一個突出特色，不直接發論，而是以事寓論。

在《史通・敘事》篇中，劉知幾將史書敘事類型概括爲四種：「蓋敘事之體，其別有四：有直紀其才行者，有唯書其事蹟者，有因言語而可知者，有假贊論而自見者。」〔註 77〕所謂「假贊論而自見」就是指在史論中補敘事件，將對歷史人物的評價寄予其中，既是一種敘事性言說方式，又是一種議論的方式。

范曄《後漢書》史論以《光武帝紀論》開篇，范曄並沒有直言自己對光武帝的評價，而是列舉了其稱帝的諸多祥瑞，以致引起後人的誤解與訾垢。唐人劉知幾批評其「曲筆阿時，獨成光武之美」，〔註 78〕今人瞿林東則稱其爲「不能脫俗的開篇」〔註 79〕。作爲南朝史家，范曄距漢已遠，關於劉秀事蹟

〔註 76〕〔清〕顧炎武著，陳垣校注：《日知錄校注》，合肥：安徽大學出版社，2007 年版，第 1432 頁。

〔註 77〕〔唐〕劉知幾著，〔清〕浦起龍通釋：《史通通釋》，上海：上海古籍出版社，2009 年版，第 156 頁。

〔註 78〕〔唐〕劉知幾著，〔清〕浦起龍通釋：《史通通釋》，上海：上海古籍出版社，2009 年版，第 183 頁。

〔註 79〕瞿林東：《說范曄〈後漢書〉帝紀後論》，《學習與探索》，2000 年第 6 期，第 112～118 頁。

的傳說，只能根據前代史家的記載進行撰述。《後漢書・光武紀論》曰：

> 皇考南頓君初爲濟陽令，以建平元年十二月甲子夜生光武於縣舍，有赤光照室中。欽異焉，使卜者王長占之。長辟左右曰：「此兆吉不可言。」是歲縣界有嘉禾生，一莖九穗，因名光武曰秀。明年，方士有夏賀良者，上言哀帝，雲漢家曆運中衰，當再受命。於是改號爲太初元年，稱「陳聖劉太平皇帝」，以厭勝之。及王莽篡位，忌惡劉氏，以錢文有金刀，故改爲貨泉。或以貨泉字文爲「白水眞人」。後望氣者蘇伯阿爲王莽使至南陽，遙望見舂陵郡，唶曰：「氣佳哉！鬱鬱蔥蔥然。」及始起兵還舂陵，遙望舍南，火光赫然屬天，有頃不見。初，道士西門君惠、李守等亦云劉秀當爲天子。其王者受命，信有符乎？不然，何以能乘時龍而御天哉！〔註80〕

這篇史論實出自《東觀漢紀》卷一《世祖光武皇帝》，只增加「初，道士西門君惠、李守等亦云劉秀當爲天子」等語。但値得注意的是，在《東觀漢紀》中，此是傳中正文，而范曄將其放在論中，看起來似乎在補傳中之不足，實際上是要表明自己的態度，「其王者受命，信有符乎？不然，何以能乘時龍而御天哉！」，一反問，一假設，表明他對這些祥瑞的懷疑。史傳的敘事目的在於向讀者傳達所記載歷史事件的眞相，不宜直接抒發自己的感慨，而史論則可以自由地表達自己的情感。因此，范曄充分利用史論的這一特色，將自己的觀點寓於反問與假設中，不必明言而意在其中。

（二）寄情志於敘事

魏晉南北朝文士創作論體文，很多時候與其現實關懷並沒有必然聯繫，而是仕途受挫後抒發憤懣之氣的結果，因此在借事說理，引事作論時，將對現實的不滿寄予其中。如《三國志・顧譚傳》記載，「譚坐徙交州，幽而發憤，著《新言》二十篇。」〔註81〕西晉王沈，「少有俊才，出於寒素，不能隨俗沉浮，爲時豪所抑。仕郡文學掾，鬱鬱不得志，乃作《釋時論》」〔註82〕，均屬此種情況下的創作。

〔註80〕〔南朝宋〕范曄：《後漢書》，北京：中華書局，1965年版，第86頁。

〔註81〕〔晉〕陳壽撰，〔宋〕裴松之注：《三國志》卷52《顧譚傳》，北京：中華書局，1959年，第1230頁。

〔註82〕〔唐〕房玄齡等：《晉書》卷92《王沈傳》，北京：中華書局，1974年版，第2381頁。

陸機之論，浦起龍稱之「其能事直與賈傳相頡頏」(《評注昭明文選》)。其《辯亡論》，通篇旨在「辯亡」，即「辨吳之所以亡也」，但「詠世德之駿烈，誦先人之清芬」的目的亦很明確。西陵之戰足以決定吳之生死存亡，陸機寫道：

> 漢王亦憑帝王之號，帥巴漢之人，乘危騁變，結壘千里，志報關羽之敗，圖收湘西之地。而我陸公亦挫之西陵，覆師敗績，困而後濟，絕命永安。續以濡須之寇，臨川摧鋭；蓬籠之戰，孑輪不反。〔註83〕

《蜀志》曰：「孫權襲殺關羽，取荊州。先主忿孫權之襲關羽，遂乃伐吳。吳將陸遜大破先主軍，遂棄船還魚復，改縣曰永安。」蜀之伐吳，連營七百里，自是大敵，還是先寫對方，劉備自與曹操不同，本爲報關羽之仇而來，「乘危騁變，結壘千里」，雖無曹軍之氣勢，卻也欲收湘西之地。然後寫陸遜之戰功，「挫之西陵，覆師敗績，困而後濟，絕命永安」，戰績輝煌。姜亮夫指出「《辯亡》二篇，主旨亦在表彰先世德業，蓋陸遜、陸抗、陸機、陸喜祖孫父子一門多才，與大吳相終始，而功業彪炳，皆有扶危匡亂之績，且與孫氏甥舅之親，故寄慨亦特深」〔註84〕所以，在《辯亡論》中陸機將其作爲功臣後裔的自豪感蘊含在敘事中。

（三）援古事以論今

魏晉南北朝論體文之興盛，與有關作者身處亂世，爲拯救社會現實災難，欲提供政略治術，出於濃重的現實關懷的心理動機，於是發憤著書有密切關係。秉承漢人重功利的文藝思想，其時文士對論體文的諷諫、教化作用予以高度評價。《三國志》載：「(孫）權嘗問（闞澤）:『書傳篇賦，何者爲美？』澤欲諷喻以明治亂，因對賈誼《過秦論》最善。」〔註85〕闕名的《中論序》則指出《中論》的創作緣起也出於教化的目的，他說：「(徐幹）見辭人美麗之文並時而作，曾無闡弘大義、敷散道教，上求聖人之中，下救流俗之昏者，故廢詩、賦、頌、銘、贊之文，著《中論》之書二十篇。其所甄紀邁君昔志，

〔註83〕〔唐〕房玄齡等：《晉書》卷54《陸機傳》，北京：中華書局，1974年版，第1469頁。

〔註84〕姜亮夫：《陸平原年譜》，上海：古典文學出版社，1957年版，第38頁。

〔註85〕〔晉〕陳壽撰，〔宋〕裴松之注：《三國志》卷53《闞澤傳》，北京：中華書局，1959年，第1249頁。

蓋百之一也」。〔註86〕基於這種考慮，文士在作論時，其敘事的目的是爲了言理，論古的目的是爲了言今，因此時常採用古今對比、借古喻今的寫法。

伏爾泰說：「人這種類型融化在歷史過程中。人是什麼，不是靠對本身的思考來發現，而只能通過歷史來發現。」〔註87〕東晉習鑿齒對此亦有深刻認識，「凡天下事有可借喻於古以曉於今，定之往昔而足爲來證者」〔註88〕。從這種觀點出發，他在《晉承漢統論》中採用了借古事以論今的方法。爲證明論點「夫成業者繫於所爲，不繫所藉；立功者言其所濟，不言所起」，先敘史實，「漢高稟命於懷王，劉氏乘斃於亡秦，超二僞以遠嗣，不論近而計功，考五德於帝典，不疑道於力政，季無承楚之號，漢有繼周之業」，再取假設之事從另一角度加以證明，「當陽秋之時，吳楚二國皆僭號之王也，若使楚莊推鄢郢以尊有德，闔閭舉三江以奉命世，命世之君、有德之主或藉之以應天，或撫之而光宅，彼必自繫於周室，不推吳楚以爲代明矣」。言古之後再大作發揮，「況積勳累功，靜亂寧眾，數之所錄，眾之所與，不資於燕噲之授，不賴於因藉之力，長轡廟堂，吳蜀兩斃，運奇二紀而平定天下，服魏武之所不能臣，蕩累葉之所不能除者哉」〔註89〕，用眾多稱美之詞構成一長句，表明司馬氏之功業遠勝古人，論古言今之要義至此豁然。西晉劉寔以世多進趣，廉遜道闕，乃著《崇讓論》以矯之。文章採用古今對比的寫法，首先肯定了古人的讓賢之舉，認爲「讓道興，賢能之人不求而自出矣，至公之舉自立矣，百官之副亦豫具矣」。同時批判了當世爭競之風，指出「推讓之風息，爭競之心生」，「爭競之心生，則賢能之人日見謗毀」。文章特別寫到爭競之風盛行後，古今「謝章」之別，「原謝章之本意，欲進賢能以謝國恩」，「季世所用，不賢不能讓賢，虛謝見用之恩而已。相承不變，習俗之失」，揭露可謂深矣，頗有現實性。因此，作者力倡讓賢，「時貴讓則賢智顯出，能否之美歷歷相次」，「浮聲虛論，不禁而自息矣」。鮑敬言《無君論》文章還進行古今對比，以此說明古勝於今，來借古諷今：

〔註86〕〔漢〕徐幹撰《中論》，上海：上海古籍出版社影印江安傅氏雙鑒樓藏明刊本，1990年版，第3頁。

〔註87〕〔德〕米切爾·蘭德曼著，閻嘉譯：《哲學人類學》，貴陽：貴州人民出版社，1998年版，第255頁。

〔註88〕〔唐〕房玄齡等：《晉書》卷82《習鑿齒傳》，北京：中華書局，1974年版，第2156頁。

〔註89〕〔唐〕房玄齡等：《晉書》卷82《習鑿齒傳》，北京：中華書局，1974年版，第2157頁。

> 古之爲屋，足以蔽風雨，而今則被以朱紫，飾以金玉；古之爲衣，足以掩身形，而今則玄黃黼黻，錦綺羅紈；古之爲樂，足以定人情，而今則煩乎淫聲，驚魂傷和；古之飲食，足以充饑虛，而今則焚林漉淵，宰割群生。〔註90〕

運用四個長達20字的單句，從衣、食、住、樂四個方面古今對比，形成排比句式，容量甚大，節奏鮮明。

（四）就今事而發論

「論」，是一種「活」的文體，可隨時隨處反映社會現實的變化，具有時效性與現實性。寫作論體文正是文士們與他所處時代的社會、政治、思想、文化現實發生有機聯繫的一種最重要、最有效的方式。魏晉南北朝文士借助於「論」這種文體，對其時的不良社會現象進行揭露與鞭撻，刺世疾邪，針砭放蕩。

在談到《崇有論》的創作緣由時，史載，裴頠「深患時俗放蕩，不尊儒術，何晏、阮籍素有高名於世，口談浮虛，不遵禮法，尸祿耽寵，仕不事事；至王衍之徒，聲譽太盛，位高勢重，不以物務自嬰，遂相放效，風教陵遲，乃著崇有之論以釋其蔽」。〔註91〕文中羅列了當時虛無放蕩世風的種種表現，將貴無者對貴賤長幼等級制度的破壞形象地刻畫出來，一針見血地寫出他們的放蕩行徑，更有甚者以裸裎爲高，表達了他對時俗競尚虛無而導致風教淩遲現象的痛心疾首之情。戴逵的《放達非道論》則批判了元康時期人們模倣阮籍等人的放達無羈行爲，他們輕蔑政事，無視禮教，朝夜飲酒，甚至「去巾幘，脫衣服，露醜惡，同禽獸」〔註92〕。在戴逵看來，元康的放達者根本不是眞正的放達，只是捐本徇末，捨實逐聲。戴逵將他們比作「美西施而學其顰眉，慕有道而折其巾角」者，揭露出他們的眞實面目，批判不可謂不犀利。這些都是針對當時世俗現象而發表的議論，更具有殺傷力與震撼力。

〔註90〕〔晉〕葛洪：《抱朴子》，上海：上海古籍出版社影印明《正統道藏》本，1990年版，第319頁。

〔註91〕〔唐〕房玄齡等：《晉書》卷35《裴頠傳》，北京：中華書局，1974年版，第1044頁。

〔註92〕〔南朝宋〕劉義慶撰，〔梁〕劉孝標注，徐震堮校箋：《世說新語校箋》，北京：中華書局，1984年版，第14頁。

（五）借敘事以證理

《左傳・昭公八年》云：「君子之言，信而有徵。」「徵」即確鑿而有證據。《荀子・非十二子》云：「其持之有故，其言之成理。」王先謙集解引郝懿行之語曰：「『故』者，『咨於故實』之『故』，謂其持論之有本也。」〔註93〕論體文是一種以言理爲主要內容，議論爲主要表達方式的文體，要證明其理的合理性，只憑空言是缺乏說服力的。因此，魏晉南北朝論體文多借事例來論理，其援引的事例有眞實的史實，亦有虛構的寓言。

《喻道論》是孫綽的一篇調和儒佛以護法的文章。這篇論文，不是以說理展開，而是通過譬喻與例證將其主張具體化，所舉事例多爲歷史事實。如爲了論證因果報應的問題，孫綽寫道：

> 歷觀古今禍福之證，皆有由緣，載籍昭然，豈可掩哉！何者？陰謀之門，子孫不昌，三世之將，道家明忌，斯非兵凶戰危，積殺之所致耶？若夫魏顆從治，而致結草之報；子都守信，而受驄驥之錫；齊襄委罪，故有墜車之禍；晉惠棄禮，故有弊韓之困：斯皆死者報生之驗也。至於宣孟愍翳桑之饑，漂母哀淮陰之憊，並以一餐，拯其懸餒；而趙蒙倒戈之祐，母荷千金之賞：斯一獲萬，報不踰世。〔註94〕

此處舉了四件史實，兩件福報，兩件禍報，意在說明死者報生者的效驗。接著又舉了兩個事例來說明報不逾世的道理。例證貼切，以己語化出，內容充實，意蘊深厚，取得了語言精鍊，語勢通暢、強勁的效果。但孫綽似乎沒有意識到例證的局限，可能在他看來，論證如果不結合具體例子，似乎就會失去意義。其實，事例既有正的，又有反的，也不可能窮其所有，所以用這種論證方法來證明觀點，其說服力是極爲有限的。

三、敘事性言說的特點

（一）濃縮式敘事

魏晉南北朝論體文受其時文風的影響，具有鮮明的語言美質，其文辭典

〔註93〕〔清〕王先謙：《荀子集解》，北京：中華書局，1988年版，第91頁。

〔註94〕《弘明集・喻道論》。〔梁〕僧祐撰、〔唐〕道宣撰《弘明集・廣弘明集》，上海：上海古籍出版社，1991年版，第17頁。

雅、氣勢雄壯之特點的形成與其濃縮式敘事言說方式緊密相關。以密集方式排列的眾多濃縮型事件，具有雙重意義。一則就單件事而言，是內斂的、凝練的，每件事只用簡短的一句話加以概括，可謂惜墨如金；一則就整體而言，又是鋪張的，體現的是以多爲美的風尙。這種收斂與舒張、凝練與鋪陳、簡約與繁縟的有機結合，使魏晉南北朝論體文敘事的張力得到充分發揮。它提供了豐富的信息，又形成浩大的氣勢，增強了論體文的說服力。戴逵《釋疑論》論曰：

> 是以堯舜大聖，朱均是育；瞽叟下愚，誕生有舜；顏回大賢，早夭絕嗣；商臣極惡，令胤克昌；夷叔至仁，餓死窮山；盜跖肆虐，富樂自終；比干忠正，斃不旋踵；張湯酷吏，七世珥貂。凡此比類，不可稱數。〔註 95〕

一氣舉出歷史上八個禍福應報不合理的例子，互相對比，構成一個獨立的版塊，顯得極爲凝練。然後在此基礎上歸納出他的觀點，認爲賢愚善惡，修短窮達，各有分命，非積行所致，就有了事實支撐。

（二）寫意式敘事

「中國敘事文學傳統，從一開始就有寫實和寫意兩種藝術表現方式，形成兩種藝術流派。寫實注意情節的完整合理以及細節的周到逼真，而寫意則表現著一種詩化的傾向，不注重情節，甚至淡化情節，追求意境，追求意境的雋永。」〔註 96〕此處，石昌渝先生雖是就小說的敘事性而言，卻也道出了各類文體敘事方面的共性。論體文中的敘事是爲敘思服務的，所敘之思即思想在作品中才是主角。因此，其不可能如小說、長篇敘事詩等敘事文體那樣，通過豐富的情節、曲折的過程、複雜的事件來構成故事、塑造人物形象、再現社會生活。論體文中的敘事屬於寫意式，以傳神、明理爲目的。

韋昭的《博弈論》描繪了博弈者臨局對陣時的神態、心理，專心致志，神迷體倦，廢寢忘食，心無旁騖，甚至有的由博弈發展到賭博，不顧廉恥，失去涵養，肆意爭吵。對其刻畫入木三分，亦不乏誇張之處。魯褒《錢神論》中刻畫出讀書人見錢眼開的神態動作：「京邑衣冠，疲勞講肄。厭聞清談，對

〔註 95〕〔清〕嚴可均：《全晉文》卷 137，《全上古三代秦漢三國六朝文》，北京：中華書局，1958 年版，第 2251 頁上。

〔註 96〕石昌渝：《中國小說源流論》，北京：三聯書店，1994 年版，第 85 頁。

之睡寐。見我家兄，莫不驚視。錢之所祐，吉無不利。何必讀書，然後富貴」，就形貌行事揭其內心意念。可謂深刻，此乃一種漫畫式寫意筆法，嘲諷的意味寓於字裏行間。

保存於葛洪《抱朴子・詰鮑》中的鮑敬言的《無君論》則採用青綠山水畫的寫意筆法，將「曩古之世，無君無臣」理想的社會畫面勾勒出來：

> 曩古之世，無君無臣，穿井而飲，耕田而食，日出而作，日入而息，汎然不繫，恢爾自得，不競不營，無榮無辱，山無蹊徑，澤無舟梁。川谷不通，則不相并兼；士眾不聚，則不相攻伐。是高巢不探，深淵不漉，鳳鸞棲息於庭宇，龍鱗群遊於園池，飢虎可履，虺蛇可執，涉澤而鷗鳥不飛，入林而狐兔不驚。〔註97〕

通過寫其時人的飲食、作息等，表現出他們委運自然、無欲無求、無榮無辱、怡然自得的生活狀況和不用智巧、抱樸守拙的精神狀態。

（三）敘思式敘事

魏晉南北朝論體文中有部分作品，屬於有意識地通過敘事來表達系統的思想，表現創作主體倡導、關注和發現的世界觀，並將這類創作發展成爲一種新的敘述模式。敘事是其外殼，敘思才是其內裏。作家通過虛構人物、情節與環境，將自己的思想通過筆下的人物之口道出。前面所言的對話體敘事就是這樣的敘思式作品。此處要注意的是在這種敘事中，作者採用客主問對的外在結構形式，其本質上反映的卻是作家內在的自我衝突或對立的心理結構，衝突的契機或來源於外界，或來源於內心。嵇康《卜疑》、夏侯湛《抵疑》、郤正《釋譏》、皇甫謐《釋勸論》、束皙《玄居釋》、王沈《釋時論》、曹毗《對儒》、郭璞《客傲》、徐勉《答客喻》均屬此類作品。由「設疑」到「自通」的過程是作者從內心鬱結到自我排遣的心理歷程，表現的是一種「士不遇」情緒。

四、敘事傳統與魏晉南北朝論體文敘事件言說

我國有著悠久而漫長的敘事傳統，敘事是古人認識世界、溝通心靈的重要方式，正如葉舒憲先生所言，「根據文化與人格理論，人類行爲和體驗充滿

〔註97〕楊明照：《抱朴子外篇校箋（下）》，北京：中華書局，1997年版，第498頁。

意義，這種意義交流的工具是敘事，而不是邏輯和抽象。」〔註 98〕法國當代文論家羅蘭・巴特在「敘事文的結構主義分析導論」一文中亦指出：「敘述是人類開蒙、發明語言之後，才出現的一種超越歷史、超越文化的古老現象。……它從遠古時代就開始存在，古往今來，哪裏有人，哪裏就有敘述。」〔註 99〕古人口頭相傳的敘事已難得見，較早的有文字記載的敘事當見於商代的卜辭，如《卜辭通纂》第 375 片曰：「癸卯卜，今日雨，其自西來雨，其自東來雨，其自北來雨，其自南來雨？」已初具敘事之雛形，有時間，有內容，且以問句的方式結尾。《周易》爻辭中敘事成分更多，至於《山海經》所載乃是神話敘事。中國史學發達，《漢書・藝文志》稱：「古之王者世有史官，君舉必書，所以愼言行，昭法式也。左史記言，右史記事，事爲《春秋》，言爲《尚書》，帝王靡不同之。」〔註 100〕宋代眞德秀有「敘事起於史官之說」，章學誠《上朱大司馬論文》亦主張「古文必推敘事，敘事實出史學」。南宋眞德秀《文章正宗》分辭命、議論、敘事、詩賦四種，其書前《綱目》曰：

> 按敘事起於古史官，其體有二：有紀一代之始終者，《書》之《堯典》、《舜典》與《春秋》之經是也，後世本紀似之。有紀一事之始終者，《禹貢》、《武成》、《金滕》、《顧命》是也，後世志記之屬似之。又有紀一人之始終者，則先秦蓋未之有，而於漢司馬氏，後之碑誌事狀之屬似之。

可見不管是紀一代事，還是紀一件事，均爲史官之職責。

古人甚爲重視「事」與「理」的關係，常以「事理」對舉。《荀子・非十二子》云：「古之所謂士仕者，厚敦者也，……務事理者也。」〔註 101〕又《大略篇》云：「凡百事異理而相守也。」〔註 102〕三國時期，王弼在《論語釋疑・里仁》中指出：「夫事有歸，理有會。故得其歸，事雖殷大，可以一名舉；總其會，理雖博，可以至約窮也。」〔註 103〕北宋程頤曾論事理曰：「至顯者莫如

〔註 98〕葉舒憲：《文學人類學教程》，北京：中國社會科學出版社，2010 年版，第 83 頁。

〔註 99〕〔法〕羅蘭・巴特：《意象・音樂・文本》，轉引自浦安迪《中國敘事學》，北京：北京大學出版社，1995 年版，第 5 頁。

〔註 100〕〔漢〕班固：《漢書》卷 30《藝文志》，北京：中華書局，1964 年版，第 1715 頁。

〔註 101〕〔清〕王先謙：《荀子集解》，北京：中華書局，1988 年版，第 100 頁。

〔註 102〕〔清〕王先謙：《荀子集解》，北京：中華書局，1988 年版，第 500 頁。

〔註 103〕樓宇烈：《王弼集校釋》，北京：中華書局，1980 年版，第 622 頁。

事，至微者莫如理，而事理一致，微顯一源。古之君子所謂善學者，以其能通於此而已」〔註 104〕，認爲事與理既有區別又相互統一。因其如此，作爲人類言說方式之一的敘事，能夠超越任何具體作品的體裁形式，而在敘事中言理，其理更易曉。

在魏晉南北朝文士看來，紛紜的史事與複雜的現實，皆爲人們順應或改造自然、社會與個人的種種行爲，是基於特定需要、依據一定法則而進行的各種活動。其本身是在一定的「道」或「理」的誘發與制約下產生的，同時又體現出一定的「道」與「理」。就某種意義言，事爲理之載體，理爲事之內核，以事見理，借事言理，皆爲鑒古知今，強調「以史爲鑒」，亦即以事爲鑒。《管子・形勢》曰：「疑今者察之古，不知來者視之往。」〔註 105〕因爲歷史與現實之間存在的內在聯繫，可以通過考察歷史爲解決現實問題提供借鑒，並以此預測事物發生的未來走向。《論語・爲政》曰：「殷因於夏禮，所損益可知也；周因於殷禮，所損益可知也。其或繼周者，雖百世亦可知也」〔註 106〕。由現狀追溯歷史，借歷史推斷現狀，「原始計實，本其所生」〔註 107〕，具有方法論意義。

魏晉南北朝文士慣於以體認的方式把握事物之意義，長於以感悟的方式洞察事物之原理，所以在其論作中採用敘事性言說之方式，強調「未嘗離事而言理」〔註 108〕。然而，論體文之敘事終究有別於詩賦小說，要爲言理服務，體現出崇實、尚簡、含情、見心的特點。所謂「崇實」，就是說不管是就事發論、借事言理還是鑒古論今，所敘之事以眞實爲務，信實可靠方具說服力，這是魏晉南北朝論體文較之先秦諸子議理散文虛構寓言故事以敘事減少後的重要變化。「尚簡」強調的是論體文中的敘事應凝練準確，「文尚簡要，語惡煩蕪，何必款曲重沓，方稱周備」〔註 109〕，切忌大肆鋪張，面面俱到。因事爲理表，理爲事核，故繁瑣敘事必沖淡其思辨言理。所謂「含情」，指儘管敘事爲論理，其事之選擇必寄寓作者之情志，表露其價值取向與審美情趣。所

〔註 104〕〔宋〕朱熹：《河南程氏遺書》，上海：商務印書館，1935 年版，第 355 頁。

〔註 105〕黎翔鳳：《管子校注》，北京：中華書局，2004 年版，第 43 頁。

〔註 106〕〔梁〕皇侃：《論語義疏》，北京：中華書局，2013 年版，第 42 頁。

〔註 107〕黎翔鳳：《管子校注》，北京：中華書局，2004 年版，第 788 頁。

〔註 108〕〔清〕章學誠撰，葉瑛校注：《文史通義校注》，北京：中華書局，1985 年版，第 1 頁。

〔註 109〕〔唐〕劉知幾撰，〔清〕浦起龍釋：《史通通釋》，上海：上海古籍出版社，2009 年版，第 48 頁。

謂「見心」，即見人，見性，由所敘之事可窺作者之爲人與胸襟、懷抱、心性。

總而言之，敘事性言說方式使魏晉南北朝論體文成爲融複雜思辨性與審美愉悅性於一體的文體，使論體文作者面臨將思想納入文學形式的挑戰。這些精彩的論體文，在敘事中言理，在言理中援事，使原本「灰色」的理論之樹散發出亮麗鮮活的生命之光。

第三節　詩意性言說

早在二百多年前，意大利學者維柯在其《新科學》中就提出「詩性」或「詩性智慧」的概念，以此特指原始人類在思維方式、生命意識和藝術精神等方面的特性。而在雅斯貝爾斯所說的「軸心時代」，中西文化有著共同的「詩性智慧」之源，自此之後，在西方文化愈來愈邏輯化、哲學化之時，中國古代文化卻依然保持著詩性的理論形態與言說方式。魏晉南北朝論體文，是那個時代理性精神的產物，並代表了其時理性精神的最高水準，但它們的理性精神中又涵泳著詩性精神。這種邏輯性與詩性的融合，在文本形式或話語方式上則表現爲用詩性之「言」承載玄遠之「思」。魏晉南北朝論體文家專注於對宇宙人事的詩性感悟，專注於對這種感悟的詩性表達，並不著意於理論體系的建構和理論的邏輯推演。這種思維特徵使得魏晉南北朝論體文走上一條與西方論著完全不同的發展道路，魏晉南北朝論體文的詩意性言說正體現了中華民族的詩性思維特徵。

一、詩意性言說的主要方式

（一）論可以「比」：隱喻式言說

季廣茂在其《隱喻視野中的詩性傳統》中寫道「隱喻不僅能折射出人類詩性智慧的光輝，也能揭示出人類認識、改造世界的哲學睿智；不僅是人類改造世界的橋梁，也是人類認知自身發展的途徑」，強調了隱喻的深遠意義。馮友蘭則指出：「中國哲學家慣於用名言雋語、比喻例證的形式表達自己的思想。」〔註 110〕這既使得文字簡潔、洞徹，直指思想內涵，又使得思想不黏滯於文字，不死於句下。

〔註 110〕馮友蘭：《中國哲學簡史》，北京：北京大學出版社，1996 年版，第 11 頁。

魏晉南北朝時期，雖然已遠離產生巫術與神話的時代，但其時文士對隱喻思維中「互滲」現象所帶來的奇特效果仍然甚爲著迷。因爲它能幫助他們擺脫理性的羈絆和超越按部就班的邏輯過程，使看起來完全不相同的兩個概念、兩種現象或兩類形象瞬間建立聯繫，並生發出新的意義來。隱喻在給語言表達帶來多種途徑的可能時，也給思維本身帶來多種途徑和方向，它使思維脫離了已有的規範和軌道，憑藉著「靈感」、憑藉著殘留的印象、憑藉著那些難以言說的感悟翱翔。

一般而言，隱喻可分爲常規隱喻與創新隱喻兩類。常規隱喻體現的是一定語言使用群體文化和經驗的積澱，其形式的源域是人們熟悉的、具體的事物；創新隱喻則指創造相似性隱喻，是隱喻不斷發展和創新的體現，其產生依賴創造者基於自身經驗的新感受。魏晉南北朝論體文中所採用的隱喻式言說既有常規隱喻，也有創新隱喻。

形影之喻是一個早在先秦即已使用的常規隱喻，《韓非子·功名》曰：「名實相持而成，形影相應而立」，以形影喻名實。魏晉南北朝文士亦將其用到論體文中，韓伯《辯謙論》曰：「夫有所貴，故有降焉。夫有所美，故有謙焉。譬影響之與形聲，相與而立」，以形影喻美與謙之關係。歐陽建《言盡意論》曰：「名逐物而遷，言因理而變：此猶聲發響應，形存影附，不得相與爲二矣」，以形影喻言意。

形神之爭是漢魏六朝的重要論題，東漢桓譚提出著名的燭火之喻，指出「精神居形體，猶火之然燭矣」、「氣索而死，如火著之俱盡矣」〔註 111〕，以此說明精神不能脫離形體而獨立存在。後來，王充在《論衡》中接著進行論述，曰：「形須氣而成，氣須形而知。天下無獨燃之火，世間安得有無體獨知之精？」東晉慧遠《沙門不敬王者論·形盡神不滅五》中的問者提出「法令本異，則異氣數合，合則同化，亦爲神之處形，猶火之在木，其生必存，其毀必滅，形離則神散而罔寄，木朽則火寂而靡託」〔註 112〕，當承桓譚與王充而來。慧遠結合現實中常見的薪經過燃燒，成爲灰燼，但是火卻從此薪傳到彼薪，永不熄滅的現象，來證明人的形體消滅了，「神」也從這一形體傳到另

〔註 111〕《弘明集·神不滅論》。《弘明集·廣弘明集》，上海：上海古籍出版社，1991 年版，第 30 頁上。

〔註 112〕《弘明集·沙門不敬王者論五》。《弘明集·廣弘明集》，上海：上海古籍出版社，1991 年版，第 32 頁中。

一形體，永恒不滅，「火之傳於薪，猶神之傳於形；火之傳異薪，猶神之傳異形。前薪非後薪，則知指窮之術妙；前形非後形，則悟情數之感深」。〔註 113〕在慧遠之後，鄭鮮之也以薪火之喻來證明神不滅，卻是從另一個角度，他認爲「夫火因薪則有火，無薪則無火，薪雖所以生火，而非火之本，火本自在，因薪爲用耳。若待薪然後有火，則燧人之前，其無火理乎？火本至陽，陽爲火極，故薪是火所寄，非其本也。神形相資，亦猶此矣。」〔註 114〕很明顯，他以火理象徵事物本質，而薪火只是火的現象，割裂了現象與本質的關係，所以並不易於爲人所接受。

南朝陳朱世卿《法性自然論》:「譬如溫風轉華，寒飆颺雪，有委溲糞之下，有累玉階之上，風飆無心于厚薄，而華霰有穢淨之殊途，天道無心于愛憎，而性命有窮通之異術。」〔註 115〕很顯然此喻受范縝樹花之喻的影響，《梁書》卷 48 載，蕭子良曾問范縝「君不信因果，世間何得有富貴？何得有賤貧？」范縝答:「人之生譬如一樹花，同發一枝，俱開一蒂，隨風而墮，自有拂簾幌墜於茵席之上，自有關籬牆落於糞溷之側。墜茵席者，殿下是也；落糞溷者，下官是也。」〔註 116〕但值得注意的是，朱世卿並沒有照搬范縝之喻，而是加以拓展，將喻體擴展爲花與雪。

由此可見，魏晉南北朝論體文雖襲用了前人的常規隱喻，但卻賦予其新的內涵，體現出其時文士的創新精神，誠如錢鍾書所言:「比喻有兩柄復具多邊，蓋事物一而已，然非止一性一能，遂不限於一邊一效。取譬者用心或別，著眼因殊，指（denotatum）同而旨（significatum）則易；故一事物之象可以孑立應多，守常處變。」〔註 117〕對於任何哲學家來說，隱喻與其說是出於形象表達需要所自覺運用的一種文學修辭方法，不如說是出於抽象、概括、省略等需要而進行的邏輯思維的不自覺的或「無意識的」前提。由此來看，高度理性化的神學、哲學、科學思維幾千年以來都是建立在一連串的隱喻基礎之上。

〔註 113〕《弘明集・沙門不敬王者論五》。《弘明集・廣弘明集》，上海：上海古籍出版社，1991 年版，第 32 頁下。

〔註 114〕《弘明集・神不滅論》。《弘明集・廣弘明集》，上海：上海古籍出版社，1991 年版，第 29 頁中。

〔註 115〕〔清〕嚴可均：《全陳文》卷 17，《全上古三代秦漢三國六朝文》，北京：中華書局，1958 年版，第 3499 頁上。

〔註 116〕〔唐〕姚思廉：《梁書》卷 48《儒林・范縝傳》，北京：中華書局，1973 年版，第 665 頁。

〔註 117〕錢鍾書：《管錐篇》，北京：中華書局，1979 年版，第 39 頁。

魏晉南北朝論體文中的創新隱喻則指那些更具詩性特徵、更注重形象性的隱喻。如釋眞觀《因緣無性後論》曰：「積滯皆傾，等秋風之落葉；繁疑並散，譬春日之銷冰。」〔註 118〕釋慧通《駁顧歡〈夷夏論〉》曰：「正道難毀，邪理易退，譬若輕羽在高，遇風則飛；細石在谷，逢流在轉。唯泰山不爲飄風所動，磐石不爲疾流所迴，是以梅李見霜而落葉，松柏歲寒之不凋。」〔註 119〕此中既富有易感知的形象，如秋風、落葉、春日、銷冰、輕羽、細石、泰山、飄風、磐石、梅李、松柏等，又不乏專業化的抽象的術語，如積滯、繁疑、正道、邪理等，這種隱喻式言說方式，既賦予了理論形象性，又體現了理論的規定性。

再如王羲之《書論》曰：

> 若作橫畫，必須隱隱然可畏。若作蹙鋒，如長風忽起，蓬勃一家，若飄散離合，如雲中別鶴遙遙然；若作引戈，如百鈞弩發；若作抽針，如萬歲枯藤；若作屈曲，如武人勁弩筋節；若作波，如崩浪雷奔；若作鉤，如山將岌岌然。〔註 120〕

庾肩吾《書品論》曰：

> 分行紙上，類出蠆之蛾；結畫篇中，似聞琴之鶴。峰崿間起，瓊山慙其斂霧；漪瀾遞振，碧海愧其下風。抽絲散水，定其下筆，倚刀較尺，驗於成字。〔註 121〕

二者均將書法之妙以譬喻論之，使原本嚴峻、規範、刻板的知性解析活動活潑生動起來。隱喻所帶來的語言快感和美感能消除論辯過程中的煩悶、枯燥的氣氛，在理性的利刃未及深入和無法深入之處發揮自身的作用，迂迴地抵達論證對象的底裏。理論的系統性是結合形象的完整性、連續性來體現的，概念的抽象意義是通過形象的具體特點讓讀者理解的。

隱喻式言說之所以成爲魏晉南北朝論體文的重要話語方式，究其因主要有以下幾方面：

〔註 118〕〔清〕嚴可均：《全隋文》卷 34，《全上古三代秦漢三國六朝文》，北京：中華書局，1958 年版，第 4228 頁上。

〔註 119〕《弘明集．駁顧歡〈夷夏論〉》。《弘明集．廣弘明集》，上海：上海古籍出版社，1991 年版，第 47 頁上。

〔註 120〕〔清〕嚴可均：《全晉文》，《全上古三代秦漢三國六朝文》，北京：中華書局，1958 年版，第 1610 頁上。

〔註 121〕〔清〕嚴可均：《全梁文》。《全上古三代秦漢三國六朝文》，北京：中華書局，1958 年版，第 3344 頁上。

首先因爲這種方式能夠用最簡潔的語言表達多種涵義。無論如何，語言符號的直接傳導能力極爲有限，符號與所表達內容的對應既限制了符號本身，也框定了其內涵。在以邏輯思辨爲主要言說方式的論體文中，運用解析手段是爲了捕捉對象的內核，因此論證的指向經常凝聚於某個點上，而這個點往往是不可再分解的原點。隱喻式言說方式則常常打破框框，在不同的符號與意義之間架起橋梁，建立各種通道。其功能含有彈性和張力，使隱喻所表達的含義不只是集中在一個點上，不只有單一的解釋，它在論證對象周圍劃了一個有彈性的範圍，從而不使所表達的一切都固定下來或凝聚下來，只是誘導和暗示，引導人們進入一個面，一個空間，使讀者在這個範圍中可依據個人的氣質秉性、人生體驗等方面作爲理解的基礎而有接受的選擇、有再闡釋的選擇，似乎也給各種不同類型的讀者開闢了通往彼岸的不同道路。隱喻的價值並非徹底說明對象，而是引導讀者發揮其聯想與想像，以共同走完論證的過程，爲其開拓進入論證對象的多重路徑，搭起聯繫的橋梁。因爲只有隱喻在建立大跨度的橋梁時不需要事先築起一些堅實的邏輯的橋墩。〔註 122〕

其次，魏晉南北朝論家多爲詩人，受詩之薰染日深，對詩的隱喻表達方式駕輕就熟，這種言說方式所帶來的效果往往超出論者的預期目標，產生更爲深遠的影響。上文所言范縝的樹花之喻即爲一例。因此，在論體文中運用詩性言說方式實爲其習慣的延伸，或者說論者在論體文創作時，也期待語詞的審美效果而不是期待某種確實不移的、準確的理論表達。雖說擅長創作論體文的文士皆有一種追究事物與現象底裏的還原衝動，但是長於運用隱喻的論者與長於知性解析或理性建構的論者是不同的，他們希望那種抽象的理論能被還原成生動的形象，他們覺得形象所激起的視覺或其他感覺效果較之邏輯論證更具說服力。換言之，離開形象的、抽象理性的內在力量並未爲魏晉南北朝某些論家所眞正瞭解，所以，隱喻式形象成爲其傳送意義的首要之選。

再次，魏晉南北朝論者在選擇喻體時常常傾向於用某些前人提煉過的具有一定意義指向的形象。這樣可以避免因生僻而產生歧義和心理疑竇，上文所舉的那些常規隱喻即如此，選用「形影」「燭火」「樹花」來作喻體，不但精彩，而且並不顯得突兀，因爲人們在接受它們時已經有了一定的心理準備。

〔註 122〕蔣原倫、潘凱雄：《文學批評與文本》，北京：北京師範大學出版社，2006 年版，第 108 頁。

當然，一旦作爲喻體，其涵義與原作的意義不盡相同，上下文的變遷，使其在原來的意義上延伸出新的意義。這種新的意義倘若孤立地存在著就會顯得單薄，可是當它們以舊有的意義作襯托，其背景會深宏闊大起來。因此，在魏晉南北朝論體文的形象隱喻中，我們會發現作爲喻體的材料來源往往出自前人的論作所構造的形象，而非論家直接從生活和自身經驗中提取，如此就增強了隱喻式論說的文化意味。因爲其喻體是文字符號化的形象，是已經被前人點化過的形象，論者在新的隱喻過程中再度賦予其新的生命與新的意義。

（二）論可以「興」：造境式言說

興，是指古代詩歌創作中自覺協調心物關係，孕育、鎔鑄藝術形象的構思方法或思維方式。鄭眾稱：「興者，託事於物也。」孔穎達《毛詩正義》曰：「興者，託事於物。則興者，起也，取譬引類，發起己心。詩文皆舉草、木、鳥、獸以見意者，皆興體也。」二者均強調了詩歌中事與物的關係。可見，「興」就是用一定的物象或情境表現某種特殊的情感、思想的方法，是聯繫「意」與「境」的橋梁。

古人甚爲強調意境在詩歌創作中的作用，司空圖曰：「長於思與境偕，乃詩家之所尚者。」〔註 123〕王國維則強調所有文學作品皆要有意境，「文學之事，其內足以攄己而外足以感人者，意與境二者而已。上焉者意與境渾，其次，或以境勝，或以意勝。苟缺其一，不足以言文學。……文學之工與不工，亦視其意境之有無與深淺而已。」〔註 124〕又將意境分爲「造境」和「寫境」：「有造境，有寫境。此理想與寫實二派之所由分。然二者頗難分別。因大詩人所造之境，必合乎自然，所寫之境，必鄰於理想故也。」可見，寫境，貼近現實，契合自然，是一種眞實反映客觀現實的形態；造境，則爲虛構之境，充滿激情和願望，本之自然，卻又超越自然。

如前文所言，魏晉南北朝論家大多爲詩人，將詩歌創作的手法用於論體文創作未必是有意而爲之。通覽留存下來的魏晉南北朝論體文作品，亦不乏造境之美文。阮籍的《達莊論》開端寫道：

伊單閼之辰，執徐之歲，萬物權輿之時，季秋遙夜之月，先生

〔註 123〕〔唐〕司空圖：《與王駕評詩書》，《中國歷代文論選（第二冊）》，上海：上海古籍出版社，1979 年版，第 217 頁。

〔註 124〕王國維：《人間詞乙稿序》，《中國近代文論名篇詳注》，貴陽：貴州人民出版社，1986 年版，第 493 頁。

> 徘徊翱翔，迎風而遊，往遵乎赤水之上，來登乎隱坌之丘，臨乎曲轅之道，顧乎決漭之州。恍然而止，忽然而休，不識曩之所以行，今之所以留；悵然而無樂，愀然而歸白素焉。平晝閒居，隱几而彈琴。〔註 125〕

阮籍推重莊子的「寥廓之談」，發而爲論，自然更多寥廓之氣，恢宏之貌。此處的「先生」明顯帶有《莊子》中「眞人」的風采，他遊於天地之間，無拘無束，優遊任性，委運自然。與其《大人先生傳》中的「大人先生」亦有相通之處，「夫大人者，乃與造物同體，天地竝生，逍遙浮世，與道俱成，變化散聚，不常其形……」〔註 126〕，二者均可看作在黑暗現實中，阮籍爲自己設計的精神上保持自由天地的理想人格，是其在內心刻畫的理想的自我形象的眞實寫照。而這種自然情境的創設，以寫意的筆法，勾勒出與心之所契合處，筆到而神會，別有一番境界，表現了阮籍對當時黑暗社會現實的不滿。也就是說，當社會實際秩序的建構欲望落空之後，備嘗生命沉淪之苦的阮籍需要用這種造境的方式進行自我拯救，需要在另外一個空間建構一套秩序來滿足內心「立」的欲望。

阮籍《達莊論》中所造之境純爲虛構，是其爲自己的理想化身「先生」營造的一個優遊自若的生存空間，而「先生」具有超自然的力量，超塵脫俗，不食人間煙火，當然這只是一種理性化的境界，與現實相距甚遠。仲長統《樂志論》中所造之境則在虛構之中遵循「自然之法則」，「其材料必求之於自然」。其文曰：

> 使居有良田廣宅，背山臨流，溝池環匝，竹木周布，場圃築前，果園樹後。舟車足以代步涉之艱，使令足以息四體之役。養親有兼珍之膳，妻孥無苦身之勞。良朋萃止，則陳酒肴以娛之；嘉時吉日，則亨羔豚以奉之。躕躇畦苑，遊戲平林，濯清水，追涼風，釣游鯉，弋高鴻。諷於舞雩之下，詠歸高堂之上。安神閨房，思老氏之玄虛；呼吸精和，求至人之彷彿。與達者數子，論道講書，俯仰二儀，錯綜人物。彈《南風》之雅操，發清商之妙曲。消搖一世之上，睥睨

〔註 125〕〔清〕嚴可均：《全三國文》卷 45，《全上古三代秦漢三國六朝文》，北京：中華書局，1958 年版，第 1310 頁。

〔註 126〕〔清〕嚴可均：《全三國文》卷 46，《全上古三代秦漢三國六朝文》，北京：中華書局，1958 年版，第 1315 頁。

天地之間。不受當時之責，永保性命之期。如是，則可以陵霄漢，出宇宙之外矣。豈羨夫入帝王之門哉！〔註 127〕

文章描繪了一個超然於一切的世界，有優美的環境，自足的生活，全家老少，其樂融融，與老莊相伴，任意適物，彈琴論道，逍遙於天地，得全於亂世，表現了仲長統試圖超越現實而神遊於精神世界的心情。這種境界更讓人神往，因其與人世生活相距不遠，可以不改變日常生活狀態，而又在精神上超脫於現實。

至梁代蕭繹《全德志論》卻是爲其政治意圖而造境：

物我俱忘，無貶廊廟之器；動寂同遣，何累經綸之才。雖坐三槐，不妨家有三徑；接五侯，不妨門垂五柳。但使良園廣宅，面水帶山，饒甘果而足花卉，葆筠篁而玩魚鳥。九月肅霜，時饗田畯；三春捧繭，乍酬蠶妾。酌升酒而歌南山，烹羔豚而擊西缶。或出或處，並以全身爲貴；優之遊之，咸以忘懷自逸。若此，眾君子可謂得之矣。〔註 128〕

文中虛構的情境悠閒自得，此乃蕭繹爲其臣子創設的理想生活狀況，其用心顯而易見，讓他們全身爲貴，忘懷憂苦，不必關心民生與國家之興亡，而他作爲君主自然可以爲所欲爲了。

通過以上文例，不難發現在作品所造之境中充溢著作者的「意」，這「意」是作者對人生與社會的思考體悟，兼具感性與理性的因素，它融於作品所造之境中的所有組成部分，人、事、景，使之成爲主體化、心靈化、審美化的世界。而這個「意」，是理性的、後天的。它一方面來自外在世界向主體的呈現，一方面來自主體對外在世界的評價。黑格爾《美學》第三卷有言，「眞正的抒情詩人並無須從外在事件出發，滿懷熱情地去敘述它，也無須用其它眞實環境和機緣去激發他的情感。他自己就是一個主體的完滿自足的世界，所以無論是作詩的推動力還是詩的內容都可以從他自己身上去找，不越出他自己的內心世界的情境、情況、事件和情慾的範圍。抒情詩人憑他的內心本身就成了藝術作品」〔註 129〕。此處談的雖是詩歌的創作，移之論體文未嘗不可。

〔註 127〕〔南朝宋〕范曄：《後漢書》卷 49《仲長統傳》，北京：中華書局，1965 年版，第 1644 頁。

〔註 128〕〔清〕嚴可均：《全梁文》，《全上古三代秦漢三國六朝文》，北京：中華書局，1958 年版，第 3049 頁下。

〔註 129〕〔德〕黑格爾著，朱光潛譯：《美學（第三卷下冊）》，北京：商務印書館，1981 年版，第 197 頁。

論家在作論之前，先有「意」蘊含於胸，然後造境言之，「意」在心中，境亦由心造。相傳爲王昌齡所作的《詩格》中「詩有三思」一條曰:「詩有三思:……三曰取思。搜求於象，心入於境，神會於物，因心而得。」〔註 130〕也就是說作者從感受出發，爲情感、思想尋找恰當的表現形式。在這個過程中，「心入於境，神會於物」，創造一種能夠表現其情志思想的、由主觀選擇、改造、虛擬的境界。

魏晉南北朝論體文因造境而使其所言之理變成含蓄而深遠的「境」中之理，所造之「境」又因蘊含了具有普遍意義的哲理而具有了詩境的韻味悠長。造境強調刻意經營，講究「意新語工」，師法自然，但不是對自然的逼眞描繪，而是力求將隱含在形、色中的氣、道、理、情、神等內在的本質的東西生動地表現出來。從此角度言，論體文中的造境式言說與詩歌創作技法「興」具有異曲同工之妙。

（三）論可以「怨」:抒懷式言說

孔子在《論語·陽貨》中提出了非常有名的論詩之語，「詩可以興，可以觀，可以群，可以怨」，「怨」被孔安國解釋爲「怨刺上政」。《史記·太史公自序》稱「《詩》三百篇，大抵賢聖發憤之所爲作也。」錢穆先生認爲:「故學詩，通可以群，窮可以怨……學於詩者可以怨，雖怨不失性情之正」。〔註 131〕也就是說，詩歌可以抒發、舒散怨恨、哀怨等情緒，其包含有和諧人際關係和批評時政等意思。就此而言，魏晉南北朝論體文不僅與詩歌有著外形上的相似，其內質也是相同的。詩人是發憤而作詩，論家又何嘗不是發憤而作論？孔子若不是四處傳道四處碰壁，何來「詩可以怨」之論？司馬遷若不是慘遭奇恥大辱，又何來「發憤著書」之說？魏晉南北朝論家，與其說是在立論辯理，倒不如說是在抒情言志，是故其文帶有鮮明的情感色彩和個性特徵，與西方那種康德式的長篇巨製和黑格爾式的縝密周嚴大異其趣。魏晉南北朝論體文的抒懷式言說是其詩性的重要表現，也是其獨特的魅力和生命力所在。

魏晉南北朝論壇巨子嵇康之論雖以思辨見長，卻並不能遮掩或取代其貫穿首尾的詩人激情，他把心性的自然演化爲行文的自然，盡性而作，絲毫不

〔註 130〕張伯偉:《全唐五代詩格彙考》，南京:江蘇古籍出版社，2002 年版，第 173 頁。

〔註 131〕錢穆:《論語新解》，北京:三聯書店，2002 年版，第 451 頁。

顧及其後果。《管蔡論》是一篇頗有膽識的文章，爲被史家視爲「凶逆」的管蔡翻案。立論大膽，分析全面，完全無視「其時役役司馬門下者，非惟不能作，亦不能談也」〔註 132〕。至於其遭殺身之禍是否源於此，另當別論，但其「想說就說」的特點還是由此可見一斑。至於其文中所說的「越名教而任自然」，「今若以明堂爲丙舍，以誦諷爲鬼語，以六經爲蕪穢，以仁義爲臭腐；睹文籍則目瞧，脩揖讓則變傴，襲章服則轉筋，譚禮典則齒齲」〔註 133〕，更是將批判的矛頭直接指向儒家經典。其對現實的不滿與憤懣皆借論而發，由其文亦可感受到其「直性狹中，多所不堪」、「不識人情，暗於機宜」〔註 134〕、「有好盡之累」、「疵釁日興」〔註 135〕的性格。

袁宏在《後漢紀》史論中對許多東漢人物以飽含感情之筆墨加以評價，亦是在借論古人之遭際而發自己之感慨。他論馬援曰：「馬援才氣志略，足爲風雲之器，躍馬委質，編名功臣之錄，遇其時矣。天下既定，偃然休息，猶復垂白，據鞍慷慨，不亦過乎！」〔註 136〕論鄧禹曰：「鄧生杖策，深陳天人之會，舉才任使，開拓帝王之略。當此之時，臣主歡然，以千載俄頃也。洎關中一敗，終身不得列於三公，俛首頓足，與夫列侯齊伍。嗚呼！彼諸君子，皆嘗乘雲龍之會，當帝者之心，鞠躬謹密，猶有若斯之難，而況以勢相從不以義合者乎！」〔註 137〕論寇恂曰「夫以世祖之明，如寇生之智能，猶不得自盡於時，況庸主乎！」〔註 138〕諸如此類，不勝枚舉，情深意長，跌宕多姿，在其字裏行間，可以窺見袁宏之抱負、情懷、愛憎、胸襟。

這種可以「比」、可以「興」、可以「怨」的詩意性言說方式，使魏晉

〔註 132〕〔明〕張溥著，殷孟倫注：《漢魏六朝百三家集題辭注》，北京：人民文學出版社，1960 年版，第 92 頁。

〔註 133〕《難自然好學論》。戴明揚：《嵇康集校注》，北京：人民文學出版社，1962 年版，第 262～263 頁。

〔註 134〕《與山巨源絕交書》。戴明揚：《嵇康集校注》，北京：人民文學出版社，1962 年版，第 113 頁。

〔註 135〕《與山巨源絕交書》。戴明揚：《嵇康集校注》，北京：人民文學出版社，1962 年版，第 119 頁。

〔註 136〕〔晉〕袁宏撰，張烈點校：《後漢紀》卷 8《光武皇帝紀》，北京：中華書局，2002 年版，第 147 頁。

〔註 137〕〔晉〕袁宏撰，張烈點校：《後漢紀》卷 7《光武皇帝紀》，北京：中華書局，2002 年版，第 120 頁。

〔註 138〕〔晉〕袁宏撰，張烈點校：《後漢紀》卷 6《光武皇帝紀》，北京：中華書局，2002 年版，第 108 頁。

南北朝論體文具有獨特的藝術魅力。然而，言說方式的選擇並不僅僅是一個形式問題，它直接影響到論體文的內容。在這種有限的字句、簡潔優美的形式之中，哪裏有雄辯和宏論的用武之地？因此魏晉南北朝論家不得不將其豐富而深刻的思想濃縮於咫尺之間。在這樣一種極其有限的詞語空間裏，根本無法展開其弘廓的演繹和深邃的抽象，或者更確切地說是魏晉南北朝論家根本無意去構建嚴密的邏輯體系，他們習慣於隨意發論，注重意會，吉光片羽，簡要自然，與西方文論的思辨性、系統性、規範性、明晰性等特徵更是大異其旨。更爲重要的是，魏晉南北朝論家作論的目的是要求愛智（哲學）者「不單是要知道它，而且是要體驗它」〔註 139〕，不僅是認知的、思辨的，更是體驗的、感悟的，在後一個層面上，它與性靈、妙悟的中國詩歌達到了某種程度的契合，從而直接鑄成魏晉南北朝論體文的詩性精神與詩化特徵。

二、詩意性言說的特點

王力先生在《中國語法理論》一書中指出：「西洋語的結構好像連環，雖則環與環都聯絡起來，畢竟有聯絡的痕跡；中國語的結構好像無縫的天衣，只是一塊一塊的硬湊，湊起來還不讓它有痕跡。西洋語法是硬的，沒有彈性的；中國語法是軟的，富於彈性的。」與西方大哲邏輯嚴密、層層剖析的寫作習慣不同，我們的古人在運用富於彈性的漢語寫文章時似乎並不太注重嚴密的邏輯推理，即使論體文亦如此。他們的思維方式是一種詩意思維，「詩意的思維是超邏輯的，它與認識論上的智性思維截然兩樣，標明了兩種看待世界的不同方式。」〔註 140〕在這種思維方式影響下，魏晉南北朝論家欣賞的是千里伏筆，異峰突起，講究文章之「活法」。呂本中《夏均父集序》指出，「所謂活法者，規矩具備，而能出規矩之外；變化不測，而亦不背於規矩。」本著這種旨趣，講求這種「活法」，運用這種具有詩性特徵的漢語，在他們的論體文中自然容易出現文本句段意脈之中斷與遙接，形成一個個美學所說的「朦朧的空白」或「間接的空間」。這種「空白」或「空間」並非空無一物，而是「躍動著意義的復合性和不確定，是一種充滿著理解張力的『場』」〔註 141〕，

〔註 139〕馮友蘭：《中國哲學簡史》，北京：北京大學出版社，1985 年版，第 9 頁。
〔註 140〕劉小楓：《詩化哲學》，上海：華東師範大學出版社，2007 年版，第 41 頁。
〔註 141〕周光慶：《中國古典解釋學導論》，北京：中華書局，2002 年版，第 53 頁。

造成語意的跳躍，形成文本結構的召喚性，引導讀者追尋意脈、直奔佳境，留下意味無窮的想像空間。

曲筆的運用，是魏晉南北朝論體文結構召喚性的重要體現。因爲「曲」，而阻礙了讀者的閱讀習慣，刺激其好奇心，引發其探求「迷宮」之謎底的吸引力，使其駐足欣賞，思考探索，用心捕捉隱匿在文字之後的東西。在這蹙眉思索的瞬間有所領悟與感觸，體味到不可言說的審美愉悅與快感。范曄《後漢書》史論中大量運用「春秋筆法」，達到微而顯、婉而成章的效果。如對曹騰的評價，就曾瞞過王鳴盛之法眼，其曰：「曹騰，宦者中之最奸狡誤國者，而傳中不著其惡，反多美詞。」〔註 142〕實際上，范曄在《宦者傳序論》中已有評價，清代李慈銘指出：「《三國志》引《續漢書》曰：『嵩質性敦慎，所在忠孝。』不言其貨賂之事，范氏削其美詞，著其醜跡，甚有識見，特於騰事猶襲舊文，然序論云『自曹騰說梁冀，竟立昏弱，魏武因之，遂遷龜鼎』數言凜然，騰之大惡亦已明著，雖存其微善，罪無所逃矣。」也就是說，雖在《宦者傳》中范曄未明言曹騰之惡跡，但在其序論中有暗示，曹騰說服梁冀立昏弱爲嗣而導致國亡之後果，對其評價不言自明，但需讀者前後勾連，塡補空白，才能讀出范曄字面之後隱藏的鞭撻批判之意。

魏晉南北朝論體文中大量採用反語、比喻、用典、象徵等手法，爲其信息的傳遞營造了可供品味的遮蔽性外觀，形成一套龐雜繁蕪的「暗碼」系統，超越了語言的確切性，而具有模糊美、多義美。要眞正讀懂其深意，必須透過文字透視其內在蘊含的暗示性。陸機《辯亡論》末尾曰：「夫然，故能保其社稷，而固其土宇，《麥秀》無悲殷之思，《黍離》無愍周之感矣。」此處陸機用兩個典故來表達內心的亡國之痛，「《麥秀》無悲殷之思」出自《尙書大傳》，「微子將朝周，過殷之故墟，見麥秀之漸漸，曰：『此父母之國，宗廟社稷之所立也。志動心悲，欲哭則朝周，俯泣則婦人，推而廣之，作《雅聲》。」「《黍離》無愍周之感」出自《毛詩序》，「《黍離》，閔宗周也。周大夫行役過故宗廟宮室，盡爲禾黍，故爲《黍離》之詩。」雖沒有反覆痛快地訴說，卻將其深沉的喪國之哀以悠然不盡之筆出之，蘊涵豐富，興味無窮。魏之篡漢，晉之篡魏，皆以禪爲名，身爲晉之臣子的干寶在其《晉紀·論晉武帝革命》中指出：「古者敬其事則命以始，今帝王受命而用其終，豈人事乎？其天意

〔註 142〕〔清〕王鳴盛：《十七史商榷》卷 38，南京：鳳凰出版社，2008 年版，第 206 頁。

乎？」句末問句，表面似乎在說稱帝乃依天命而行，實際上深含諷刺之意，以外禪隱內篡，禪可緩而篡必急，晉武帝之急於禪，正因其急於篡，其筆法可謂曲而中，肆而隱，達到「睹一事於句中，反三隅於句外」之效果。

一語雙關、一筆多味亦爲通往單一確切語詞所無法達到的精神「空白區」的重要途徑，其多義性的語言符號給閱讀者提供既開放又有一定旨歸的意義域。讀者根據自己的知識積纍、人生閱歷與感悟水平從作品具有暗示性的語言中意會到合用的東西。范曄《後漢書》史論中不乏寓褒貶於微言之例，如《桓帝紀論》中寫道：「桓帝好音樂，善琴笙。飾芳林而考濯龍之宮，設華蓋以祠浮圖、老子，斯將所謂『聽於神』乎！」〔註 143〕論中「聽於神」，取《左傳》「國將亡，聽於神」之意，實括盡桓帝一生，不言其國將亡，而寓意明顯，以典故而達意。《章帝紀》中詳載其詔書，以醇厚之文傳出醇厚之治，惟上下鋪張祥瑞，是當時莫大之弊，故在紀中屢屢書之。在《章帝紀論》中范曄引述魏文帝對章帝的評價，「明帝察察，章帝長者」，肯定其忠厚長者的德行，又於論末總結一筆曰：「在位十三年，郡國所上符瑞，合於圖書者數百千所。嗚呼懋哉！」〔註 144〕誠如李景星所云，「只一『懋』字，便是微辭，猶言何如此多也」。〔註 145〕所謂一字之貶，嚴於斧鉞者矣。

魏晉南北朝論體文的詩意性言說，一方面基於作者深層思維結構中詩的「精靈」的存在，其發達的感覺能力使其以詩人的情懷感悟世界與人生。另一方面在妥善處理言意關係時，將意之不可言與非言不可統一起來。若言不達意，則言無所用，若言盡精密，又落入科學論文之窠臼，而使其美感蕩然無存。惟有詩意蔥蘢而蘊含理性啓示的語言才具藝術魅力，才是眞正的文學語言。「在文學作品中，語言符號帶有自指性，能指可以在不同程度內與所指疏遠、脫節，獨立地炫耀自己，它不是盡快把讀者的注意力認知力引向所指、引向客體，而是迫使讀者的目光在能指上面停留」。〔註 146〕正因爲融詩意與哲思於一體，才使魏晉南北朝論體文赫然矗立於文學之林。

〔註 143〕〔南朝宋〕范曄：《後漢書》卷 7《桓帝紀》，北京：中華書局，1965 年版，第 320 頁。
〔註 144〕〔南朝宋〕范曄：《後漢書》卷 3《章帝紀》，北京：中華書局，1965 年版，第 159 頁。
〔註 145〕李景星：《四史評議》，長沙：嶽麓書社，1986 年版，第 267 頁。
〔註 146〕王先霈：《中國文學批評的解碼方式》，《文學評論》1993 年第 1 期。

三、詩性精神與魏晉南北朝論體文詩意性言說

劉士林先生指出：「中國文化的本體是詩，其精神方式是詩學，其文化基因庫是《詩經》，其精神峰頂是唐詩。一言以蔽之，中國文化是詩性文化。或者說，詩這一精神方式滲透、積澱在中國傳統社會的政治、經濟、科學、藝術各個門類中，並影響、甚至是暗暗地決定了它們的歷史命運。」〔註 147〕在這種詩性文化浸潤下的魏晉南北朝文士，具有詩的素質，即詩性精神，一種「出乎原始衝動的、自發的抒情情感的精神」〔註 148〕。魏晉南北朝論體文的詩意性言說，是這種文化詩性精神的必然顯現與結晶。

在西方理性文化視域中，「情」與「理」二元對立，處於非此即彼的不相容關係中。「情」在掙脫「理」的束縛後淪爲「本能」與「欲望」，「理」則因爲缺少「情」的浸潤而呈現爲一系列與感性生命無關的「概念」「範疇」與「模式」。正如《浮士德》中魔鬼靡非斯特所言，「理論都是灰色的，惟有生命之樹常青」。中國文化充滿詩性光芒，其「情」是詩化的，其「理」亦爲詩化的，二者和諧相處於論體文之中。

如上文所述，論可以「比」，可以「興」，這正是早期文化詩性智慧的自然延伸與發展。因爲「比」乃以物喻人，「興」乃以物起情，二者的心理基礎均爲原始思維所特有的以己度物，物我同一。錢鍾書先生曾將《易》之取象與《詩》之取象進行比較，認爲前者「求道之能喻而理之能明，初不拘泥於某象，變其象也可；及道之既喻而理之既明，亦不戀著於象，捨象也可。到岸捨筏、見月忽指、獲魚兔而棄筌蹄，胥得意忘言之謂也」，而後者「詩也者，有象之言，依象以成言；捨象忘言，是無詩矣，變象易言，是別爲一詩甚且非詩矣」，簡言之，即「《易》之擬象不即，指示意義之符（sign）也；《詩》之比喻不離，體示意義之跡（icon）也。不即者可以取代，不離者勿容更張」〔註 149〕。儘管論之「比」「興」有異於詩之「比」「興」，一爲言理，一爲抒情，但二者可謂爲殊途同歸，同中有異，《詩》中之「象」與「情」融合爲情境，不可移易，《易》中之「象」與「意」旨在說理，強調的是得意而忘象。《易》

〔註 147〕劉士林：《中國詩學精神》，海口：海南出版社，2006 年版，第 2 頁。

〔註 148〕姜劍雲：《論詩性精神與文學精神》，《太原師範學院學報（社科版）》，2006 年第 1 期，第 70 頁。

〔註 149〕錢鍾書：《管錐編（一）》，北京：生活・讀書・新知三聯書店，2007 年版，第 20 頁。

與《詩》之異正是論與詩之異，前者貴在得意，後者貴在抒情，終因文體各異而意旨有別。

魏晉南北朝論體文以言理爲特徵，其理是合情之理，直指內心，與西方哲人所講的純粹理性有異。梁漱溟先生指出：「恰成一對照：中國古人卻正有見於人類生命之和諧——人自身是和諧的（所謂「無禮之禮、無聲之樂」指此）；人與人是和諧的（所謂「能以天下爲一家，中國爲一人者」指此）；以人爲中心的整個宇宙是和諧的（所以說「致中和天地位焉，萬物育焉」，「贊天地化育，與天地參」等等）。……此和諧之點，即清明安和之心，即理性。」〔註150〕因此，魏晉南北朝論體文不可能建構起高度抽象的邏輯體系，其內核爲詩性智慧孕育出的情中之理，「有著西方理性的內涵，又不同於理性，毋寧說它是情感之理、人情之理」〔註151〕。魏晉南北朝論體文中的情，又是理性駕馭下的情，歸於雅正，因此又不可能走向西方非理性的欲望狂歡。較之先秦兩漢，魏晉南北朝之情志觀有了更豐富內容，嵇康《與山巨源絕交書》曰：「堯舜之君世，許由之巖棲，子房之佐漢，接輿之行歌，其揆一也。仰瞻數君，可謂能遂其志者也。故君子百行，殊塗而同致。循性而動，各附所安。」〔註152〕強調的是「循性而動」，已超越了之前的建功立業、救濟天下之「志」，而歸之於一己之性情與喜好。因此，魏晉南北朝論體文發揮其「怨」之功能，敞開心扉，直抒胸臆。「詩性精神的生成，對於人類而言，幾乎可以說是與生俱來的。在心爲志，發言爲詩。但有所欲，一吐爲快，抒情精神便是詩性精神的代名詞。」〔註153〕就此意義而言，魏晉南北朝論體文所具有的抒情性正是其詩性精神的重要體現。

第四節　言說方式相融綜的深層意蘊與生成機制

一、言說方式相融綜的深層意蘊

魏晉南北朝論體文的言說方式並非單一的一種，而是融思辨、敘事、詩

〔註150〕梁漱溟：《學術論著自選集》，北京：北京師範學院出版社，1992年版。

〔註151〕樊浩：《道德與自我》，長春：吉林教育出版社，1994年版。

〔註152〕〔清〕嚴可均：《全三國文》卷47，《全上古三代秦漢三國六朝文》，北京：中華書局，1958年版，第1321頁下。

〔註153〕姜劍雲：《論詩性精神與文學精神》，《太原師範學院學報（社科版）》，2006年第1期，第73～74頁。

意於一體，形成獨具特色的思想表達形式。透過形式，探究其深層意蘊，則可以發現言說方式相融綜實際上表現出魏晉南北朝文士辨合與符驗相結合、體與用相結合的論辯原則與思維趨向。

（一）辨合與符驗相結合

早在先秦時期，《荀子・性惡》已經指出：「凡論者，貴其有辨合，有符驗。」〔註 154〕「辨合」，含有分析與綜合統一之意，而「符驗」，則指對認識的檢驗。韓非曾提出參驗說，《韓非子・奸劫弒臣》主張「因參驗以審言辭」。「驗」含有事實驗證之意，「參」則指比較分析，所謂「行參必拆」，拆即分異，引申爲分析。要判斷言辭的眞僞，便要借助「參」的方法，《韓非子・八經》稱：「參言以知其誠」。作爲一種比較分析的方法，「參」對言論觀點的驗證，具有某種邏輯論證的意義。與韓非相近，王充在《論衡・對作》中提出：「論則考之以心，傚之以事」。「傚之以事」是事實的驗證，與之相對的「考之以心」，則含有邏輯論證之意。辨合與符驗的結合，在方法論上即表現爲邏輯論證與事實驗證的統一，只有在兩者的這種聯繫中，才能達到十分之見，戴震《與姚孝廉姬傳書》稱「所謂十分之見，必徵之古而靡不條貫，合諸道而不留餘議，鉅細畢究，本末皆察」。「十分之見」可以看作是已得到確證的眞理，與認識的出發點上強調廣泛考察相一致，認識的檢驗也被理解爲一個鉅細畢究的博證過程。對認識的這種檢驗方法既不同於僅僅停留於抽象的推繹，也有別於簡單地列舉實例，它從一個方面爲達到全面的認識提供了較爲可靠的基礎。

魏晉南北朝論家很重視辨合與符驗相結合的論辯原則，嵇康《答難養生論》指出，「大至理誠微，善溺于世，然或可求諸身而後悟，校外物以知之者」〔註 155〕，強調「求諸身而後悟」、「校外物以知之」，實際上就是辨合與符驗相結合。正確的思維首先應當在邏輯上始終一貫，具有內在的自洽性；凡是前後相悖，上下衝突，則很難斷定其爲眞。魏晉南北朝論體文思辨性言說與敘事性言說相結合，究其實質在於對理的論證，既重視理性思辨，又注重實踐檢驗。從事實的驗證來看，首先是以「古者聖王之事」爲本，亦即用間接的

〔註 154〕〔清〕王先謙：《荀子集解》，北京：中華書局，1988 年版，第 440 頁。

〔註 155〕〔清〕嚴可均：《全三國文》卷 48，《全上古三代秦漢三國六朝文》，北京：中華書局，1958 年版，第 1327 頁。

歷史事實爲證；以歷史事實驗證言論，在傳統哲學中又稱爲「援古證今」。潘耒《日知錄·序》曰：「有一疑義，反覆參考，必歸於至當；有一獨見，援古證今，必暢其說而後止」〔註 156〕。反覆參考而歸於至當，屬邏輯的推斷；援古證今，則是以歷史事實爲證。與聖人之事相對的是百姓耳目之實，亦即直接的經驗事實。傳統哲學十分注重經驗事實的驗證，言論如果缺乏事實的這種驗證，則往往被視爲是虛僞的，所謂「無驗而言之謂妄」。針對向秀「聖人窮理盡性，宜享遐期。而堯孔上獲百年，下者七十，豈復疏於導養乎」之詰難，嵇康先從邏輯上進行推斷，曰：「案論堯孔雖稟命有限，故導養以盡其壽。此則窮理之致，不爲不養生得百年也。且仲尼窮理盡性，以至七十；田父以六弊蠢愚，有百二十者。若以仲尼之至妙，資田父之至拙，則千歲之論，奚所怪哉？」〔註 157〕列舉聖人菲食勤躬、經營四方、修身明污、顯智驚愚的種種表現，以證明唐堯孔子等人原本稟受天命壽數有限，因疏導調養而盡享其壽，這正是窮理盡性的結果。之後訴諸事實進行驗證，「若養松於灰壤，則中年枯隕；樹之於重崖，則榮茂日新。此亦毓形之一觀也。竇公無所服御，而致百八十，豈非鼓琴和其心哉？此亦養神之一徵也。」〔註 158〕以松之養形與竇公之養神爲例，進一步證明「遠害生之具，御益性之物，則始可與言養性命」的觀點，將邏輯論證與事實驗證相結合，以增強說理的可信性。

（二）體與用相結合

就中西思維模式之不同而言，張立文先生指出，「西方型思維模式是重『體』輕『用』，『體』與『用』往往相分而不相合，具有『體用』相分相離，不雜不合的傾向；東方型（中國型）思維模式是既重『體』亦重『用』，『體』與『用』相分不離，相依不雜，具有『體用一源，顯微無間』的傾向。這便是東西方思維模式的不同個性或特性。」〔註 159〕魏晉南北朝論體文亦表現出體與用相結合的思辨特點，王弼《老子指略》曰：「雖古今不同，時移俗易，

〔註 156〕〔清〕顧炎武著，陳垣校注：《日知錄校注》，合肥：安徽大學出版社，2007 年版，第 20 頁。

〔註 157〕〔清〕嚴可均：《全三國文》卷 48，《全上古三代秦漢三國六朝文》，北京：中華書局，1958 年版，第 1326 頁。

〔註 158〕〔清〕嚴可均：《全三國文》卷 48，《全上古三代秦漢三國六朝文》，北京：中華書局，1958 年版，第 1326 頁。

〔註 159〕張立文：《中國哲學邏輯結構論》，北京：中國社會科學出版社，2002 年版，第 427 頁。

此不變也，所謂『自古及今，其名不去』者也。天不以此，則物不生；治不以此，則功不成。故古今通，終始同；執古可以御今，證今可以知古始；此所謂『常』者也。」「執古可以御今」，強調的是借古以鑒今，古爲今用，是由體及用的重要表現。魏晉南北朝文士，包括何晏、王弼在內在進行理論探討時，並非出於純粹的理論興趣，而是受社會實踐需要的驅使，爲了解決各種困擾他們的現實問題。因此在其論體文中，並沒有如西方大哲的論著那樣不管實踐作用而一心一意進行理論探究，有體而無用的學說終究不爲中國人所接受。王弼《老子指略》以辯名析理的方式論述「無形無名者，萬物之宗」，緊接著就論述其功用：「故執大象則天下往，用大音則風俗移也。無形暢，天下雖往，往而不能釋也；希聲至，風俗雖移，移而不能辯也。是故天生五物，無物爲用。」〔註 160〕強調「無」能產生「天下往」、「風俗移」的強大社會作用，實現社會理想，就是體用結合的具體體現。

曹文軒稱「亞歷士多德創造了邏輯，從此培養了西方人的思維模式：邏輯的、理性的。從這個意義上講，亞里士多德創造了整整一個西方」。〔註 161〕的確，當我們閱讀西方大哲的著作時，能夠深深地感受到那種絲絲入扣、無懈可擊的強大感人的邏輯力量和清晰的、富有條理的邏輯之類，如黑格爾、康德、萊布尼茨、赫爾德等，他們的著作似乎是冷漠無情的。然而，中國人的邏輯著作《墨經》、《墨辯》卻被後人拋棄了。日本學者末木剛博通過中外東西方邏輯的比較研究指出，中國邏輯的長處是概念論較發達，而判斷論和推理論則相對貧乏，特別是對思維形式本身，缺少邏輯的探討。其中一個原因，是中國古代思想家，比較關心政治倫理的實踐，爲當時實踐上視爲必要的就研究，認爲在實踐上暫時不需要的就沒有興趣研究。「中國古代哲學總是與政治倫理相連接。具有理性、意志、感情結構三者相融合的特點。」〔註 162〕的確，中國古代思想者在構建一種思想時，一開始就出於強烈的主觀動機，或憤慨於現實，或出於憂國憂民之心，或出於其他什麼主觀願望。在構造過程中，思想者總是在衝動的情緒之中，將自己的主觀精神直接滲入思想。因此，理性與感情摻雜在一起，使得中國幾乎沒有純理性的思想家。由於強調

〔註 160〕樓宇烈：《王弼集校釋》，北京：中華書局，1980 年版，第 195 頁。

〔註 161〕曹文軒：《思維論》，上海：上海文藝出版社 1991 年版，第 291 頁。

〔註 162〕張立文：《中國哲學邏輯結構論》，北京：中國社會科學出版社，2002 年版，第 398 頁。

體用結合，魏晉南北朝論體文不可能不帶有個人情感，思辨性言說與詩意性言說相結合，使所言之理帶上濃濃的情感意味。不管是陸機《辯亡論》蘊含的家國之思，還是嵇康《養生論》所含的憤世之情，抑或是荀悅《漢紀》、袁宏《後漢紀》、范曄《後漢書》等史書之論，無不是作者在借古人之酒杯澆自己之塊壘，均以情韻與理致相結合而取勝。而在具體論證中所採用的古今對比論證、舉例論證等手法，更是作者用世之心的重要體現，亦不離體用結合之思維特色。

二、言說方式的生成機制

（一）言說方式取決於言說對象

所謂言說方式，究其實在於以言談的方式呈示主體對世界生存的理解與體悟，是詩性與思性的融合。言說方式首先取決於言說對象，與西方哲人探尋自然萬物之本原與基礎進而確立對世界的合理性終極解釋不同，中國哲人著眼於人的存在，立足社會，而後及於自然，即使論「天」亦是爲了深刻說明「人」。《論語・學而》曰：「君子務本，本立而道生」，《里仁》曰：「士志於道，而恥惡衣惡食者，未足與議也。」《荀子・儒效》曰：「道者，非天之道，非地之道，人之所以道也」。《禮記・中庸》曰：「子曰：『道不遠人，人之爲道而遠人，不可以爲道。』」其所言「道」皆與人密切相關。《老子》中言「天道」、「天之道」多處，如第 9 章曰「功成身退，天之道」，73 章曰「天之道，不爭而善勝」，79 章曰「天之道，利而不害，聖人之道，爲而不爭」等，天道均爲理想化的人道。

魏晉南北朝論體文題材豐富，有史論、理論、文藝論、政論、雜論之分，其所言皆爲「理」，是對「道」的進一步探究，其基點仍爲人。魏晉南北朝論家無不以探究「天人之際」作爲自己思想學說的最高目標。荀悅、袁宏、陳壽、范曄等史家繼承司馬遷「究天人之際，通古今之變，成一家之言」之著史宗旨，在其史論中淋漓盡致地抒寫其人本思想、憂患意識，在對歷史的反思與評價中探究歷史演變之規律、人之生存狀況。哲人何晏推崇王弼爲「始可言天人之際」〔註 163〕之大家，王弼倡言「天下萬物，皆以有爲生；有之所

〔註 163〕〔南朝宋〕劉義慶撰，〔梁〕劉孝標注，徐震堮校箋：《世說新語校箋》，北京：中華書局，1984 年版，第 107 頁。

始，以無爲本」，李康之論運命，嵇康之談養生等等，皆爲對人道之追求。

言說方式乃生命體驗的外在表現，與人道有關的乃至理、至性、至情、至味、至悟，無法用概念、判斷、推理加以言傳。《莊子．秋水》曰：「可以言論者，物之粗也，可以意致者，物之精也」，《天道》曰：「語之所貴者意也，意有所隨。意之所隨者，不可以言傳也」。然而，又不能因此而放棄以言語來傳達大道，所以只能根據漢語之特性，以詩意性的「言」、敘事性的「言」與思辨性的「言」相結合，來昭示大道。言意之辨成爲魏晉南北朝論家關注的重要話題，歐陽建著《言盡意論》，主張言可盡意，荀粲主言不盡意論，認爲卦爻象之外的意與繫辭之外的言，是「理之微」者，難以在六經中表述，因此，「六經雖存，固聖人之糠秕」。〔註164〕王弼則在前人基礎上，融儒家「言不盡意」「立象以盡意」與道家「得意忘言」爲一體，在《周易略例．明象》中提出其言意觀，曰：「盡意莫若象，盡象莫若言。言生於象，故可尋言以觀象；象生於意，故可尋象以觀意。意以象盡，象以言著。故言者，所以明象，得象而忘言；象者，所以存意，得意而忘象」〔註165〕，強調「言」「象」是表達「意」的工具，以「言」「象」表達「意」，得「意」而忘「言」「象」。「寄言出意」，「取象比類」是魏晉南北朝文士在論體文中運用較多的「立象盡意」的方式與手段，下文有詳細論述。

因言說對象爲「理之微者」，即天道與人道，而不得不採用多種手段相融通的言說方式。《世說新語．文學》載王弼與裴徽的對話亦能說明這一問題：

> 王輔嗣弱冠詣裴徽，徽問曰：「夫無者，誠萬物之所資，聖人莫肯致言，而老子申之無已，何邪？」弼曰：「聖人體無，無又不可以訓，故言必及有；老、莊未免於有，恒訓其所不足。」〔註166〕

正因爲「無」不可言傳，所以聖人「體無」，這個解釋正反映了《老子》第五十六章「知者不言，言者不知」的看法。而王弼在談「無」時恰恰借助於「有」，借助於「象」，其《老子指略》開宗明義曰：「夫物之所以生，功之所以成，必生乎無形，由乎無名。無形無名者，萬物之宗也。不溫不涼，不宮不商。

〔註164〕「理之微者，非物象之所舉也。今稱立象以盡意，此非通於意外者也；繫辭焉以盡焉，此非言乎繫表者也。斯則象外之意，繫表之言，固蘊而不出矣。」（《三國志．荀彧傳》注引何劭《荀粲別傳》）

〔註165〕樓宇烈：《王弼集校釋》，北京：中華書局，1980年版，第609頁。

〔註166〕〔南朝宋〕劉義慶撰，〔梁〕劉孝標注，徐震堮校箋：《世說新語校箋》，北京：中華書局，1984年版，第107頁。

聽之不可得而聞，視之不可得而彰，體之不可得而知，味之不可得而嘗」〔註167〕，他沒有給「無」一個明確的概念，而是以體驗的方式進行描摹，以遮詮的方式進行言說，以「有」言「無」，正因爲「無」不可言，只能「體」。

對「人學」的關注，使魏晉南北朝論家在處理言意關係時不能如西方論家那樣執著於形式邏輯的層層推理，「人」並非純理性的主體，豈能完全按照理性法則進行言說？人不僅受理性因素的支配，亦受非理性因素，如感情、情緒、情慾、興趣、意志等支配。魏晉南北朝論家面對如此複雜的「人學」問題，沒有放棄言說，而是穿透語言，借助於事象與物象，將其所體悟與感受到的「理」以詩性與理性相交融的語言進行表述，如此就形成了其時論體文多種言說方式相融通的特色。

（二）言說方式受制於言說主體與預期讀者

採用何種言說方式不僅取決於言說對象，亦受制於言說主體與預期讀者。魏晉南北朝論家融政治家、詩人、思想家等多種身份於一體，人格的複雜性決定了論體文言說方式的融綜。

亞里士多德稱，「哲學起源於驚異」，這一點似乎並不適合解釋中國哲學的起源。從先秦諸子到魏晉南北朝文士，他們關注的對象始終離不開社會與人生，出於經世之心，而去探究深蘊萬事萬物之「理」。居安思危，借古鑒今，他們心存憂患意識，一種歷史使命感與以天下爲己任的擔當精神。誠如清人方苞在《傳信錄序》中所言：「古之所謂學者，將明諸心以盡在物之理而濟世用，無濟於用者則不學也。」〔註168〕在致用前提下，他們在此岸世界追求「立德、立功、立言」的「三不朽」，謀求民眾安寧，實現自己的價值。不管是在朝爲官，還是隱居山林，他們的經世之心是一致的，儘管表達的方式不一樣。創作政論，是直接干預政治的表現，可以更快發揮作用。在玄理論中通過建構無形無名的萬物之宗，仍是爲了產生「天下往」、「風俗移」的強大社會作用。借史發論，更是意在「執古以御今」，所以在言說時仍然離不開事，離不開人，通過總結歷史發展進程中的規律與經驗教訓而爲後人提供「史鑒」，通過提升理論思維，以簡馭繁，執一統眾，把握根本，以更好地經緯世事。所有這些，皆出於言說者的經世之心。

〔註167〕樓宇烈：《王弼集校釋》，北京：中華書局，1980年版，第195頁。

〔註168〕〔清〕賀長齡、魏源等編：《清經世文編》，北京：中華書局，1992年版，第60頁。

魏晉南北朝論家的詩人人格決定了其論的詩意性與暗示性言說方式。以上論述已闡明魏晉南北朝論體可以「比」「興」「怨」的詩性特徵，其言說方式的簡樸與感性通過隱喻、設境、抒情等方式表現出來，充滿想像的空間，其表達效果必然明晰不足而暗示有餘，其文本結構與意象設置均具召喚性，可以從不同角度去解讀，「可以使人想其許多思想，然而卻又沒有任何明確的思想或概念，與之完全相適應」，從而讓不同讀者在閱讀中獲得「合理合法」的廣闊空間〔註169〕。較之西方大哲條分縷析的邏輯分析，魏晉南北朝論體文的詩性言說顯然不夠嚴密，不夠精確，卻能夠在無窮暗示中令讀者得到無盡遐思，而體現出詩性之精神。

換個角度看，魏晉南北朝文士之所以沒有膠著於現實，而使其論具有超越品格，恰恰在於其詩意性言說所達到的一種不可明說、意在言外的境界。《老子》《莊子》《周易》「三玄」之學的興起，對玄之又玄之學與玄冥之境的探討，表明魏晉南北朝文士具有強烈的「幽玄意識」。他們清醒地認識到「世界與自我總是有不可知、不可見的那一個向度」〔註170〕，它總是超出他們的理解範圍之外，而不能被清晰地意識，更不必說要以合乎邏輯的語言對其進行思辨性闡釋。因爲世界的玄暗隱幽與不可盡知使魏晉南北朝文士敏感地認識到自身存在的局限，於是，對養生問題、運命問題、報應問題等產生極大興趣，熱衷於此類問題的探討。言說本身在於「把某些東西從無意識的深淵中擎舉出來」，「體驗、表達和理解這三者的關聯，正是我們之所以把人類作爲精神科學的對象的特定程序。精神科學就是這樣立足於生命、表現與理解的這種關聯之上的」〔註171〕。對世界與自我本身尚且無法明瞭地認識與理解，又怎麼會以準確精密的語言進行表達呢？

魏晉南北朝論家擁有與自己知識背景、思維方式等相似的讀者群體，他們能夠透過其論讀懂深蘊其中的內涵及其言外之意。正如馮友蘭先生所言：「富於暗示，而不是明晰得一覽無遺，是一切中國藝術的理想，詩歌、繪畫以及其他無不如此。拿詩來說，詩人想要傳達的往往不是詩中直接說了的，而是詩中沒有說的。照中國的傳統，好詩『言有盡而意無窮』。所以聰明的讀

〔註169〕〔德〕康德：《批判力批判》，載於《西方文論選（上冊）》，上海：上海譯文出版社，1979年版，第563頁。

〔註170〕陳背：《幽玄意識與中國哲學》，《社會科學論壇》，2002年第10期，第33頁。

〔註171〕載《狄爾泰全集》，轉引自涂紀亮：《現代歐洲大陸語言哲學》，北京：中國社會科學出版社，1994年版，第115頁。

者能讀出詩的言外之意，能讀出書的『行間』之意。中國藝術這樣的理想，也反映在中國哲學家表達自己思想的方式裏。」〔註172〕正因爲有了這樣「聰明的讀者」，作者就不必爲讀者無法領悟其本意而擔心。如此就不難理解孫綽《嵇中散傳》所載：「嵇康作《養生論》，入洛，京師謂之神人。向子期難之，不得屈」。〔註173〕《晉書・向秀傳》亦云：「(向秀）與康論養生，辭難往復，蓋欲發康高致也。」〔註174〕可見，嵇康著《養生論》在當時就引起極大的轟動效應與社會反響。而其好友向秀還與他互相論難，目的是通過論辯幫助他將理論昇華以得到更廣泛的社會認同。

〔註172〕馮友蘭：《中國哲學的精神》，《中國哲學簡史》，北京：新世界出版社，2004年版。

〔註173〕顏延年《五君詠》李善注引孫綽《嵇中散傳》。《文選》，北京：中華書局，1977年版，第303頁。

〔註174〕〔唐〕房玄齡等：《晉書》卷49《向秀傳》，北京：中華書局，1974年版，第1374頁。

第五章　魏晉南北朝論體文之審美特徵

受魏晉南北朝唯美文風之影響，以言理爲主要特徵的論體文說理趨向藝術化。在其時文士看來，論體文之所以與詩賦同立於文學之林，正因其具有獨特的審美特徵——文采。劉勰從整體、多元的角度談文章的文采表現，在《文心雕龍・情采》中指出：「立文之道，其理有三：一曰形文，五色是也；二曰聲文，五音是也；三曰情文，五性是也。」〔註 1〕形文與聲文，爲文章表現形式的文采，情文則爲作者才情格調的展現，朱榮智指出：「形文與聲文，是屬於文章的技巧；情文是屬於作者的生命才調。作品的風格，是緣於這兩個方面的結合。」〔註 2〕聶石樵亦云：「其敷藻能將形文、聲文、情文三者融彙無間，形成統一的優美風格。」〔註 3〕至於「形文」「聲文」與「情文」之具體內容，《文心雕龍・附會》又曰：「夫才量學文，宜正體制：必以情志爲神明，事義爲骨髓，辭采爲肌膚，宮商爲聲氣；然後品藻玄黃，摛振金玉，獻可替否，以裁厥中：斯綴思之恒數也。」〔註 4〕將二者聯繫起來，則不難發現，劉勰所言之「形文」，不僅僅指「五色」，而是指文章之辭采，主要訴諸於人之視覺；「聲文」指宮商，即音聲之美，主要訴諸於人之聽覺；「情文」則指情志與事義，主要訴諸於人之情感與理性。前二者著眼於文學形式，後者則超越形式而著意於文學意蘊。本章以劉勰提出的三種文采爲基準，檢視魏晉南北朝論體文在文辭經營、音律調協、情志表現上的特色，以期從審美

〔註 1〕范文瀾：《文心雕龍注》，北京：人民文學出版社，1958 年版，第 537 頁。
〔註 2〕朱榮智：《文氣與文章創作關係研究》，臺北：師大書苑，1988 年版，第 154 頁。
〔註 3〕聶石樵：《魏晉南北朝文學史》，北京：中華書局，2007 年版，第 439 頁。
〔註 4〕范文瀾：《文心雕龍注》，北京：人民文學出版社，1958 年版，第 650 頁。

的角度略觀其多元風采。在此基礎上探究魏晉南北朝論體文中「理」的審美化存在——「理趣」，即作者人生智慧、理性思辨與藝術才華的結晶，分析其主要表現。

第一節　形文之美（上）：駢散共存

劉若愚指出：「審美的文學理論，建立在把文學視爲美的文辭形式這種觀念之上。」〔註5〕此處的「文辭」與劉勰所言的「形文」之意相通，主要指訴諸人的視覺而形成的美感效果，小至字句之斟酌，大至篇章之經營，寫作手法之濃淡巧拙，皆爲形文之構成，具體而言則包含駢散、用典、意象等多方面內容。

駢與散是文章主要組成形態，早在上古至戰國時期，麗辭偶語與奇句單行相兼已成爲其時經典的突出特色。《周易》之《文言》與《繫辭》中既多偶句，亦多散語，清人阮元在《書梁昭明太子文選序後》指出：「孔子《文言》，實爲萬世文章之祖。此篇奇偶相生，音韻相和，如青白之成文，如咸韶之合節，非清言質說者比也，非振筆縱書者比也，非詰屈澀語者比也」，對《文言》之駢散相生的語體特點較爲關注。其時亦有以駢爲主或以散爲主之經典，章太炎先生《文學略說》指出：「言宜單者，不能使之偶；語合偶者，不能使之單。《周禮》、《儀禮》，同出周公，而《周禮》爲偶，《儀禮》則單。蓋設官分職，種別類殊，不偶則頭緒不清；入門上階，一人所獨，爲偶則語必冗繁」〔註6〕，對《周禮》與《儀禮》一偶一奇之內在原因進行闡發。

由粗入精乃事物發展自然之勢。經秦而入漢，文章之駢偶化程度逐漸加強。清人孫梅《四六叢話》云：「迨乎東漢，更爲整贍，豈識其爲四六而造端歟？踵事而增華，自然之勢耳。」〔註7〕近人劉師培《論文雜記・九》指出：「東京以降，論辯諸作，往往以單行之語，運排偶之詞，而奇偶相生，致文體迥殊於西漢。」〔註8〕瞿兌之亦言：「自西漢末葉以來，已經有以駢體爲論

〔註5〕劉若愚：《中國的文學理論》，成都：四川人民出版社，1987年版，第144頁。
〔註6〕章太炎：《國學講演錄》，南京：鳳凰出版社，2008年版，第243頁。
〔註7〕〔清〕孫梅：《四六叢話》。王水照：《歷代文話（第五冊）》，上海：復旦大學出版社，2007年版，第4779頁。
〔註8〕劉師培：《中國中古文學史・論文雜記》，北京：人民文學出版社，1959年版，第116頁。

說之趨勢。如匡衡等人的奏疏就是。東漢以後，尤其通行。魏晉人好談義理，那時人的著作，多半以似駢似散的形式出之。往往極盡上文所謂精微密栗的能事。」〔註 9〕也就是說，從東漢起，論體文中駢散共存現象日益凸顯。然而，値得注意的是，駢文之名屬後起〔註 10〕，在魏晉南北朝時期，並無駢散兩種文體之區分。劉麟生曰：「古人文字，駢散不分，論說名篇，固多偶句，賈誼《過秦論》最可爲代表，古文家排斥駢文，而《古文辭類纂》首列《過秦論》」，〔註 11〕也就是說，《過秦論》雖多偶句，卻被古文家奉爲圭臯，並未將其視爲駢文。但是，無駢散文體之區分，並不等於未注意二者語體之不同。魏晉南北朝時期對於以儷辭偶語爲主且形制整飭之文，多以「今體」或「今文」稱之，以有別於以往散體單行爲主之「古體」。蕭綱《與湘東王書》曰：

> 吾既拙於爲文，不敢輕有掎摭。但以當世之作，歷方古之才人，遠則楊、馬、曹、王，近則潘、陸、顏、謝，而觀其遣辭用心，了不相似。若以今文爲是，則古文爲非；若昔賢可稱，則今體宜棄。〔註 12〕

蕭綱以「今文」與「古文」相對，雖著眼於時代之別，卻也道出二者體制之異。「駢體」並非專門的體類，而是從修辭角度劃分，相對於「散體」，且以對偶方式爲主的一種表現形態。

魏晉南北朝時期，各種文體多用駢儷文句，胡適先生《白話文學史》指出：「是一切文體都受了辭賦的籠罩，都『駢儷化』了。論議文也成了辭賦體，紀敘文（除了少數史家）也用了駢儷文，抒情詩也用駢偶，紀事與發議論的詩也用駢偶，甚至於描寫風景也用駢偶。故這個時代可說是一切韻文與散文的駢偶化時代。」〔註 13〕受駢儷文風的影響，魏晉南北朝論體文亦不乏駢儷成分。章太炎先生認爲：「晉宋兩代，駢已盛行。然屬對自然，不尚工切。……魏晉佳論，譬如淵海，華美精辨，各自擅場。」〔註 14〕立論注意語言節奏的

〔註 9〕瞿兌之：《中國駢文概論》，上海：世界書局，1934 年版，第 29 頁。

〔註 10〕駢文或駢體文之名至清代才出現，清代孫德謙《六朝麗指》曰：「昔人有言駢四儷六，後世但知用四六爲名，殆我朝學者始取此駢字以定名乎！」臺北：新興書局，1963 年版，第 140 頁。

〔註 11〕劉麟生：《中國駢文史》，臺北：臺灣商務印書館，1936 年版，第 37 頁。

〔註 12〕〔清〕嚴可均：《全梁文》卷 11，《全上古三代秦漢三國六朝文》，北京：中華書局，1958 年版，第 3011 頁。

〔註 13〕胡適：《白話文學史》，北京：東方出版社，2012 年版，第 92 頁。

〔註 14〕章太炎：《國學講演錄》，南京：鳳凰出版社，2008 年版，第 244 頁。

和諧，行文注意語言形式的整飭，講究駢儷鋪排，注重吏事用典，皆爲魏晉南北朝論體文的自覺追求。

駢與散，體制雖異，卻非對立。正如清孫德謙所言：「駢體之中，使無散行，則其氣不能疏逸，而敘事亦不清晰。駢文之中，苟無散句，則意理不顯。」〔註 15〕章太炎先生《文學略說》在分析了駢散之優劣後，亦言：「由今觀之，駢散二者本難偏廢。頭緒紛繁者，當用駢；敘事者，止宜用散；議論者，駢散各有所宜。……二者並用，乃達神旨。……若立意爲駢，或有心作散，比於削足適履，可無須爾。」〔註 16〕駢散本密切相關，二者結合，各用其長，方能提高論體文之表現力。魏晉南北朝論體文以散行疏宕之氣運駢儷鋪排之辭，別具一種自然天成、雄健灑脫之風。雖多用偶儷之語，卻與後世那種踵事增華、精雕細刻、極盡工巧之能事的嚴格意義上的偶儷之文不同。其以散帶駢，氣勢流暢，正如孫德謙在《六朝麗指》中所言：「六朝文之可貴，蓋以氣韻勝，不必主才氣立說也。《齊書·文學傳論》曰：『放言落紙，氣韻天成。』……若取才氣橫溢，則非六朝眞訣也」〔註 17〕，又言「六朝文中，往往氣極遒煉，欲言不言，而其意則若即若離，急轉直下者。……故駢文蹊徑，與散文氣盛宜言，所異在此」〔註 18〕。爲便於呈現魏晉南北朝論文中駢散共存之狀態，故先分別論述其句式特徵與論理特質，再合起來進一步探究其審美表徵。

一、駢儷句式及其論理特質

《文心雕龍》有「麗辭」篇，提出「麗辭之體，凡有四對」之說。前人已經指出，《文心雕龍・麗辭》非專指駢文而言，儘管麗辭爲駢體組成的基礎要件。麗辭不僅具有形式美、韻律美等詩化藝術效果，而且由於內容的並列、類似、對照，富於變化，「不可避免地會給整個文體帶來一種明顯誇張的非凡氣勢和富麗堂皇的美質美感」〔註 19〕，創造了高度的表現美。論體文中麗辭的運用，不僅壯大了文章氣勢，豐富了表意手法，而且使其說理功能得到增

〔註 15〕孫德謙：《六朝麗指》，臺北：新興書局，1963 年版，第 50 頁。

〔註 16〕章太炎：《國學講演錄》，南京：鳳凰出版社，2008 年版，第 246 頁。

〔註 17〕孫德謙：《六朝麗指》。王水照：《歷代文話（第九冊）》，上海：復旦大學出版社，2007 年版，第 8434 頁。

〔註 18〕孫德謙：《六朝麗指》。王水照：《歷代文話（第九冊）》，上海：復旦大學出版社，2007 年版，第 8448 頁。

〔註 19〕朱承平：《對偶辭格・前言》，長沙：嶽麓書社，2003 年版，第 6 頁。

強。因此，駢儷句式的運用，不僅是一種修辭或寫作技巧，更可視爲一種論理思維的外顯。在展現理論思維的同時，「麗句與深采並流，偶意共逸韻俱發」〔註20〕，使行文於流暢中顯凝重，於樸拙中添氣韻，充分發揮其「飛文敏以濟辭」〔註21〕的作用，達到理性與詩性的交融。

然而，亦有人認爲駢儷不利於論理，如孫梅《四六叢話》卷31認爲：「四六長於敷陳，短於議論。蓋比物連類，馳騁上下，譬之蟻封盤馬，鮮不蹶矣。」〔註22〕劉麟生沿襲其意，曰：「論事說理，義貴朗暢，駢詞蕪累，往往喪失眞意，故仍以散行爲宜。」〔註23〕在魏晉南北朝論體文中，駢儷句式的運用究竟是佐助論述還是以辭累意，還需通過實際行文進行檢視，故下文就結合駢儷句式在論體文中的運用情況來探視其所具有的論理特質與論理功能。

（一）駢儷基本句式及其論理特質

論及駢儷句式，一般情況下多從對偶句法形式的角度將其分爲當句對、單句對、隔句對、長對等，或從字數上分爲齊言單聯型、齊言複聯型、雜言複聯型等〔註24〕，或以字數多少分爲三——三、四——四、五——五、四四——四四、四六——四六、五——七等多達四十八種〔註25〕。這些分類細則細矣，然皆遍存在於各類文體的駢體文章中，不易看出其在論體文行文中所發揮的特殊作用，故本文不予採用。劉勰在《文心雕龍·麗辭》中從用事與否、命意同異兩方面將對偶分爲四種類型：

> 言對爲易，事對爲難，反對爲優，正對爲劣。言對者，雙比空辭者也；事對者，並舉人驗者也；反對者，理殊趣合者也；正對者，事異義同者也。〔註26〕

「言對」與「事對」相對，前者指不引典故，全由己意直寫，故爲「雙比空辭」，後者則用典故以供驗證，故爲「並舉人驗」；「正對」與「反對」相

〔註20〕范文瀾：《文心雕龍注》，北京：人民文學出版社，1958年版，第588頁。
〔註21〕范文瀾：《文心雕龍注》，北京：人民文學出版社，1958年版，第329頁。
〔註22〕〔清〕孫梅：《四六叢話》。王水照：《歷代文話（第五冊）》，上海：復旦大學出版社，2007年版，第4895頁。
〔註23〕劉麟生：《中國駢文史》，臺北：臺灣商務印書館，1936年版，第37頁。
〔註24〕莫道才：《駢文通論》，南寧：廣西教育出版社，1994年版，第65～82頁。
〔註25〕張仁青：《中國駢文析論》，臺北：東升出版事業，1980年版，第105～125頁。
〔註26〕范文瀾：《文心雕龍注》，北京：人民文學出版社，1958年版，第588頁。

對，前者指將相類似的事物並列相對，兩句意義相近、相關或互補，故「事異義同」，後者指將不同的事物相互映襯，字面相反而旨意暗合，故「理殊趣合」。如此劃分，雖不如前文所言的那幾種分法細緻，卻可以以簡馭繁，體現其在論體文中的論辯功能。故將此四類對偶交叉重疊，得到「言對之正」、「言對之反」、「事對之正」與「事對之反」四種基本駢儷句式，以說明其論理特質。

1. **言對之正，呈鋪展陳述之體**

所謂「言對之正」，指的是對句之中不用典故，直抒己意，且兩句共表一意，在相應相協中使文意自然鋪展，言理充分，行文安雅和平，從容不迫。如李康《運命論》曰：

> 夫治亂，運也；窮達，命也；貴賤，時也。故運之將隆，必生聖明之君；聖明之君，必有忠賢之臣。其所以相遇也，不求而自合；其所以相親也，不介而自親。唱之而必和，謀之而必從。道德玄同，曲折合符。得失不能疑其志，讒構不能離其交，然後得成功也。〔註27〕

文章開端以一組鼎足對提出論點，之後由五組駢句組成，均爲「言對之正」，闡明君臣遇合之關係，言其君，必言其臣，二者相輔相成，文句整飭，最後以一散句結，使之以駢儷行文而不累其氣。

2. **言對之反，顯理殊趣合之妙**

與「言對之正」語意相近不同，「言對之反」亦不用典故，而對句之中語意則相反，從正反兩方面立論，使字面對立而旨趣暗合。如阮瑀《文質論》曰：

> 夫遠不可識，文之觀也；近而易察，質之用也。文虛質實，遠疏近密。援之斯至，動之應疾；兩儀通數，固無攸失。若乃陽春敷華，遇衝風而隕落；素葉變秋，既究物而定體。麗物若僞，醜器多牢；華璧易碎，金鐵難陶。故言多方者，中難處也；術饒津者，要難求也；意弘博者，情難足也；性明察者，下難事也。〔註28〕

〔註27〕〔梁〕蕭統撰，〔唐〕李善注：《文選》，北京：中華書局，1977年版，第730頁。

〔註28〕〔清〕嚴可均：《全後漢文》卷93，《全上古三代秦漢三國六朝文》，北京：中華書局，1958年版，第974頁。

文段所論「文」與「質」是一組相對的範疇，採用雙行行文，正反對舉，工整精密，文意相反而旨趣暗合，貶「文」即褒「質」，揚「質」必抑「文」，筆致俊逸，紆徐有節，使論述更加周備而完滿。

3. 事對之正，盡強化論證之旨

典故的運用能夠增強論證之理據，深化論旨，取類似事例融入駢句，使之並列而相映成趣，可以充分顯示出作者之才氣。劉峻《辯命論》曰：

> 至德未能踰，上智所不免，是以放勛之世，浩浩襄陵；天乙之時，焦金流石。文公疐其尾，宣尼絕其糧。顏回敗其叢蘭，冉耕歌其芣苢。夷叔斃淑媛之言，子輿困臧倉之訴。聖賢且猶若此，而況庸庸者乎？至乃伍員浮屍於江流，三閭沈骸於湘渚，賈大夫沮志於長沙，馮都尉皓發於郎署。君山鴻漸，鎩羽儀於高雲；敬通鳳起，摧迅翮於風穴。此豈才不足而行有遺哉！〔註29〕

「至德」與「上智」均指聖賢，爲了證明一切皆命中注定，舉聖賢亦不能免爲例。「放勛」與「天乙」分別指堯與湯，堯時，洪水泛濫，湯時，酷旱橫行，非堯與湯不聖明，蓋天命也。之後列舉周公旦、孔子、顏回、冉耕、夷叔、子輿之遭際來證明聖賢之不幸皆源於命，再舉伍子胥、屈原、賈誼、馮唐、桓譚、馮衍之例進一步證明非其才不足，而皆因命所致之觀點。對句之間文理相併，理據充分，內蘊深刻，以歷史人物的相似遭遇抒發對命運不舛的無奈與憤慨。

4. 事對之反，達對比參照之用

事對之反是駢句中創作難度最大的，反對必須使出句與對句事理相反而「旨趣暗合」，而事對又要求融入適切的事典，更不易達成。運用恰當則可在對比參照中達到言理充分的目的。戴逵《釋疑論》曰：

> 夫人資二儀之性以生，稟五常之氣以育。性有修短之期，故有彭殤之殊；氣有精粗之異，亦有賢愚之別。此自然之定理，不可移者也。是以堯舜大聖，朱均是育；瞽叟下愚，誕生有舜；顏回大賢，早夭絕嗣；商臣極惡，令胤克昌；夷叔至仁，餓死窮山；盜跖肆虐，富樂自終；比干忠正，斃不旋踵；張湯酷吏，七世珥貂。凡此比類，

〔註29〕〔清〕嚴可均：《全梁文》卷57，《全上古三代秦漢三國六朝文》，北京：中華書局，1958年版，第3287頁。

> 不可稱數。驗之聖賢既如彼，求之常人又如此，故知賢愚善惡，修短窮達，各有分命，非積行之所致也。〔註 30〕

同是爲了證明修短窮達，皆由命定，與劉峻列舉同類歷史人物遭遇以成對不同，戴逵此處列舉的皆爲兩兩相反的事典，善無善報，惡無惡報，如此不公平，皆因各有分命，而非積行所致，其對報應論的懷疑寓於這些對比鮮明的事對之中。

以上爲魏晉南北朝論體文中駢儷基本句式，通過正反對舉，在比較中凸顯作者的觀點，使之「理圓事密」。通過例必成雙，而提供充分的論據，增強說服力，劉勰《文心雕龍・麗辭》已指出，「造化賦形，支體必雙；神理爲用，事不孤立」，〔註 31〕范文瀾注曰：「凡欲明意，必舉事證，一證未足，再舉而成；且少既嫌孤，繁亦苦贅，二句相扶，數折其中。」〔註 32〕即使不用典，通過駢句，將語意拓展延伸，亦能使說理周詳嚴密。總之，駢儷句式的恰當運用，提升了論體文的說理功能。

（二）駢儷特殊句式及其論理特質

除了以上所言四種基本的駢儷句式外，魏晉南北朝論體文中還運用幾種較爲特殊的駢儷句式。此處所謂「特殊句式」，並非指其爲魏晉南北朝論體文作者獨創並僅存於魏晉南北朝論體文中，而是指其在論體文中發揮了論理與審美相融合的功能，增強了文章的邏輯思辨性，透顯出作者持論嚴密的邏輯思維。

1. 互文式駢句

互文句多見於詩歌中，既不同於正對，也不同於反對，其特徵在於「雖然話分兩句，分別述說，但相互見義，體式交融」〔註 33〕，故又稱爲「互體對」。這種句式的作用在於「不僅在節省字句，且能避免犯重，而使文句變化」〔註 34〕。在文章中運用這種句式，造語時將一意拆爲兩句，使之各言一邊，看似獨立，實則相互交融、補釋，使文句凝練，語意均衡，且增強詩化風采。如：

〔註 30〕〔清〕嚴可均：《全晉文》，《全上古三代秦漢三國六朝文》，北京：中華書局，1958 年版，第 2251 頁。

〔註 31〕范文瀾：《文心雕龍注》，北京：人民文學出版社，1958 年版，第 588 頁。

〔註 32〕范文瀾：《文心雕龍注》，北京：人民文學出版社，1958 年版，第 590 頁。

〔註 33〕朱承平：《對偶辭格》，長沙：嶽麓書社，2003 年版，第 326～328 頁。

〔註 34〕黃永武：《字句鍛鍊法》，臺北：洪範書店，1986 年版，第 166 頁。

情綜古今，智周萬物。（何承天《達性論》）

天地以儉素訓民，乾坤以易簡示物。（何承天《達性論》）

其懼患也，若無轡而乘奔；其愼禍也，猶履冰而臨谷。（傅亮《演愼論》）

第一例，前句講「情」，後句言「智」，二者互文，參互合義之後成「情智綜古今周萬物」，語意方爲全備。而分爲兩句敘述，在嚴整照應之餘，亦可見互文式駢句構句之特殊性。第二例，「天地」與「乾坤」、「儉素」與「易簡」爲同意異說，二者互文，強化意旨。第三例，「懼患」與「愼禍」互補，皆以譬喻言理，將傅亮小心謹愼、明哲保身的心態形象地表現出來。由此可見，互文式駢句可利於精省詞語，並兩句交融，是利用句型變化以增加論述效能的重要方法。

2. 連鎖式駢句

所謂「連鎖式駢句」，類似於頂針句式，傅隸樸《修辭學》指出：「連鎖，是上下首尾如連環相扣，語絕而意不絕的一種辭格。這不僅爲呈巧而設，也是事之因果相關連者，有自然不容間斷之勢。……用在論理方面，常如江河之水滾滾而下，有起伏之迹，而無斷裂之痕，不僅神旺，而且氣足。」〔註35〕這種句式利用環環相扣之法，接續前後文句，使之前後因果關係更加緊密，用於論體文則與劉勰在《文心雕龍・麗辭》中所謂「乾坤易簡，則宛轉相承」相近。楊明先生曾作專文論述駢文中的這種句式，其《宛轉相承：駢文文句的一種接續方式》曰：

「宛轉相承」實際上就是多層（三層以上）對偶相連續，而每層對偶的上下聯分別依次相承接、相對應。……這與駢文萌芽、形成、發展的進程一致。值得注意的是，在魏晉、南朝的玄學、佛學論文中，此種方式相當發達，這表明它與說理的需要、與古人的邏輯思維頗有關係。〔註36〕

這種句式在前文論及魏晉南北朝論體文的結構要素與思辨性言說時均有涉及，正體現了用駢句說理時類比推證的邏輯思維展開過程。既有單鏈，亦有雙鏈。前者如：

〔註35〕傅隸樸：《修辭學》，臺北：正中書局，1969年版，第119頁。
〔註36〕楊明：《宛轉相承：駢文文句的一種接續方式》，《文史哲》，2007年第1期，第87～94頁。

夫物生而後有象，有象而後有數，有數而後吉凶存焉。（庾闡《蓍龜論》）

蓋崇德莫大乎安身，安身莫尚乎存正，存正莫重乎無私，無私莫深乎寡欲。（潘尼《安身論》）

後者如：

夫民用儉則易足，易足則力有餘，力有餘則情志泰，樂治之心，於是生焉。事儉則不擾，不擾則神明靈，神明靈則謀慮審，濟治之務，於是成焉。故天地以儉素訓民，乾坤以易儉示物，所以訓示殷勤，若此之篤也。（何承天《達性論》）

不管是單鏈還是雙鏈，均使語意逐層推進，環環緊扣，論述條理宛轉而暢達，可見爲文者思維之周密。雙鏈並行，又形成一立體結構，打破線性呈現之習慣，使之上下勾連，多面顯現。

3. 交蹉式駢句

所謂「交蹉式駢句」，是指在兩聯之中，前一聯與後一聯各自成對，但在理解文意時卻需將其交錯組合，使之產生錯綜變化之美。如：

是以其安也，則黎元與之同慶；及其危也，則兆庶與之共患。安與眾同慶，則其危不可得也；危與下共患，則其難不足恤也。（陸機《辯亡論》）

夫聖人懷虛以涵育，凝明以洞照。惟虛也，故無往而不通；惟明也，故無往而不燭。（顧願《定命論》）

第一例由兩組對句組成，分別論述「安」與「危」兩種情況，「一上」與「二上」語意相接，皆言其「安」，「一下」與「二下」語意相接，皆言其「危」。但文句先分述「安」時，黎元與之同慶，「危」時，兆庶與之共患，再分述其後果，運用交蹉式駢句，使之產生錯綜變化之趣。第二例，從語意表達原序看，「懷虛以涵育」與「惟虛也，故無往而不通」相承，「凝明以洞照」與「惟明也，故無往而不燭」相接，然此處交蹉，使前兩句敘理與後兩句闡析各自成對，交錯成文，利用駢偶的嚴整，展現語句靈動之妙。

4. 排偶式駢句

在論體文中，爲增強論辯的氣勢，有時以連續的多組句型相近的駢偶句進行大規模的鋪陳，形成排偶式駢句，充分顯示出作者的雄辯博議之才。如：

直繩則虧喪恩舊，撓情則違廢禁典，選德則功不必厚，舉勞則人或未賢，參任則群心難塞，並列則其弊未遠。
（范曄《後漢書・二十八將傳論》）

乃丹青眩媚彩之目，土木誇好壯之心，興靡廢之道，單九服之財，樹無用之事，割群生之急，致營造之計，成私樹之權，務勸化之業，結師黨之勢，苦節已要厲精之譽，護法以展陵競之情，悲矣。
（釋慧琳《均善論》）

這兩例均以兩兩排偶式文句一路鋪排直下，在增強論證力量上顯示出強大的勁勢。

5. 鼎足式駢句

鼎足對或稱三句對〔註37〕，較多地用於詞與曲中，甚至被誤認爲是元小令的特有形式〔註38〕，其實這種句式早在《論語》中已被運用，如「視其所以，觀其所由，察其所安」，即爲三句一組、結構相類、互爲對仗的句式。鼎足式駢句用三個結構相同、語意並列的句子並排，互爲對偶，形式整飭而兼具排比之勢。明人朱權《太和正音譜》形象地解釋道：「鼎足對，三句對者是。俗呼爲『三槍』。」因爲對偶駢整，而鼎足則兼有氣勢，所以鼎足對在對偶之外，兼有排比之用，「這種兼對偶與排比而有之的修辭，容易收到聯珠炮似的效果」，〔註39〕也更適宜於某些以氣勢取勝的論體文，形成一瀉無餘、奔放恣肆的表達特色。在魏晉南北朝論體文中大量運用鼎足式駢句，以增強文勢，如：

夫黃河清而聖人生，里社鳴而聖人出，群龍見而聖人用。
（李康《運命論》）

是以立言藉於虛無，謂之玄妙；處官不親所司，謂之雅遠；奉身散其廉操，謂之曠達。（裴頠《崇有論》）

天以陰陽分，地以剛柔用，人以仁義立。（何承天《達性論》）

以上三例均採用鼎足式句法，綱目清晰而使論述焦點更集中。也有連用幾組鼎足對的，如潘尼《安身論》曰：

〔註37〕「三句對」見於王驥德《曲律・論對偶第二十》，「鼎足對」見於朱權《太和正音譜・對式》。

〔註38〕劉本賢：《元曲小令中特有的語言形式——鼎足對》，《通化師範學院學報》，2004年第5期。

〔註39〕蔣星坦：《元曲鑒賞辭典》，上海：上海辭書出版社1997年版，第989頁。

夫能保其安者，非謂崇生生之厚，而耽逸豫之樂也，不忘危而已。有期進者，非謂窮貴寵之榮，而藉名位之重也，不忘退而已。存其治者，非謂嚴刑政之威，而明司察之楚也，不忘亂而已。故寢蓬室，隱陋巷，披短褐，茹藜藿，環堵而居，易衣而出，苟存乎道，非不安也。雖坐華殿，載文軒，服黼繡，御方丈，重門而處，成列而行，不得與之齊榮。用天時，分地利，甘布衣，安藪澤，沾體途足，耕而後食，苟崇乎德，非不進也。雖居高位，饗重祿，執權衡，握機祕，功蓋當時，勢侔人主，不得與之比逸。遺意慮，沒才智，忘肝膽，棄形器，貌若無能，志若不及，苟正乎心，非不治也。雖繁計策，廣術藝，審刑名，峻法制，文辯流離，議論絕世，不得與爭功。故安也者，安乎道者也。進也者，進乎德者也。治也者，治乎心者也。未有安身而不能保國家，進德而不能處富貴，治心而不能治萬物者也。〔註40〕

這一段由四組鼎足對組成，都是從「安身」「進德」「治心」三個方面立論，第一組分列「保其安者」「有期進者」「存其治者」三類人的做法，第二組由「……雖……」長句組成鼎足對，其中又由三字句、四字句組成，鏗鏘有力，寫了這三類人在不同境遇下的不同表現，第三組爲結論「故安也者，安乎道者也。進也者，進乎德者也。治也者，治乎心者也」，最後一組則從反面論述，進一步論證「安身」「進德」「治心」之重要。整個文段採用賦的鋪排寫法，硬語盤空，氣勢奔放，達到痛快淋漓、一瀉千里的表達效果。下文在論述三事話語時，還要徵引不少鼎足對之例，亦可見其時文士三維思辨模式之特點。

6. 落霞式駢句

「落霞式駢句」，其名源自唐代王勃《秋日登洪府滕王閣餞別序》中名句：「落霞與孤鶩齊飛，秋水共長天一色」，李士彪在《魏晉南北朝文體學》中對其有專門論述，探究其起源與發展，並指出：「落霞句式的結構，用我們今天的觀點看，是一個七言對偶句。……其結構爲：□□A□□B□，□□C□□D□。A、B、C、D皆爲表達整體之連詞。A、C爲同義詞，B、D爲同義詞，四字不相重複，但上下句兩『與』字相複的例子也很常見。其用詞多爲：與、共、齊、

〔註40〕〔清〕嚴可均：《全晉文》卷95，《全上古三代秦漢三國六朝文》，北京：中華書局，1958年版，第2003頁。

一、同、并、皆、俱。B、D 亦常用表比較之介詞或動詞，常用者有：爭、競、比、齊等。雖是七言句，但與七言詩的節奏很不相同。簡而言之，落霞句式爲二三二節奏，而七言詩多爲二二三或四三節奏。」〔註 41〕在魏晉南北朝論體文中亦不乏落霞式駢句之例，如：

形骸與后土同體，魂爽與元氣合靈。（晉皇甫謐《篤終論》）

神籟與無窮並吹，大治與造運齊根。（晉庾闡《郭先生神論》）

至言與秋陽同朗，群疑與春冰俱釋。

（庾詠《答釋法雲書難范縝神滅論》）

妙會愈春冰等釋，至趣若秋旻共朗。（張翻《答釋法雲難范縝神滅論》）

除此之外，亦有落霞句式之變體，如落霞式鼎足對，嵇康《聲無哀樂論》曰：「使絲竹與俎豆並存，羽毛與揖讓俱用，正言與和聲同發。」增字落霞對，如宋謝鎮之《與顧歡書折夷夏論》:「則及日可與千松比霜，朝菌可與萬椿齊雪耶？」隔句落霞對，如劉峻《辨命論》:「火炎昆嶽，礫石與琬琰俱焚；嚴霜夜零，蕭艾與芝蘭共盡。」

綜上所述，可見魏晉南北朝論體文多有駢化現象，其駢儷句式具有精巧唯美的特質。以駢儷句式論理，除增加詩性之韻律感外，亦可使論理之文顯得嚴整穩重。因此在運用駢儷句式表意的同時，一方面需跨越其句式純粹裝飾性之目的，另一方面必須兼顧論理之文所應具有的統括性、縝密性與深刻性。

（三）駢儷句式之論理特質

1. 概念之統括

駢儷句式的重要特點在於出語必雙，語意涵括於兩句、四句或更多的雙數句之中。在魏晉南北朝論體文中，以駢儷句式闡述概念，能藉對偶句形成對稱整齊的效果，往往更具整飭、統括之美，有裨於對照映襯，併兼顧兩端，完足語意。王弼在《老子指略》中對「無」這一概念進行闡述時就採用駢儷句式：

無形無名者，萬物之宗也。不溫不涼，不宮不商。聽之不可得而聞，視之不可得而彰，體之不可得而知，味之不可得而嘗。故其

〔註 41〕李士彪：《魏晉南北朝文體學》，上海：上海古籍出版社，2004 年版，第 234 頁。

> 爲物也則混成，爲象也則無形，爲音也則希聲，爲味也則無呈。〔註42〕

這種雙出雙行之遮詮式言說，同時兼備兩端，對「無」這一不可言說之概念進行具體闡述，突出其超出現象之上的本體特徵。

魏晉南北朝論體文中亦有對多個概念進行闡釋、共同構成駢儷句式的例子，如阮籍《達莊論》曰：「人生天地之中，體自然之形。身者，陰陽之精氣也。性者，五行之正性也。情者，遊魂之變欲也。神者，天地之所以馭者也。」分別對「身」、「性」、「情」、「神」進行闡釋，各以一言而概之，共同構成駢儷句式。再如王弼《老子指略》曰：

> 夫「道」也者，取乎萬物之所由也；「玄」也者，取乎幽冥之所出也；「深」也者，取乎探賾而不可究也；「大」也者，取乎彌綸而不可極也；「遠」也者，取乎綿邈而不可及也；「微」也者，取乎幽微而不可覩也。然則「道」、「玄」、「深」、「大」、「微」、「遠」之言，各有其義，未盡其極者也。然彌綸無極，不可名細；微妙無形，不可名大。是以篇云：「字之曰道」，「謂之曰玄」，而不名也。〔註43〕

此處對《老子》中一系列名言概念的描述，皆爲對宇宙本根的稱呼，各突出其一方面特徵，而彼此之間相反相成，從句式特點上看形成排偶句，文意清晰而句式整飭。

運用數字標目，以序列句歸結並統攝文章之理，是魏晉南北朝論體文中比較特殊的闡述概念的方式，這種方式是其時文士理性思維方式的具體體現，能夠使說理簡潔而細緻。如：

> 養生有五難。名利不滅，此一難也。喜怒不除，此二難也。聲色不去，此三難也。滋味不絕，此四難也。神慮消散，此五難也。（嵇康《答難養生論》）

以數字標目，對所要闡釋的概念原理進行總括，可以使文理更爲明晰周備，藉條分縷析、執簡馭繁之形式，達成面面俱到之論述效果。

由上可見，魏晉南北朝論體文駢儷句式的運用可以充分發揮其統括概念的功能，這對觀點的陳述甚有必要，是其力謀行文周延的重要手段。

〔註42〕樓宇烈：《王弼集校釋》，北京：中華書局，1980年版，第195頁。
〔註43〕樓宇烈：《王弼集校釋》，北京：中華書局，1980年版，第196頁。

2. 語意之強調

駢儷句式在概括語意、強化己見方面有著獨特優勢，通過「兩事相配」〔註44〕的方式使意義完足，在整齊反覆中不致孤立，正如瞿兌之所云：「凡是說事理的文章，愈整齊愈有力量，愈反覆愈易明白，整齊反覆都是駢文擅長之點。」〔註45〕道恒在《釋駁論》中列舉沙門「營求孜伋，無暫寧息」之表現：

> 至於營求孜伋，無暫寧息。或墾殖田圃，與農夫齊流；或商旅博易，與眾人競利；或矜恃醫道，輕作寒暑；或機巧異端，以濟生業；或占相孤虛，妄論吉凶；或詭道假權，要射時意；或聚畜委積，頤養有餘；或指掌空談，坐食百姓。斯皆德不稱服，行多違法。〔註46〕

以「或——或——或——」之句型列出沙門的八種營生，將其「德不稱服，行多違法」之表現羅列出來，有排疊強調之意。

劉開指出，「以駢儷之言，而有馳驟之勢，含飛動之采，極瓌瑋之觀。」〔註47〕運用駢儷句式，可憑藉其概括力強、形式又工整簡練之優勢，造成周密嚴謹的論述效果，使論旨得到強化。如劉峻《辯命論》曰：「夫食稻粱，進芻豢，衣狐貉，襲冰紈，觀窈眇之奇儛，聽雲和之琴瑟，此生人之所急，非有求而爲也。修道德，習仁義，敦孝悌，立忠貞，漸禮樂之腴潤，蹈先王之盛則，此君子之所急，非有求而爲也。」〔註48〕以兩個長句形成駢儷之勢，取材相反、意旨迥異，通過對比以增強語勢，深化主旨。句中又有三言排比，五言對句，長短交錯，形成節奏變化之美。

另外，在鋪敘事理時配合使用比喻、典故，亦可增強語意。如干寶《晉紀・總論》在論及晉世風俗敗壞時，曰：「禮法刑政，於此大壞，如室斯構而去其鑿契，如水斯積而決其堤防，如火斯畜而離其薪燎也。」〔註49〕以室構

〔註44〕范文瀾：《文心雕龍注》，北京：人民文學出版社，1958年版，第589頁。

〔註45〕瞿兌之：《中國駢文概論》，臺北：莊嚴出版社，1993年版，第126頁。

〔註46〕〔清〕嚴可均：《全晉文》，《全上古三代秦漢三國六朝文》，北京：中華書局，1958年版，第2406頁。

〔註47〕劉開：《書文心雕龍後》，引自楊明照《增訂文心雕龍校注》，附錄《品評第二》，第653～654頁。

〔註48〕〔清〕嚴可均：《全梁文》卷57，《全上古三代秦漢三國六朝文》，北京：中華書局，1958年版，第3288頁。

〔註49〕〔梁〕蕭統撰，〔唐〕李善注：《文選》，北京：中華書局，1977年版，第693頁。

去其鑿契、水積去其堤防、火畜去其薪燎三個比喻來強調禮法刑政對國家的重要性及其敗壞對社會造成的危害，形象生動，而又強化語意。李康《運命論》:「夫忠直之迕於主，獨立之負於俗，理勢然也。故木秀於林，風必摧之；堆出於岸，流必湍之；行高於人，眾必非之。」〔註 50〕以三個比喻來說明忠直之士忤於主、獨立之士負於俗是理勢所然。劉峻《辯命論》在論述「言而非命，有六蔽焉爾」，其第二蔽爲：「龍犀日角，帝王之表；河目龜文，公侯之相。撫鏡知其相刑，壓紐顯其膺籙。星虹樞電，昭聖德之符；夜哭聚雲，鬱興王之瑞。皆兆發於前期，涣汗於後葉。」〔註 51〕「龍犀日角」出自朱建平《相書》:「頟有龍犀入髮，左角日，右角月，王天下也。」「河目龜文」出自《孔叢子》:「孔子仲尼有聖人之表，河目而隆顙，是黃帝之形貌也。」「撫鏡知其將刑」出自《蜀志》所載張裕「每舉鏡視面，自知刑死，未嘗不撲之於地」,「壓紐顯其膺籙」出自《左氏傳》所載楚恭王立嫡，「平王弱。抱而入，再拜，皆壓紐」。「星虹」出自《春秋元命苞》:「大星如虹，下華流渚，女節夢意，感生朱宣。」「樞電」出自《詩含神務》:「大電繞樞，照郊野，感符寶，生黃帝。」「夜哭」出自《漢高祖功臣頌》:「彤雲晝聚，素靈夜哭。」「鬱興王之瑞」出自《國語》:「興王賞諫臣。」寥寥數語隱含如此豐富的典故，所言皆爲證明一切命定之觀點。

3. 秀句之裁成

陸機《文賦》謂「立片言而居要，乃一篇之警策。」劉勰《文心雕龍·隱秀》亦強調「秀也者，篇中之獨拔者也。」〔註 52〕在論體文中，以駢儷文句裁成篇中之秀句者，不乏其例。劉師培指出：「陸士衡文則每篇皆有數句警策，將精神提起，使一篇之板者皆活。如圍棋然，方其布子，全局若滯，而一著得氣，通盤皆活。」〔註 53〕不妨以其《辯亡論》爲例，看其片言居要之藝術。其上篇尾段曰：

夫曹、劉之將，非一世所選；向時之師，無曩日之眾。戰守之

〔註 50〕〔清〕嚴可均：《全三國文》卷 43，《全上古三代秦漢三國六朝文》，北京：中華書局，1958 年版，第 1295 頁上。

〔註 51〕〔清〕嚴可均：《全梁文》卷 57，《全上古三代秦漢三國六朝文》，北京：中華書局，1958 年版，第 3287 頁。

〔註 52〕范文瀾：《文心雕龍注》，北京：人民文學出版社，1958 年版，第 632 頁。

〔註 53〕劉師培：《中國中古文學史講義》，上海：上海古籍出版社，2000 年版，第 137 頁。

道，抑有前符；險阻之利，俄然未改。而成敗貿理，古今詭趣，何哉？彼此之化殊，授任之才異也。〔註 54〕

文段以駢儷文句進行古今比較，以散句設疑，最後以五字對句歸結，將吳亡之因歸於對人才的利用，又以此啓下，引出下篇歷敘孫權之用人。「彼此之化殊，授任之才異」，字字珠璣，乃一篇之警策，勁氣貫中，而風骨自顯。如劉師培所言，「凡文章有勁氣，能貫串，有警策而文采傑出（即《文心雕龍・隱秀篇》之所謂『秀』）者乃能生動。否則爲死。蓋文有勁氣，猶花有條幹（即陸士衡《文賦》所謂『理扶質以立幹，文垂條而結繁』）。條幹既立，則枝葉扶疏；勁氣貫中，則風骨自顯。如無勁氣貫串全篇，則文章散漫，猶如落樹之花，縱有佳句，亦不足爲此篇出色也。」〔註 55〕

魏晉南北朝論體文中亦有不少將警策之句置於篇首或篇中者，以提起全篇之神，振舉文旨，發揮「敷理以舉統」的作用。如李康《運命論》開端曰：「夫治亂，運也；窮達，命也；貴賤，時也」，此乃一鼎足對，爲全篇主旨，精要凝練，頗具立論之權威性。再如干寶《晉紀總論》曰：

故其民有見危以授命，而不求生以害義，又況可奮臂大呼，聚之以干紀作亂之事乎？基廣則難傾，根深則難拔，理節則不亂，膠結則不遷，是以昔之有天下者，所以長久也。夫豈無僻主，賴道德典刑以維持之也。〔註 56〕

文段由散句構成，散句中有駢句，「基廣則難傾，根深則難拔，理節則不亂，膠結則不遷」，凝練精闢，讀來朗朗上口，便於記憶。誠如阮元《文言說》所云：「同爲一言，轉相告語，必有衍誤。是以寡其詞，協其音，以文其言，使人易於記誦，無能增改，且無方言俗語雜於其間，始能達意，始能遠行。」〔註 57〕可見駢儷句式可振舉文意，煥發論旨，既易於記誦，又利於接受，充分展現其「才情之嘉會」〔註 58〕。

〔註 54〕〔梁〕蕭統撰，〔唐〕李善注：《文選》，北京：中華書局，1977 年版，第 739 頁。

〔註 55〕劉師培：《中國中古文學史講義》，上海：上海古籍出版社，2000 年版，第 136～137 頁。

〔註 56〕〔清〕嚴可均：《全晉文》卷 127，《全上古三代秦漢三國六朝文》，北京：中華書局，1958 年版，第 2191 頁。

〔註 57〕〔清〕阮元：《揅經室三集》卷二。《近代文論選（上冊）》，北京：人民文學出版社，1999 年版，第 100 頁。

〔註 58〕范文瀾：《文心雕龍注》，北京：人民文學出版社，1958 年版，第 632 頁。

二、散體句式及其論理特質

孫德謙《六朝麗指》指出：「駢體之中，使無散行，則其氣不能疏逸，而敘事亦不清晰。駢文之中，苟無散句，則意理不顯。」〔註 59〕黎運漢《漢語風格學》亦曰：「至於散句，由於具有調遣自如，靈活多變，音節參差的特點，適宜用來表現行雲流水的敘述，起伏變化的情境，因而一般散文和論說文多用散句。」〔註 60〕魏晉南北朝論體文中散體句式及其論理特質主要體現在以下幾個方面：

（一）散體句式在論體文中的位置與功能

論體文中的散體句按其表達方式之異可分爲兩種：議論式散句與敘述式散句。議論式散句又分三種：

其一，始發散句，位居段落之首，起概括提示段落中心、引出下文的作用。如何晏《冀州論》曰：

> 略言春秋以來，可以海內比而校也。恭謹有禮，莫賢乎趙襄；仁德忠義，莫賢乎趙盾；納諫服義，莫賢乎韓起……〔註 61〕

以一陳述句開篇，似乎平淡無奇，實際上在爲下文對冀州人物事蹟的鋪排蓄勢。再如曹冏《六代論》首段曰：

> 昔夏、殷、周歷世數十，而秦二世而亡。何則？三代之君，與天下共其民，故天下同其憂。秦王獨制其民，故傾危而莫救。夫與人共其樂者，人必憂其憂；與人同其安者，人必拯其危。〔註 62〕

開篇將三代與秦進行對比，以一問句引出下文的論述，頗引人矚目，發人深思，亦吸引讀者與作者一起深入探究其原因。

其二，支撐散句，位居段落之中，起總結上文、引起下文的過渡作用。如陸機《辯亡論》曰：

> 夫四州之萌，非無眾也；大江之南，非乏俊也；山川之險，易守也；勁利之器，易用也；先政之策，易循也。功不興而禍遘者，

〔註 59〕孫德謙：《六朝麗指》，臺北：新興書局，1963 年版，第 37 頁。

〔註 60〕黎運漢：《漢語風格學》，廣州：廣東教育出版社，2000 年版，第 171 頁。

〔註 61〕〔清〕嚴可均：《全三國文》，《全上古三代秦漢三國六朝文》，北京：中華書局，1958 年版，第 1274 頁上。

〔註 62〕〔梁〕蕭統撰，〔唐〕李善注：《文選》，北京：中華書局，1977 年版，第 721 頁。

> 何哉？所以用之者失也。是故先王達經國之長規，審存亡之至數；謙己以安百姓，敦惠以致人和；寬沖以誘俊乂之謀，慈和以結士民之愛。〔註63〕

此段先以一組八字對句和一組七字鼎足對論述孫皓之時各方面之有利條件，然後以一自問自答的設問散句，歸結其功不興而禍遘的原因在於用之者失，警策醒目，之後又以三組駢句論述先王的英明統治，與前文形成鮮明對比，暗詒孫皓之意不言自明。如此不難看出支撐散句所起的承上啓下、疏導文氣的作用。

其三，歸結散句，位居段落之末，起總結全段、昇華主旨的作用。傅亮《演愼論》曰：

> 夫四道好謙，三材忌滿，祥萃虛室，鬼瞰高屋，豐屋有蔀家之災，鼎食無百季之貴。然而徇欲厚生者，忽而不戒；知進忘退者，曾莫之懲。前車已摧，後鑾不息，乘危以庶安，行險而徼倖，於是有顚墜覆亡之禍，殘生夭命之釁。其故何哉？流溺忘反，而以身輕於物也。〔註64〕

文段內含三組四言對句，一組七言對句，一組「上五下四」型對句，一組五言對句、一組六言對句，句式張弛嚴謹，以「夫」「然而」「於是」連接，起到調整文氣的作用。段末以一問一答的散句進行總結，深化主題，達到文氣舒緩而意猶未盡的效果。

章太炎《文學略說》指出：「敘事者，止宜用散」。以散句敘事，不拘泥於形式之規定，而更具從容自由之態。魏晉南北朝論體文有「未嘗離事而言理」的特點，前文在論及「敘事性言說」時已作詳論，而從散句敘事之功能的角度看，又可分爲三種：

其一，簡敘事例，以資論據，即通過列舉事例來支撐論點。《高僧傳・義解論》曰：

> 故須窮達幽旨，妙得言外，四辯莊嚴，爲人廣說，示教利憙，其在法師乎！故士行尋經於于闐，誓志而滅火，終令般若盛於東川，忘想傳乎季末。爰次竺潛、支遁、于蘭、法開等，並氣韻高華，風道清裕，傳化之美，功亦亞焉。中有釋道安者，資學於聖師竺佛圖

〔註63〕〔梁〕蕭統撰，〔唐〕李善注：《文選》，北京：中華書局，1977年版，第741頁。

〔註64〕〔清〕嚴可均：《全宋文》，《全上古三代秦漢三國六朝文》，北京：中華書局，1958年版，第2578頁。

澄，安又授業於弟子慧遠。惟此三葉，世不乏賢。並戒節嚴明，智寶炳盛。使夫慧日餘暉，重光千載之下；香土遺芬，再馥閻浮之地。涌泉猶注，實賴伊人。〔註 65〕

爲論證法師「爲人廣說，示教利喜」之重要，列舉士行、竺潛、支遁、于蘭、法開等事蹟，尤其是敘述佛圖澄、釋道安、慧遠師徒三代所起的重要作用，以增強說服力。

其二，敘述事情，以敘代議，指以紆徐的語氣將事情敘述清楚，作者的愛憎褒貶之情盡寓其中，不言而明。張輔《名士優劣論》爲證明孔明優於樂毅，而敘孔明之功績曰：

夫孔明抱文武之德，劉玄德以知人之明，屢造其廬，咨以濟世，至如奇策泉涌，智謀從橫，遂東說孫權，北抗大魏，以乘勝之師，翼佐取蜀。及玄德臨終，禪登大位，在擾攘之際，立童蒙之主，設官分職，班敘眾才，文以寧內，武以折衝，然後布其恩澤于中國之民。其行軍也，路不拾遺，毫毛無犯，勳業垂濟而隕。觀其遺文，謀謨弘遠，雅規恢廓，己有功則讓于下，下有闕則躬自咎，見善則遷，納諫則改，故聲烈振於遐邇者也。〔註 66〕

通過敘述三顧茅廬、臨終託孤等事例，表現孔明輔佐劉備所建功績及其治軍之策、文章謀略，不必論述而理自明，從而得出「余以爲睹孔明之忠，姦臣立節矣。殆將與伊呂爭儔，豈徒樂毅爲伍哉」的結論。

其三，敘述事例，引發論點。簡敘事例作爲引子，闡發觀點才是目的。干寶《晉紀・論姜維》曰：

姜維爲蜀湘，國亡主辱弗之死，而死於鍾會之亂，惜哉。非死之難，處死之難也！是以古之烈士，見危授命，投節如歸，非不愛死也。固知命之不長，而懼不得其所也。〔註 67〕

因屬於史書之論，在本傳中必對姜維之事蹟詳細介紹，此處只拈出其死作爲發論之契機，以引發作者對「非死之難，處死之難」的論證。

〔註 65〕〔梁〕釋慧皎撰，湯用彤校注：《高僧傳》，北京：中華書局，1992 年版，第 343 頁。

〔註 66〕〔清〕嚴可均：《全晉文》卷 105，《全上古三代秦漢三國六朝文》，北京：中華書局，1958 年版，第 2063 頁。

〔註 67〕〔清〕嚴可均：《全晉文》卷 127，《全上古三代秦漢三國六朝文》，北京：中華書局，1958 年版，第 2192 頁下。

（二）散體句式的類型及其論理特質

從結構的角度，散句可分爲單句與複句，單句過於簡單，不必多言。複句可分爲假設、因果、轉折、遞進等關係，一般借助關聯詞以表明其言理邏輯。范曄《後漢書》史論中大量運用複句，如《袁術傳論》曰：

> 天命符驗，可得而見，未可得而言也。然大致受大福者，歸於信順乎！夫事不以順，雖彊力廣謀，不能得也。謀不可得之事，日失忠信，變詐妄生矣。況復苟肆行之，其以欺天乎！雖假符僭稱，歸將安所容哉！〔註68〕

此段文字以「然」、「雖」、「況復」、「雖」等關聯詞連結句意，使句子或並列，或轉折，或遞進，變幻不定，感情亦隨之升騰起伏，最後以反詰句式痛斥之，忿怒之情溢於言表。

從用途的角度，散句又可分爲陳述句、疑問句、祈使句與感歎句四種。魏晉南北朝論體文中，陳述事例往往多用陳述句，如上文論述散句之敘事功能所舉之例，多爲陳述句。祈使句在論體文中運用不多，而疑問句、反詰句與感歎句則更爲常見，以此抒情達意，使文章言已止而意未盡，具有言外之餘韻。如《魏書・高允傳論》曰：

> 依仁遊藝，執義守哲，其司空高允乎？蹈危禍之機，抗雷電之氣，處死夷然，忘身濟物，卒悟明主，保己全身。自非體憐知命，鑒照窮達，亦何能以若此？宜其光寵四世，終享百齡，有魏以來，斯人而已。〔註69〕

反問句與陳述句交錯運用，句式多變，將對高允的讚揚之情滲透於字裏行間，令人味之無窮。

反詰語氣兼有規誡、歎惋之意，如范曄《後漢書・鄧張徐張胡傳論》曰：

> 如令志行無牽於物，臨生不先其存，後世何貶焉？古人以宴安爲戒，豈數公之謂乎？〔註70〕

再如范甯《王弼何晏論》曰：

〔註68〕〔南朝宋〕范曄：《後漢書》卷75《袁術傳》，北京：中華書局，1965年版，第2444頁。

〔註69〕〔北齊〕魏收：《魏書》卷48《高允傳》，北京：中華書局，1974年版，第1094頁。

〔註70〕〔南朝宋〕范曄：《後漢書》卷44《鄧張徐張胡列傳》，北京：中華書局，1965年版，第1512頁。

古之所謂言僞而辯，行僻而堅者，其斯人之徒歟？昔夫子斬少正于魯，太公戮華士于齊，豈非曠世而同誅乎？桀紂暴虐，正足以滅身覆國，爲後世鑒戒耳，豈能迴百姓之視聽哉？〔註 71〕

干寶《晉紀·論晉武帝革命》末尾曰：

古者敬其事則命以始，今帝王受命而用其終，豈人事乎？其天意乎？〔註 72〕

以上三例，均有問而無答，其意不言而明，將作者之勸誡嘲諷之意充分表達出來。

感歎句常借助於虛詞的運用，以增強其濃濃的情感意味，如：

若以水濟水，孰異之哉！（嵇康《聲無哀樂論》）

惜哉！寇敵略定矣，而漢祚亦衰焉。嗚呼！（《後漢書·西羌傳論》）

世主以此論學，悲矣哉！（《後漢書·鄭范陳賈張傳論》）

反問句與感歎句配合運用，其抒情意味更加濃厚，如：

請問綿衣繡裳不陳於暗室者何？必顧眾而動，以毀譽爲歡戚也夫！（嵇康《答難養生論》）

豈鳥盡弓藏，民惡其上？將器盈必概，陰害貽禍？何斯人而遭斯酷，悲夫！（《魏書·崔浩傳論》

感歎句反覆出現，能夠使論體文具一唱三疊、迴環往復之美。如：

「達患累緣於有身，不存身以息患；知生生由於稟化，不順化以求宗。」義存於此！義存於此！斯沙門之所以抗禮萬乘，高尚其事，不爵王侯而沾其惠者也。（慧遠《沙門不敬王者論三》）

兩個「義存於此」重複出現，將慧遠「深懼大法之將淪」時的憂心似焚之情充分表現出來。

三、駢散共存之方式

針對瞿兌之所言「以駢文作論說，正可利用他的詞藻，供引申譬喻之用，利用他的格律，助精微密栗之觀」〔註 73〕，劉麟之反駁道：「……持論固極有

〔註 71〕〔清〕嚴可均：《全晉文》卷 125，《全上古三代秦漢三國六朝文》，北京：中華書局，1958 年版，第 2179 頁下。

〔註 72〕〔清〕嚴可均：《全晉文》卷 127，《全上古三代秦漢三國六朝文》，北京：中華書局，1958 年版，第 2192 頁。

〔註 73〕瞿兌之：《中國駢文概論》，上海：世界書局，1934 年版，第 29 頁。

見地，然排比敷陳，終覺傷氣。李申耆評陸士衡《五等論》云：『運思極密，細意極多，然亦以此累氣。』」〔註 74〕二者各執一端，互不相讓。然而，略加留意則不難發現，優秀的論作無全篇用散，或全篇爲駢者，其總是奇偶相間，駢散共存，起伏跌宕，極盡錯綜變化之美、縱橫開合之妙。魏晉南北朝論體文雖多用駢儷句式，但並不同於後世之駢四儷六，而是如劉勰所言「必使理圓事密，聯璧其章，迭用奇偶，節以雜佩，乃其貴耳」〔註 75〕。黃侃先生進一步闡釋曰：「『迭用奇偶，節以雜佩』明綴文之士用奇用偶勿師成心，或捨偶用奇，或專崇儷對，皆非爲文之正軌。」〔註 76〕程兆熊則曰：「『理圓事密』，則有其文辭上之調和與統一之美。『迭用奇偶』，則有其文辭上之平衡與變化之美。」〔註 77〕駢句典雅整飭，而散句流利暢達，凝重多出於偶，流美多出於奇，兩者參互錯綜而用之，則氣振而骨植，且無單調之病，盡顯變化之妙。

在魏晉南北朝論體文中，駢句於鋪敘言理處發揮同馳輝映、增強文勢的作用，散句則總結上文、開啓下文，單陳直敘作爲調節。一段之中，或以駢句爲主，間以參差之散句，好似平湖之上起微波，或以散句爲主，參以整齊之駢句，恰如重山疊嶺中出平湖。魏晉南北朝論體文以散行之氣運駢儷之辭，其駢散共存之方式主要有以下幾種：

（一）融駢於散，散中有駢

魏晉南北朝論體文之句式靈活多變，常在奇句單行文字之中加進駢詞儷語，使之錯綜變化，卷舒開合，極盡參差錯落之美。例如：

> 夫伐深根者難爲功，摧枯朽者易爲力，理勢然也。
>
> （曹冏《六代論》）
>
> 夫稱君子者，心無措乎是非，而行不違乎道者也。
>
> （嵇康《釋私論》）
>
> 當其臨局交爭，雌雄未決，專精銳意，神迷體倦，人事曠而不修，賓旅闕而不接，雖有太牢之饌，《韶》、《夏》之樂，不暇存也。
>
> （韋昭《博弈論》）

這幾個例子均是將駢句融於散句中，在句首加發語詞「夫」，句尾加語氣詞

〔註 74〕劉麟生：《中國駢文史》，臺北：臺灣商務印書館，1936 年版，第 37 頁。
〔註 75〕范文瀾：《文心雕龍注》，北京：人民文學出版社，1958 年版，第 589 頁。
〔註 76〕黃侃：《文心雕龍札記》，臺北：文史哲出版社，1973 年版，第 161 頁。
〔註 77〕程兆熊：《文心雕龍講義》，香港：鵝湖出版社，1962 年版，第 108 頁。

「也」，句中加入散行之語，使之單線直進，語氣和緩，改變了駢句本身雙線並行、節奏鮮明的特點。

（二）納散於駢，駢中有散

駢儷句式的加長，使之具有散體句式之靈動與氣勢。如果忽視其上下之對，單句則成散體之態。例如：

> 然矜吝之時，不可謂無廉，情忍之形，不可謂無仁，此似非而非非者也；或讒言似信，不可謂有誠，激盜似忠，不可謂無私，此類是而非是者也。（嵇康《釋私論》）

這個對句，由兩個長散句組成，其間四、五、六、七、八字句交錯使用，使語勢時提時放，時緩時急，時散時束，時澀時滑，因散之入駢，而使節奏變緩，無「白雨跳珠」之輕捷，而具「九曲婉轉」之波折。

（三）駢散雜糅，奇偶交融

這類句式，就整體而言是散句，但散句之中有駢句，駢句又是由散句組成，駢散雜糅，奇偶交融，既具散句單行之自然和緩，又具駢句之雙線並行的立體感。如：

> 故論公私者，雖云志道存善，□無凶邪，無所懷而不匿者，不可謂無私；雖欲之伐善，情之違道，無所抱而不顯者，不可謂不公。（嵇康《釋私論》）

所論「公私」分兩方面立論，「不可謂無私」與「不可謂不公」，四、五、六、七字句雜糅成兩個散句，彼此相對，形成一組對句，兼具駢散之長。

四、駢散共存之美學表徵

在句型方面，魏晉南北朝論體文具有奇偶迭用、駢散並行的特點，以散句直線行走之力量美與駢句抑揚頓挫之曲折美相融合，爲駢句之華藻豔麗注入氣骨，又使散句之骨力散發出豐腴綽約的氣韻，從而使文氣靈活暢達、自由舒展。清代包世臣指出：「討論體勢，奇偶爲先，凝重多出於偶，流美多出於奇。體雖駢，必有奇以振其氣；勢雖散，必有偶以植其骨，儀厥錯綜，致爲微妙。」〔註 78〕也就是說，駢散錯綜，使剛柔交替，凝重與流美兼具，如

〔註 78〕〔清〕包世臣：《藝舟雙楫》，臺北：臺灣商務印書館，國學基本叢書，第 1 頁。

此有氣有骨，文勢自然超逸不凡。張仁青謂：「散文主文氣旺盛，則言無不達，辭無不舉。駢文主氣韻曼妙，則情致婉約，搖曳生姿。」〔註 79〕雜用駢散的語言形式，使魏晉南北朝論體文具有雙重審美意味，既渾厚，又飄逸；既典雅，又華麗；既有骨力，又有氣韻。袁宏《後漢紀・孝安皇帝紀下卷》論天人之理曰：（加底線者爲駢句）

> 夫生而樂存，天之性也；困而思通，物之勢也；愛而效忠，情之用也。故生苟宜存，則四體之重不可輕也；困必宜通，則天下之欲不可去也；愛必宜用，則北面之節不可廢也。此三塗者，其於趣舍之分，則有同異之辨矣；統體而觀，亦各天人之理也。是以君子行己業必所託焉，古之道術有在於此者。明夷隱遁，困而不耻，箕子之心也，璩甯聞其風而悅之；舍否之通，利見大人，微子之趣也，叔孫通聞其風而行之；諫以弼君，死而不貳，比干之志也，楊震聞其風而守之。此數賢者，雖行其所聞，殉託不同，皆終始之道，而不由愧於心者也。是以聖人知天理之區別，即物性之所託，混眾流以弘通，不有滯於一方，然後品類不失其所，而天下各遂其生矣。然君子之動，非謀於眾也，求之天地之中，款之胸懷之內。苟當其心，雖殺身糜軀，未爲難也；苟非其志，雖舉世非之而不沮也。
>
> 〔註 80〕

本段以兩組鼎足對開篇，彼此之間又爲交蹉式駢句，之後以散句結，再述「箕子之心」、「微子之趣」、「比干之志」，以此爲論據，再以散句結，文末爲對句。整段文字在駢散交錯中行文，在「迭用奇偶，節以雜佩」中，無呆板單調之病而具錯綜變化之妙。

亦有以散爲主而間以駢句者，如江淹《無爲論》「無爲先生」語曰：（加底線者爲駢句）

> 富之與貴，誰不欲哉？乃運而不通也。夫忠孝者，國家之急務也。申生伍員，不得志也。懷道抱德，玄風之所尚。揚雄東方，其職未高也。其大學者，不過儒墨，亦栖栖遑遑，多有不遂也。子所引之士者，情雖欲之，志不行也。憂喜不移其情，故可爲道者也。

〔註 79〕張仁青：《中國駢文析論》，臺北：東昇出版事業，1980 年版，第 27 頁。
〔註 80〕〔晉〕袁宏撰，張烈點校：《後漢紀》卷 17《孝安皇帝紀》，北京：中華書局，2002 年版，第 334 頁。

> 過此已往，焉足言哉！吾聞大人降迹，廣樹慈悲，破生死之樊籠，登涅槃之彼岸，闡三乘以誘物，去一相以歸眞，有智者不見其去來，有心者莫知其終始。使得湛然常住，永絕殊塗，無變無遷，長祛百慮，靜然養神，以安志爲業；欲使自天祐之，吉無不利，舒卷隨取，進退自然，逌逸無悶，幽居永貞，亦何榮乎？亦何鄙乎？子其得之，吾何失之？塵內方外，於是乎著。〔註81〕

文段以散句駁斥「奕葉公子」之言「先生嘉遁卷迹，養德不仕，乃列子之所待，非通天下之至理。雖江海以爲榮，實縉紳之所鄙」，先述己對富貴乃運通所至之見，之後舉申生、伍員、揚雄、東方朔之例爲據，增強說服力，駁斥有力，奇句單行，長短不齊，參差錯落，變化多端，以伸縮離合之法直指根本，呈現出錯綜變化之美。下文則以駢句引佛理入論，「破」「登」「闡」「去」四句形成排比句式，「有智者」、「有心者」形成對偶句式，句式整飭，凝重典雅。再以四言句式鋪排言理，鏗鏘有力，反問句式引人深思，文末八字戛然而止，留下回味無窮的韻味。整段文字以散爲主，間以駢語，「隨時而適用」，形成一種剛柔相濟之美。

劉勰曰：「情理設位，文采行乎其中。剛柔以立本，變通以趨時。」〔註82〕又曰：「剛柔雖殊，必隨時而適用。」〔註83〕也就是說，作家才性氣質之剛柔確立作品文采表現之基調，但仍應隨實際情況而變通，此爲作品「體變遷貿」〔註84〕之要因。儘管就其句式特徵而言，可根據駢句與散句的多少，將魏晉南北論體文分爲駢體論與散體論，但不管是哪種，均具有放言落紙、氣韻天成之特點。

第二節　形文之美（中）：用舊合機

隸事用典雖不是論體文行文的必備條件，但恰當的運用卻可以增強文章的說理性，使文辭典奧，內涵豐富，展現作者浩博高雅的文學修養。因此在魏晉南北朝論體文中，恰當用典成爲其形文之美的重要體現。劉永濟指出：「用

〔註81〕〔明〕胡之驥：《江文通集彙注》，北京：中華書局，1984年版，第390～391頁。

〔註82〕范文瀾：《文心雕龍注》，北京：人民文學出版社，1958年版，第543頁。

〔註83〕范文瀾：《文心雕龍注》，北京：人民文學出版社，1958年版，第530頁。

〔註84〕范文瀾：《文心雕龍注》，北京：人民文學出版社，1958年版，第495頁。

典所貴，在於切意。切意之典，約有三美：一則意婉而盡，二則藻麗而富，三則氣暢而凝。」〔註 85〕也就是說，合機切意之典，可使意旨深婉，辭藻富麗，文氣暢達。劉勰在《文心雕龍》中提出用典的高妙境界在於「用舊合機，不啻自其口出」〔註 86〕，「用人若己」〔註 87〕，魏晉南北朝文士才高學博者比比皆是，對於經典子史早已熟稔於胸，在創作論體文時自然驅遣自如，既不一致而盡，亦非隱晦難解，使用典融於行文中，若自口出。

一、用典的論理特質

葛立方《韻語陽秋》卷三引蘇軾之語曰：「天下之事，散在經子史中，不可徒使，必得一物以攝之，然後爲己用。所謂一物者，意是也。不得錢不可以取物，不得意不可以明事，此作文之要也」〔註 88〕，強調的是得意才可用事，用事爲了達意。對論體文而言，其「意」即爲要論述的「理」，與詩、賦等文體借典抒情、體物不同，論體文中用典首先注重的是其論理特質。魏晉南北朝論體文中所徵引的典故可分兩類，一類是前賢往哲的典要之言，即語典；一類是古往今來之人事，即事典。劉勰在《文心雕龍·事類》中指出：「事類者，蓋文章之外，據事以類義，援古以證今者也。」〔註 89〕又說：「明理引乎成辭，徵義舉乎人事，乃聖賢之鴻謨，經籍之通矩也。」也就是說，無論「引乎成辭」還是「舉乎人事」，其目的均在於「援古以證今」。

（一）借用典闡釋概念

在對概念進行闡述時，化用典籍語彙能增加概念之深層內涵，豐富其意蘊。李康《運命論》開端即對「運」「命」「時」進行概括，曰：「夫治亂，運也；窮達，命也；貴賤，時也。」此處每一句都化用前人語典，「治亂，運也」出自《墨子》：「貧富治亂，固有天命，不可損益。」「窮達，命也」出自班彪《王命論》：「窮達有命，吉凶由人。」「貴賤，時也」出自在《莊子》：「北海若曰：『貴賤有時，未可以爲常也。』」句句用典，自然化用，即使不明其典

〔註 85〕劉永濟：《文心雕龍校釋》，臺北：華正書局，1981 年版，第 140 頁。
〔註 86〕范文瀾：《文心雕龍注》，北京：人民文學出版社，1958 年版，第 616 頁。
〔註 87〕范文瀾：《文心雕龍注》，北京：人民文學出版社，1958 年版，第 617 頁。
〔註 88〕〔清〕何文煥：《歷代詩話》，北京：中華書局，1981 年版，第 509 頁。
〔註 89〕范文瀾：《文心雕龍注》，北京：人民文學出版社，1958 年版，第 614 頁。

出自何處，亦不妨礙意義的理解。因爲用典，賦予概念以厚重的歷史感與文化感，說明作者之觀點淵源有自，更令人信服。

（二）借用典表達觀點

爲了闡述自己的觀點，可以借助用典使之強化。既可明引，使之一目了然，亦可暗用，使之水乳交融。《苕溪漁隱叢話後集》卷 25 引王安石之語曰，「能自出己意，借事以相發明，情態畢出，則用事雖多，亦何所妨。」也就是說，借用典以表達己見，實際上已賦予典故新的生命，融入用典者的情感與智慧，使之「化」而後用，杜甫論詩中用典曰，「作詩用事，要如禪家語水中著鹽，飲水乃知鹽味。」（《苕溪漁隱叢話・前集》卷 19 引《西清詩話》）論體文中用典亦是如此。如陸機《五等論》曰：

> 故《易》曰：「說以使民，民忘其勞。」孫卿曰：「不利而利之，不如利而後利之之利也。」是以分天下以厚樂，而己得與之同憂；饗天下以豐利，而我得與之共害。〔註 90〕

先引用《周易・兌卦》之辭與《孫卿子》之語，引出自己的觀點，實際上是化用《孟子・梁惠王下》之語，孟子曰：「樂民之樂也，民亦樂其樂；憂民之憂者，民亦憂其憂。樂以天下，憂以天下，然而不王者，未之有也。」趙岐曰：「古賢君樂則以己之樂與天下同之，憂則以天下之憂與己共之。如是，未有不王者也。」化用古人之語而不露痕跡，在此基礎上提升爲自己的觀點，使之精闢而典雅。

（三）借用典構成論據

用典的前提是歷史總是有很多相似性，因爲相似，所以才能援古證今。不管是正引，還是反用，從用典中折射出的是理性精神與主觀情感的複雜融合。黃侃先生在《文心雕龍札記・事類》中指出，「意皆相類，不必語出於我，事苟可信，不必義起於今，引事引言，凡以達吾之思而已。若夫文之以喻人也，徵於舊則易爲信，舉彼所知則易爲從。」〔註 91〕用典的目的是達己之思，證己之理，因此，用典又可以以論據的形式出現。

〔註 90〕〔梁〕蕭統撰，〔唐〕李善注：《文選》，北京：中華書局，1977 年版，第 743 頁。

〔註 91〕黃侃：《文心雕龍札記》，北京：中華書局，2006 年版，第 228 頁。

魏晉南北朝論體文中以語典作論據，其呈現方式有兩種：一種是直接引用，也就是直接引用經典之原文，如僧肇《物不遷論》曰：「《道行》云：『諸法本無所從來，去亦無所至。』《中觀》云：『觀方知彼去，去者不至方。』斯皆即動而求靜，以知物不遷明矣。」〔註 92〕此處僧肇直接徵引《道行般若經》與《中觀論》之語句以證明其「物不遷」觀點。一種是自然化用，也就是直接將經典之語融合到自己的論述中。劉峻《辯命論》曰：「夫通生萬物，則謂之道；生而無主，謂之自然。自然者，物見其然，不知所以然，同焉皆得，不知所以得。」〔註93〕第一句化用《老子》之語，「大道氾兮，萬物得之以生而不辭，功成而不有，愛養萬物而不為之主。」「生而無主，謂之自然。」第二句化用《莊子》之語：「天下誘然皆生，而不知其所以生；同焉皆得，而不知其所以得也」。皆不露痕跡，如同己出。

由事典構成的論據，呈現方式亦有兩種：一種是舒張式，即具體敘述歷史典故，交代其主要內容。這種方式一般為單式引用，就是只以一事來充當論據。傅亮《演慎論》曰：

> 夫以嵇子之抗心希古，絕羈獨放，五難之根既拔，立生之道無累，人患殆乎盡矣。徒以忽防於鍾、呂，肆言於禹、湯，禍機發於豪端，逸翮鎩於垂舉。觀夫貽書良友，則匹厚味於甘酖。其懼患也，若無轡而乘奔，其慎禍也，猶履冰而臨谷。〔註 94〕

此處詳敘嵇康之遭際，以證明「保身全德，其莫尚於慎乎」的觀點。

一種是濃縮式，也就是以極簡練之語概括單個事例，再以濃縮方式鋪排多個事例，使之既言簡意賅，暢達明快，又氣勢磅礡，陣容浩大，增強論體文的說服力。這種方式往往是雙式引用或多式引用，就是通過連用兩事或多事構成對偶或排比句式，使隸事用典與排偶相結合。如皇甫謐《釋勸論》曰：

> 若乃衰周之末，貴詐賤誠，牽於權力，以利要榮。故蘇子出而六主合，張儀入而橫勢成，廉頗存而趙重，樂毅去而燕輕，公叔沒

〔註 92〕〔清〕嚴可均：《全晉文》卷 164，《全上古三代秦漢三國六朝文》，北京：中華書局，1958 年版，第 2414 頁。

〔註 93〕〔清〕嚴可均：《全梁文》卷 57，《全上古三代秦漢三國六朝文》，北京：中華書局，1958 年版，第 3287 頁。

〔註 94〕〔清〕嚴可均：《全宋文》卷 26，《全上古三代秦漢三國六朝文》，北京：中華書局，1958 年版，第 2578 頁。

> 而魏敗，孫臏刖而齊寗，蠡、種親而越霸，屈子疏而楚傾。是以君無常籍，臣無定名，損義放誠，一虛一盈。〔註95〕

此處以四組對句形成排比之勢，列舉蘇秦、張儀、廉頗、樂毅等九人之事例以證明衰周之際士人受權力之牽引而追逐名利之表現，用典密集而氣勢張揚。

魏晉南北朝論體文較之前代論體文在借用典以論理方面表現出新的特點，一方面用典的多樣化形式顯示了其時文士駕馭典故的嫺熟才能，信手拈來，不露斧鑿之痕。另一方面，由建安到南北朝，在此過程中，使事用典漸趨繁密。

二、用典的審美表徵

（一）自然融合之美

劉勰強調用典貴在妙於融化，援古證令，用人若己，也就是說信手拈來，水乳交融而又天衣無縫。鍾嶸《詩品》曾批評「大明、泰始中，文章殆同書抄」，劉勰指責「曹植辨道，體同書抄」〔註96〕，即指出其用典過多而又生澀就像在抄書，使文章成爲古語舊事之淵藪，反而淹沒了自己的觀點。「故知堆砌與運用不同，用典以我爲主，能使之入化，堆砌則爲其所囿，而滯澀不靈。猶之錦衣綴以敝補，堅實蕪穢，毫無警策潔淨之氣，凡文章無潔淨之氣必至沈而且晦；沈則無聲，晦則無光，光晦而聲沈，無論何文亦至艱澀矣。」〔註97〕胡應麟《詩藪・內編》卷四云：「用事患不得肯綮，得肯綮，則一篇之中八句皆用，一句之中二字串用，亦何不可？宛轉清空，了無痕跡，縱橫變幻，莫測端倪，此全在神運筆融，猶斫輪甘苦，心手自得，難以言述。」〔註98〕皆強調用典不在多少，貴在自然融化。

在魏晉南北朝文士中，陸機以「才多」而享譽，卻無「抄書」之詬病。其論體文中用典之手法極爲圓熟，達到「實事貴用之使活，熟語貴用之使新，語如己出，無斧鑿痕，斯不受古人束縛」〔註99〕之境界。熟悉其用典之出處

〔註95〕〔清〕嚴可均：《全晉文》卷71，《全上古三代秦漢三國六朝文》，北京：中華書局，1958年版，第1871頁。

〔註96〕范文瀾：《文心雕龍注》，北京：人民文學出版社，1958年版，第328頁。

〔註97〕劉師培：《中國中古文學史講義》，上海：上海古籍出版社，2000年版，第135頁。

〔註98〕〔明〕胡應麟：《詩藪》，上海：上海古籍出版社，1979年版，第65頁。

〔註99〕〔清〕沈德潛：《說詩晬語》卷上，丁福保輯：《清詩話》下冊，上海：上海古籍出版社，1978年版，第524頁。

者，閱讀其論可發出會意之微笑，而不熟諳古書之人讀之亦無絲毫隱晦難懂之處，其用典已達到援古證今，用人若己之化境。《辯亡論》曰：

爰及末葉，群公既喪，然後黔首有瓦解之志，皇家有土崩之釁。曆命應化而微，王師躡運而發。卒散於陣，民奔于邑；城池無藩籬之固，山川無溝阜之勢。非有公輸雲梯之械，智伯灌激之害，楚子築室之圍，燕人濟西之隊，軍未浹辰，而社稷夷矣。雖忠臣孤憤，烈士死節，將奚救哉？〔註100〕

即使對文段中用典不熟悉，也能明白其意在論述吳之所亡皆天命所致，非關晉攻。實際上，文中句句有典，語典如「黔首」是戰國時期和秦代對百姓的稱呼，見《過秦論》「於是廢先王之道，燔百家之言，以愚黔首」，「瓦解」、「土崩」見《鬼穀子・抵山戲》：「君臣相惑，土崩瓦解而相伐射。」《史記・秦始皇本紀》：「秦之積衰，天下土崩瓦解。」《史記・平津侯主父列傳》：「臣聞天下之患在於土崩，不在於瓦解，古今一也。」「藩籬」見《過秦論》「楚師深入鴻門，曾無藩籬之難」。事典則分別出自《墨子》《史記》《左氏傳》《晉紀》《襄陽記》等典籍，其內涵不可謂不豐，皆被陸機化爲己用，無絲毫造作之痕、賣弄之跡。

以一論而留名史冊的鮑敬言亦爲化用典故的高手，其《無君論》曰「休牛桃林，放馬華山，載戢干戈，載櫜弓矢，猶以爲泰」，「休牛」、「放馬」出自《史記・周本紀》「縱馬於華山之陽，放牛於桃林之虛；偃干戈，振兵釋旅：示天下不復用也」。「載戢干戈，載櫜弓矢」則直接用的《詩經・周頌・時邁》裏的原句，以此證明所謂沒有戰爭、安居樂業之欺騙性，只要有君主在，根本不可能實現。「茅茨土階，棄織拔葵，雜囊爲幃，濯裘布被，妾不衣帛，馬不秣粟，儉以率物，以爲美談。所謂盜跖分財，取少爲讓；陸處之魚，相呴以沫也」，句句用典，或出自傳說，或見於《史記》，或出自《莊子》，都被作者信手拈來，了無痕跡地用於文中，顯現了其淵博的學識，也增強了文章藝術感染力。

（二）含蓄典雅之美

劉勰認爲「聖文之雅麗，固銜華而佩實者也」〔註101〕，也就是說經典是

〔註100〕〔梁〕蕭統撰，〔唐〕李善注：《文選》，北京：中華書局，1977年版，第738～739頁。

〔註101〕范文瀾：《文心雕龍注》，北京：人民文學出版社，1958年版，第16頁。

聖人以絕佳創作力在雅正思想規準之下追求華麗的成品。而「典雅者，鎔式經誥，方軌儒門者也」〔註 102〕，「模經為式者，自入典雅之懿」〔註 103〕，要使作品具典雅之美，需以「稟經以制式，酌雅以富言」〔註 104〕為創作理念，而在作品中則要引經據典，如黃侃先生所言，「義歸正直，辭取雅馴」，王更生先生亦云：「以典為雅者，善用史事經誥。」〔註 105〕魏晉南北朝論體文之用典往往借古以喻今，事理不明言，而以影射比類出之，從而達到意在言外、委婉含蓄、味之無極的境界。范曄《後漢書》史論頗多「微而顯」之筆法，其論桓帝曰「桓帝好音樂，善琴笙。飾芳林而考濯龍之宮，設華蓋以祠浮圖、老子，斯將所謂『聽於神』乎！」〔註 106〕論中「聽於神」，取《左傳》「國將亡，聽於神」之意，實括盡桓帝一生，不言其國將亡，而寓意明顯，以典故而達意。靈帝時宦官當權，大興宮室，為遮蔽靈帝而編造謊言，說是皇帝登高而百姓離散，使靈帝果不登高。《靈帝紀論》曰：「《秦本紀》說趙高譎二世，指鹿為馬，而趙忠、張讓亦紿靈帝不得登高親臨，故知亡敝者同其政矣。」〔註 107〕引《秦本紀》，以趙高譎二世為比，其實趙忠、張讓輩有更甚於高者，從而指出古今「亡敝者」的心計與行跡有相通之處。借用典而寓嘲諷之意，使文章內涵豐富，語言委婉含蓄，典雅蘊藉。

（三）意蘊豐富之美

用典能夠以簡潔的語言表達豐富的內涵，而選取富有意象性的典故則能夠激發讀者的想像，達到「以少總多」「餘味曲包」的效果。魏晉南北朝論體文之用典，往往在虛實之間使「古典」與「今事」妙合無垠，營造出豐富的意蘊之美。李康《運命論》曰：「夫以仲尼之才也，而器不周於魯、衛；以仲尼之辯也，而言不行於定、哀；以仲尼之謙也，而見忌於子西；以仲尼之仁也，而取讎於桓魋；以仲尼之智也，而屈厄於陳蔡；以仲尼之行也，而招毀

〔註 102〕范文瀾：《文心雕龍注》，北京：人民文學出版社，1958 年版，第 505 頁。

〔註 103〕范文瀾：《文心雕龍注》，北京：人民文學出版社，1958 年版，第 530 頁。

〔註 104〕范文瀾：《文心雕龍注》，北京：人民文學出版社，1958 年版，第 23 頁。

〔註 105〕王更生：《劉勰的風格論》，載《文心雕龍新論》，臺北：文史哲出版社，1991 年版，第 59 頁。

〔註 106〕〔南朝宋〕范曄：《後漢書》卷 7《孝桓帝紀》，北京：中華書局，1965 年版，第 320 頁。

〔註 107〕〔南朝宋〕范曄：《後漢書》卷 8《孝靈帝紀》，北京：中華書局，1965 年版，第 359 頁。

於叔孫。夫道足以濟天下，而不得貴於人；言足以經萬世，而不見信於時；行足以應神明，而不能彌綸於俗；應聘七十國，而不一獲其主；驅驟於蠻夏之域，屈辱於公卿之門，其不遇也如此。」〔註 108〕仲尼的形象在李康筆下凸顯出來，句句扣住其才能與遭際的不相稱來論述，論其儘管具備才、辯、謙、仁、智、行等美德而終究不見用於世，實際上蘊含著自己不被重用的無奈與憤慨，以此來證明「治亂，運也；窮達，命也；貴賤，時也」的觀點，就不僅具有較強的說服力，而且意蘊豐富，給人一唱三歎、迴環往復之感。

三、用典的心理機制

與在詩歌中借用典來隱喻自己生平、抒寫一己之情不同，在論體文中用典主要是爲了讓所言之理取信於人，讓所達之意更爲明瞭，而要實現這樣的寫作意圖，須經過複雜的思維過程，隱伏於用典之後的是一個複雜的心理機制。

西方漢學家以「關聯性思維」（correlative thinking）來論述中國人的思維方式，安樂哲總結「關聯性思維」的特點曰：

> 與習慣於因果思維的人相反，進行關聯思維的人所探討的是：在美學和神話創造意義上聯繫起來的種種直接、具體的感覺、意識和想像。關聯性思維主要是「平面的」，因爲它將各具體的、可經歷的事物聯繫起來考察而不訴諸某種超世間（supramundane）維度。關聯性思維模式不假定現象與實在的分離。因爲它認爲對一個有著單一秩序的世界的經驗不能確立一種本體論標準。〔註 109〕

建立在關聯性思維基礎上的聯想機制，更強調事物之間的相似性。由於事物之間具有同構性，因此可以建立普遍聯繫。「所謂泛聯繫思維看重的聯繫不是必然聯繫，而是偶然的表象聯繫。它來源於某種偶然的聯想，但這種聯想一旦被某一群人認可，便會形成一種共同心理和共同觀念，而且有可能代代相傳，構成一種『集體無意識』的潛在思維慣性。儘管泛聯繫性思維是非理性的，但其象徵意義卻是約定俗成的，是不能隨意置換的。」〔註 110〕正因爲有

〔註 108〕〔梁〕蕭統撰，〔唐〕李善注：《文選》，北京：中華書局，1977 年版，第 732 頁。

〔註 109〕〔美〕安樂哲著，彭國翔編譯：《自我的圓成：中西互鏡下的古典儒學與道家》，石家莊：河北人民出版社，2006 年版，第 175 頁。

〔註 110〕白寅：《心靈化批評——中國古代文學批評的思維特徵》，北京：中國社會科學院出版社，2005 年，第 24 頁。

樣一種約定俗成的象徵意義，即「原型」意義，借用典抒情達意才成爲可能。

對原型意義的探究是用典實現思越千古、神驚八極，講究秘響旁通，以事類義的重要方式。所謂「原型」或「集體無意識」，是榮格心理學的概念。榮格稱：「任何一個重要的觀念或見解都有其歷史上的先驅」，「所有的觀念最終都是建立在原始模式之上的」，「我們無論從哪方面來考察這個問題，都會同語言的歷史相遇，同直接引回原始奇妙世界的形象和主題相遇。」〔註 111〕從這個角度看，所謂用典是對原型意義的一種追溯，通過重複古人的言與事，跨過亙古長空，來訴說其與古人不謀而合之理。對於才學淵博的魏晉南北朝文士而言，用典不僅並未束縛其手腳，反而爲其架起一座貫通古今、超越時空的橋梁，使他們得以與古人相視而笑、與萬物融合爲一。

以符號學原理觀之，典故是一種內蘊豐富的符號。所謂「符號」，趙毅衡先生將其定義爲「發送者用一個可感知的物質刺激，使接受對方（這對方可以是人、其他生物甚至具有分辨認知能力的機器）能約定性地瞭解關於某種不在場或未出現的某事物的一些情況」〔註 112〕。以物作比，往往意義單一，以典類義，則意蘊豐富。作者將要表達的意義濃縮在能夠寄寓其義的事典或語典中，在每一個「典」中都凝聚著前人經歷過的悲歡離合、喜怒哀樂，在文章中的每一次再現，都重新回到原典發生的特殊情境，凝聚了用典者的親歷與情感，「典」之內涵也就越來越豐厚。讀者在閱讀時，由文本中的事典或語典再逆向回推出作者所要表達的意義。由於作者本人的才學不一，同樣的意義可以選擇不同典故進行表達，而同一典故在不同人的理解中會產生不同的意義，因此在文章中用典本身是一個抽象化的過程，其意義是經過加工後的模式化存在。

如前文所述，魏晉南北朝時期隨著人的意識的覺醒，對文學的認識亦產生劃時代變化，然而其文學創作終究難以擺脫前代文學的影響，其思維方式亦與前人一脈相承。關於這一問題，在下一章還會有詳細論述。此處要注意的是論體文中的用典手法實際上表現了魏晉南北朝文士對傳統文化的沿襲與傳承，對原型意義的追溯使用典以符號化形態存在，儘管他們在文學觀念上排斥儒家之教條，但在創作中卻又通過古今貫通的方式，將主體消融於天地萬物和悠悠歷史長河之中，以此來展現「自我」的存在方式。

〔註 111〕〔瑞士〕榮格：《集體無意識的原型》，馮川、蘇克譯：《心理學與文學》，北京：三聯書店，1987 年版。

〔註 112〕趙毅衡：《文學符號學》，北京：中國文聯出版公司，1990 年版，第 5 頁。

第三節　形文之美（下）：意象豐盈

論體文是一種融求知與審美於一體的文體，其又超越「知」與「理」，通過「求知」與「言理」來創造理想的人生境界。意象營構是論體文審美之原點，所謂「審美意象」，「是主體心理和客體對象相遇後生成的一種具有審美特徵的心象，是主體客觀化和客體主觀化的雙向建構的產物。」〔註 113〕質言之，審美意象是理性的產物，又不脫離形象，在具象中顯示其理性功能。在魏晉南北朝文士看來，「夫象，出意者也」，「盡意莫若象」。儘管王弼所言之「象」乃卦象，不是自然界和人類社會之物象，但其亦來源於天地萬物。「象」是達「意」之「筌蹄」，因爲「象」的存在，而賦予魏晉南北朝論體文以更豐富的審美意蘊。

一、審美意象之類型

《周易・繫辭下》曰：「古者包犧氏之王天下也，仰則觀象於天，俯則觀法於地，觀鳥獸之文，與地之宜，近取諸身，遠取諸物，於是始作八卦，以通神明之德，以類萬物之情。」〔註 114〕此處已經言明「立象以盡意」之象主要包括天地鳥獸等自然之象與人格之象。借助客觀的「象」來表達主觀的「意」，在表達的過程中「象」已染上主觀色彩，成爲「意象」。「『意象』的產生及對外在世界的把握方式，顯示著一種人類認識世界的特殊方式。」〔註 115〕因此通過作品中的意象可以發現作者把握世界的方式及其在意象中所寄寓的情感與智慧。

（一）理想人格與社會眾生

魏晉南北朝時期，「天下多故，名士少有全者」〔註 116〕，廣大士人在高壓政治的威逼利誘下，或被殺戮，或遭侮辱，或變節易操，或明哲保身，或自穢其形，或隱居山林……在這樣一個人的「異化」頗爲嚴重的時代，對理想人格的探討與追求成爲其時士人在黑暗世界中反抗醜惡、墮落，重建人格理

〔註 113〕張佐邦：《文藝心理學》，北京：中國社會科學出版社，2006 年版，第 381 頁。
〔註 114〕庭棟：《周易初階》，成都：巴蜀書社，2004 年版，第 226 頁。
〔註 115〕尹子能：《「立象以盡意」何以成爲可能》，《雲南民族大學學報（哲社版）》，2006 年第 4 期，第 141 頁。
〔註 116〕〔唐〕房玄齡等：《晉書》卷 49《阮籍傳》，北京：中華書局，1974 年版，第 1360 頁。

想、追求精神超越的心靈之光。如上文所述，魏晉南北朝論體文既具敘事之因子，又閃耀著詩性的光芒，對理想人格審美意象的刻畫使其融敘事與詩性於一體，譜寫了時代主旋律。

建安時期，對理想君主的探討是時代之主題。曹丕、曹植等人在其論體文中比較周成、漢昭之高下，高祖、光武之優劣，推崇儒家思想主導下的「仁」君形象。如曹植筆下的光武帝劉秀「聰達而多識，仁智而明恕，重慎而周密，樂施而愛人」，與歷史上的劉秀並不完全相符，其中寄寓了曹植對理想君主人格的美化與希望。正始時期，社會現實的殘酷使文士們不再將希望寄託在君主人格上，而是虛構了「至人」「聖人」形象。劉劭《人物志》中已稱「內睿外明，聖人淳曜，能兼二美」。王弼、何晏的「老（莊）子未免於有」，故不及「以無爲本」之「聖人」，並「以神人況諸己」。〔註 117〕嵇康《明膽論》中「至人特鍾純美，兼周外內，無不畢備」〔註 118〕，《釋私論》中云「夫至人之用心，固不存有措矣。」〔註 119〕《答難養生論》云：「不言至人當貪富貴也。聖人不得已而臨天下，以萬物爲心，在宥群生，由身以道，與天下同于自得。穆然以無事爲業，坦爾以天下爲公。」〔註 120〕《聲無哀樂論》云：「若夫鄭聲是音聲之至妙，妙音感人，猶美色惑志，耽槃荒酒，易以喪業。自非至人，孰能御之？」〔註 121〕嵇康心中的「至人」、「聖人」順性而動，與天地諧和，以萬物爲心，盡己職責，在宥群生。與其詩中所頌揚的「至人」形象相吻合，其《答二郭詩三首》之三云：「至人寸諸己，隱璞樂玄虛，功名何足殉，乃欲列簡書。」《贈兄秀才入軍詩》之十八云：「至人遠鑒，歸之自然。萬物爲一，四海同宅，與彼共之，予何所措。生若浮寄，暫見忽終，世故紛紜，棄之八戎。」嵇康在《卜疑》中虛構了「宏達先生」的意象，是其「至人」理想的現實化。「有弘達先生者，恢廓其度，寂寥疏闊，方而不制，廉而不割，超世

〔註 117〕〔南朝宋〕劉義慶撰，〔梁〕劉孝標注，徐震堮校箋：《世說新語校箋》，北京：中華書局，1984 年版，第 107 頁。

〔註 118〕〔清〕嚴可均：《全三國文》卷 50，《全上古三代秦漢三國六朝文》，北京：中華書局，1958 年版，第 1336 頁。

〔註 119〕〔清〕嚴可均：《全三國文》卷 50，《全上古三代秦漢三國六朝文》，北京：中華書局，1958 年版，第 1334 頁。

〔註 120〕〔清〕嚴可均：《全三國文》卷 48，《全上古三代秦漢三國六朝文》，北京：中華書局，1958 年版，第 1325 頁。

〔註 121〕〔清〕嚴可均：《全三國文》卷 49，《全上古三代秦漢三國六朝文》，北京：中華書局，1958 年版，第 1333 頁。

獨步，懷玉披褐，交不苟合，仕不期達。常以爲忠信篤敬，直道而行之，可以居九夷，遊八蠻，浮滄海，踐河源，兵甲不足忌，猛獸不爲患；是以機心不存，泊然純素，從容縱肆，遺忘好惡，以天道爲一指，不識品物之細故也。……若先生者，文明在中，見素表璞，內不愧心，外不負俗，交不爲利，仕不謀祿，鑒乎古今，滌情蕩欲……又何憂于人間之委曲！」〔註 122〕「宏達先生」身上凝聚了嵇康的審美人格理想，是「道」的化身。阮籍《達莊論》中的「先生」與其《大人先生傳》中的「大人先生」一樣「天地制域於內，而浮明開達於外」。

至東晉高僧支遁《逍遙論》中的「至人」，「乘天正而高興，遊無窮於放浪」，已使玄佛合流，賦予「逍遙」以新的含義。這些論體文中所塑造的「大人」「至人」「聖人」皆與莊子筆下的「原天地之美而達萬物之理」（《莊子・知北遊》）的「聖人」、「得至美而遊乎至樂」（《莊子・田子方》）的「至人」有著重要關聯，他們的相似之處在於都具有一種精神上的自由與超越，「乘天地之正，御六氣之變，以遊無窮者」。而人格意象的產生總是帶著時代色彩，因此魏晉南北朝論體文中的這些人格意象更具自然之美，「重視人的性情的眞誠和純淨透明的心靈的特點、更具有渴求達到人的內外、物我、形神、本末及名教與自然的和諧統一、并最終達到與天地萬物同一的人格美境界的特點」。〔註 123〕

對自然人格的追求使魏晉南北朝文士在論體文中對「君子」之塑造顯然有別於儒家，如嵇康在《釋私論》中針對當時「禮法之士」的虛僞做作，提出具有理想人格的「君子」當光明磊落，胸懷坦蕩：「夫稱君子者，心無措乎是非，而行不違乎道者也。何以言之？夫氣靜神虛者，心不存于矜尙；體亮心達者，情不繫于所欲。矜尙不存乎心，故能越名教而任自然；情不繫于所欲，故能審貴賤而通物情」〔註 124〕。《養生論》中指出：「是以君子知形恃神以立，神須形以存。悟生理致易失，知一過之害生。故修性以保神，安心以全身……使形神相親，表裏俱濟也」〔註 125〕，強調君子以貴神養生來達到形

〔註 122〕〔清〕嚴可均：《全三國文》卷 47，《全上古三代秦漢三國六朝文》，北京：中華書局，1958 年版，第 1320～1321 頁。

〔註 123〕高華平：《魏晉玄學人格美研究》，成都：巴蜀書社，2000 年版，第 21 頁。

〔註 124〕〔清〕嚴可均：《全三國文》卷 50，《全上古三代秦漢三國六朝文》，北京：中華書局，1958 年版，第 1334 頁。

〔註 125〕〔清〕嚴可均：《全三國文》卷 48，《全上古三代秦漢三國六朝文》，北京：中華書局，1958 年版，第 1324 頁。

神和諧，不僅塑造了理想的人格審美意象，而且探究達到這種理想境界的方式與途徑。《答難養生論》曰：「君子識智以無恒傷生，欲以逐物害性。故智用則收之以恬，性動則糾之以和。使智上于恬，性足于和。然後神以默醇，體以和成，去累除害，與彼更生。」〔註126〕《釋私論》曰：「不以愛之而苟善，不以惡之而苟非。心無所矜而情無所繫，體清神正，而是非允當。忠感明于天子，而信篤乎萬民。寄胸懷于八荒，垂坦蕩以永日。斯非賢人君子高行之美異者乎？」〔註127〕這種理想的「君子」人格以清心寡欲、體清神正爲特徵，可以通過「修性以保神，安心以全身」、「呼吸吐納，服食養身」來實現。顯然有別於儒家講的「人人皆可爲堯舜」和佛家講的「普度眾生」，前者所言「堯舜」是人格修養政治化的象徵，而後者所言「佛祖」只是精神信仰的偶像。

除了對理想人格審美意象進行刻畫外，魏晉南北朝論體文亦描繪了一系列「社會眾生相」。如潘尼在《安身論》中刻畫了小人妄動苟求的醜態，「握權，則赴者鱗集；失寵，則散者瓦解；求利，則託刎頸之懽；爭路，則構刻骨之隙。於是浮僞波騰，曲辯雲沸，寒暑殊聲，朝夕異價，駑蹇希奔放之迹，鈆刀競一割之用。」〔註128〕魯褒在《錢神論》中就形貌行事揭其內心意念，刻畫出讀書人見錢眼開的神態動作，「京邑衣冠，疲勞講肄。厭聞清談，對之睡寐。見我家兄，莫不驚視。錢之所祐，吉無不利。何必讀書，然後富貴。」〔註129〕王沈在《釋時論》中對世家子與賣官求爵者進行工筆細描，「京邑翼翼，群士千億，奔集勢門，求官買職，童僕闚其車乘，閽寺相其服飾，親客陰參于靖室，疏賓徙倚于門側。時因接見，矜厲容色，心懷內荏，外詐剛直，譚道義謂之俗生，論政刑以爲鄙極。」〔註130〕諸如此類，不勝枚舉，這些社會眾生相，如魯迅在《僞自由書·前記》中所言，「於壞處，恰如病理學上的圖，假如是瘡疽，則這圖便是一切某瘡某疽的標本，或和某甲的瘡有些相像，或

〔註126〕〔清〕嚴可均：《全三國文》卷48，《全上古三代秦漢三國六朝文》，北京：中華書局，1958年版，第1325頁。

〔註127〕〔清〕嚴可均：《全三國文》卷50，《全上古三代秦漢三國六朝文》，北京：中華書局，1958年版，第1335頁。

〔註128〕〔清〕嚴可均：《全三國文》卷95，《全上古三代秦漢三國六朝文》，北京：中華書局，1958年版，第2003頁。

〔註129〕〔清〕嚴可均：《全晉文》卷130，《全上古三代秦漢三國六朝文》，北京：中華書局，1958年版，第2107頁。

〔註130〕〔清〕嚴可均：《全晉文》卷89，《全上古三代秦漢三國六朝文》，北京：中華書局，1958年版，第1975頁。

和某乙的疽有點相同。」〔註131〕但在論體文中所刻畫的眾生相終究要受文體結構方式、立論方式與議論風格的制約，其所具有的強大的內聚力與散發性，是作爲立論的基礎或支點出現的。如果說在敘事文中，形象的刻畫是「實」，所達之「意」爲「虛」，在論體文中則相反，借助對形象的剖析，而指向超越於形象的思想，使理論「虛」起來，省略了說理中的推理論證過程，達到以「意」取勝的效果。但形象的刻畫終究受言理的制約，爲言理服務，因此其成爲言理形象化的必要方式，在這種意義上獲得文體價值。

（二）自我人格與歷史人物

文體是一種生命形式，其本身是有機的生命體，亦是作家生命的體現。歌德稱「在藝術和詩裏，人格確實就是一切。」〔註132〕論體文是一種以「自我」爲軸心去評價外在世界的文體，是一種「敞開心扉給人看」的文體，對客觀事理的論述終究浸染上濃厚的主觀色彩。魏晉南北朝文士高揚主體意識，在論體文中通過對現實的針砭、事件的論述、哲理的闡發而眞實地反映其思想情感，鮮明地袒露自己的胸懷。因此，這種自我人格亦成爲其論作中頗具特色的審美意象。《六代論》中心憂宗室之曹冏、《運命論》中耿介拔俗之李康，《廢莊論》中氣盛語激之王坦之，《釋疑論》中忠厚敦實之戴逵，《難釋疑論》中激進張揚之周續之等等，無不個性鮮明，至於獨立不倚之嵇康，其骨骱耿立、憤世嫉俗之品格、抗擊強暴與黑暗之膽識、洞徹人情物理之智慧更是在其論中淋漓盡致地表現出來，其精神「生氣」灌注融化在字裏行間，成爲魏晉南北朝論家中極具藝術生命的「這一個」。其自我人格與論體文之藝術形式之間形成一種深層的默契關係，這也正是嵇康以論見長、以論知名的重要原因。

魏晉南北朝設論中的「我」亦是一種自我人格的展現，只是帶上更多理想化色彩。夏侯湛《抵疑》借「夏侯子」之口自敘其出身與學識：「僕也承門戶之業，受過庭之訓，是以得接冠帶之末，充乎士大夫之列，頗闚《六經》之文，覽百家之學。弱年而入公朝，蒙蔽而當顯舉」〔註133〕，將其出身豪門，

〔註131〕魯迅：《僞自由書》，北京：人民文學出版社，1973年版，第3頁。

〔註132〕《歌德談話錄》。朱光潛：《朱光潛全集（第17卷）》，合肥：安徽教育出版社，1989年版，第479頁。

〔註133〕〔清〕嚴可均：《全晉文》卷69，《全上古三代秦漢三國六朝文》，北京：中華書局，1958年版，第1855頁。

自幼受儒家思想影響甚深，也想建功立業的入世之心表露出來。晉司馬攸《與山濤書》中稱讚其「太子舍人夏侯湛秉心居正，理識明徵，應可郎也」，山濤《啓事》舉薦其「有盛德，而不長治民，有益臺閣，在東宮已久。今殿中郎缺，宜得才學，不審其可遷此選不？」〔註 134〕皆可見其頗有治世之才，只是生不逢時，作爲魏徵西將軍的後代，是無法爲司馬氏信任並重用的。後文又敘其「不識當世之便，不達朝廷之情，不能倚靡容悅，出入崎傾，逐巧點姸，嘔喁辯佞」，〔註 135〕將其「淩轢卿相，嘲哂豪桀」〔註 136〕的性格展現無遺，自然爲當權者所不容，使其一生沉淪下層，抑鬱不得志。再如皇甫謐《釋勸論》借「客」之口言其處境：「子獨棲遲衡門，放形世表，遜遯丘園，不睨華好，惠不加人，行不合道，身嬰大疢，性命難保」〔註 137〕，借「主」之口表其決心：「徒恨生不逢乎若人，故乞命訴乎明王。求絕編于天籙，亮我躬之辛苦。冀微誠之降霜，故俟罪而窮處」〔註 138〕，刻畫出一位自詡才不堪用、又寢疾彌年、不願出仕、只想隱居的高潔之士形象。這類人格意象與詩歌中的情感審美意象有相似之處，均高度概括、高度凝練，但其理性色彩顯然強於詩歌。

歷史人物意象在魏晉南北朝論體文意象王國中亦居重要地位，其多存於史論中，是作者縱橫千古、評點歷史過程中總結概括而成，也是其根據所言之「理」加以選擇的結果。如曹冏在《六代論》中刻畫了「秦始皇」意象，曰：

> 秦據勢勝之地，騁譎詐之術，征伐關東，蠶食九國。至於始皇，乃定天位。曠日若彼，用力若此，豈非深根固蒂，不拔之道乎？《易》曰：「其亡其亡，繫於苞桑。」周德其可謂當之矣。秦觀周之弊，將以爲以弱見奪，於是廢五等之爵，立郡縣之官，棄禮樂之教，任苛

〔註 134〕〔清〕嚴可均：《全晉文》卷 34，《全上古三代秦漢三國六朝文》，北京：中華書局，1958 年版，第 1654 頁。

〔註 135〕〔清〕嚴可均：《全晉文》卷 69，《全上古三代秦漢三國六朝文》，北京：中華書局，1958 年版，第 1855 頁。

〔註 136〕〔梁〕蕭統撰，〔唐〕李善注：《文選》，北京：中華書局，1977 年版，第 668 頁。

〔註 137〕〔清〕嚴可均：《全晉文》卷 71，《全上古三代秦漢三國六朝文》，北京：中華書局，1958 年版，第 1870 頁。

〔註 138〕〔清〕嚴可均：《全晉文》卷 71，《全上古三代秦漢三國六朝文》，北京：中華書局，1958 年版，第 1871 頁。

刻之政。子弟無尺寸之封，功臣無立錐之土，內無宗子以自毗輔，外無諸侯以爲蕃衛。仁心不加於親戚，惠澤不流於枝葉，譬猶芟刈股肱，獨任胸腹；浮舟江海，捐棄楫櫂。觀者爲之寒心，而始皇晏然，自以爲關中之固，金城千里，子孫帝王萬世之業也。豈不悖哉！是時，淳于越諫曰……始皇聽李斯偏說而紲其義，至身死之日，無所寄付，委天下之重於凡夫之手，託廢立之命於姦臣之口，至令趙高之徒，誅鋤宗室。〔註 139〕

不妨將其與賈誼《過秦論》中的「秦始皇」進行比較：

乃至始皇奮六世之餘烈，振長策而御宇內，吞二周而亡諸侯，履至尊而制六合，執敲扑以鞭笞天下，威振四海。南取百越之地，以爲桂林、象郡。百越之君，俛首繫頸，委命下吏。乃使蒙恬北築長城而守藩籬，卻匈奴七百餘里，胡人不敢南下而牧馬，士不敢彎弓而報怨。於是廢先王之道，燔百家之言，以愚黔首。隳名城，殺豪俊，收天下之兵，聚之咸陽，銷鋒鏑，鑄以爲金人十二，以弱天下之民。然後踐華爲城，因河爲池，據億丈之城，臨不測之谿以爲固，良將勁弩，守要害之處，信臣精卒，陳利兵而誰何。天下已定，始皇之心，自以爲關中之固，金城千里，子孫帝王萬世之業也。〔註 140〕

如果沒有對秦漢歷史的宏觀把握與對歷史事實的準確瞭解，是無法表現歷史人物意象的。二者均對歷史人物秦始皇進行評價，通過比較，可以發現同樣的歷史人物在不同的史論中烙上了作論者的主觀意圖，曹冏著眼於秦始皇統一六國、建立秦朝後，因不採用封建制而導致國滅，對其持批判的態度，借古鑒今，將曹氏政權不封子弟的擔憂之情表露出來。賈誼《過秦論》則更側重於表現秦始皇雄才大略、專橫暴虐的梟雄氣概。之所以會有如此不同，一則因爲歷史人物意象本身是立體的，存在多向發掘的可能性，作爲審美意象，其具有多元暗示性。二則因爲作論者站在不同的角度對歷史人物進行解讀，必然將主觀意志、時代精神等蘊於其中，賦予歷史人物意象以更豐富的內涵。

〔註 139〕〔梁〕蕭統撰，〔唐〕李善注：《文選》，北京：中華書局，1977 年版，第 721～722 頁。

〔註 140〕〔梁〕蕭統撰，〔唐〕李善注：《文選》，北京：中華書局，1977 年版，第 708～709 頁。

（三）天地自然之物象與人心營構之物象

章學誠《文史通義・易教下》指出：「有天地自然之象，有人心營構之象。……然而心虛用靈，人累於天地之間，不能不受陰陽之消息；心之營構，則情之變易爲之也。情之變易，感於人世之接構，而乘於陰陽倚伏爲之也。是則人心營構之象，亦出天地自然之象也。」〔註 141〕其將「象」分爲天地自然之象與人心營構之象，借鑒這種劃分方法，魏晉南北朝論體文中的物象可以分爲天地自然之物象與人心營構之物象。前者如秋風、落葉、春日、銷冰、輕羽、細石、泰山、飄風、磐石、梅李、松柏等，釋慧觀《因緣無性後論》曰：「積滯皆傾，等秋風之落葉；繁疑並散，譬春日之銷冰。」〔註 142〕釋慧通《駁顧歡〈夷夏論〉》曰：「正道難毀，邪理易退，譬若輕羽在高，遇風則飛；細石在谷，逢流則轉。唯泰山不爲飄風所動，磐石不爲疾流所回，是以梅李見霜而落葉，松柏歲寒之不凋。」〔註 143〕以天地自然之物象喻積滯、繁疑、正道、邪理等抽象義理，使之形象化、生動化，更加通俗易懂。後者如仲長統《樂志論》中以詩意的語言虛構了一個超然於現實的理想生活境界，那裏有良田廣宅，山川溝池，竹木周布，場圃築前，果園樹後。明李東陽《麓堂詩話》云：「所謂比與興者，皆託物寓情而爲之者也。蓋正言直述，則易於窮盡，而難於感發。惟有所寓託，形容摹寫，反覆諷詠，以俟人之自得，言有盡而意無窮，則神爽飛動，手舞足蹈，而不自覺。此詩之所以貴情思而輕事實也。」〔註 144〕如前文所述，魏晉南北朝論家多爲內心世界豐富且想像力充盈的詩人，他們將理形象化，將象哲學化，把物象的意義生成與道理、道境融合爲一。論體文中所言之理，乃受天地自然物象之啓發，表現了對宇宙萬物的敬仰和幽思之情，而在言說中又採用「近取諸身，遠取諸物」的立象以盡意的方式，借助比興來揭示人類某種自由的境地與夢想。

然而，與先秦諸子議理散文相比，魏晉南北朝論體文中的物象遠不及其時豐富，這看起來似乎是一種退步，實際上從抽象思維的發展與論理邏輯的

〔註 141〕〔清〕章學誠撰，葉瑛校注：《文史通義校注》，北京：中華書局，1985 年版，第 18 頁。

〔註 142〕〔清〕嚴可均：《全隋文》卷 34，《全上古三代秦漢三國六朝文》，北京：中華書局，1958 年版，第 4228 頁。

〔註 143〕《弘明集・駁顧道士夷夏論》。《弘明集・廣弘明集》，上海：上海古籍出版社，1991 年版，第 47 頁。

〔註 144〕〔明〕李東陽：《麓堂詩話》，北京：中華書局，1985 年版，第 6 頁。

提升方面看，恰恰又是一種進步。因爲「窮理析義，須資象喻」〔註 145〕本身就存在缺陷，以物象喻事理或玄理，標明對「理」的理解程度往往奠基於對「象」的理解，對「理」的呈現境域又取決於對「物」的感悟程度。而「象」是很難認識的，如現象學批評家斯塔羅賓斯基（J. Starobinski）所言：「人們撞在事物上，深入不進去。人們碰它，觸它，掂量它；然而它始終是緻密的，其內部是頑固不化的漆黑一團。」〔註 146〕所以，從這個角度看，先秦諸子立象盡意的方式限制了對理的提升和認識，而魏晉南北朝論體文中物象的減少與貧乏恰恰表明其時文士抽象思辨能力的提高使其逐漸超越這種物象之象，而達到「以言爲象」的思維水平。下章有具體論述，此處不再展開。

二、審美意象功能之轉變

以寓言意象言理是早期哲人所擅長的，先秦諸子中有不少人長於此道，莊子、列子、韓非子等皆喜歡將人生哲理內藏於寓言中，以啓發和誘導爲手段來打通思想交流之門。所謂「寓言意象」，指的就是爲寄寓哲理而虛構的情境與意象。先秦時期，通過虛構故事、託古立說成爲一時之風氣。《韓非子・顯學》指出：「孔子、墨子俱道堯舜，而取捨不同，皆自謂眞堯、舜；堯舜不復生，將使誰定儒、墨之誠乎？」〔註 147〕例如《莊子・天道》中討論了言意之關係，曰：「語之所貴者意也，意有所隨。意之所隨者，不可以言傳也。」接下來是以寓言的方式言理：

> 桓公讀書於堂上，輪扁斫輪於堂下，釋椎鑿而上，問桓公曰：「敢問，公之所讀者何言邪？」
>
> 公曰：「聖人之言也。」
>
> 曰：「聖人在乎？」
>
> 公曰：「已死矣。」
>
> 曰：「然則君之所讀者，古人之糟魄已夫！」
>
> 桓公曰：「寡人讀書，輪人安得議乎！有說則可，無說則死。」

〔註 145〕錢鍾書：《管錐編（第一冊）》，北京：中華書局，1979 年版，第 12 頁。

〔註 146〕轉引自〔比利時〕喬治・布萊著，郭宏安譯：《批評意識》，南昌：百花洲文藝出版社，1993 年，第 228 頁。

〔註 147〕〔清〕王先愼：《韓非子集解》，北京：中華書局，1998 年版，第 457 頁。

> 輪扁曰：「臣也以臣之事觀之。斫輪，徐則甘而不固，疾則苦而不入。不徐不疾，得之於手而應於心，口不能言，有數存焉於其間。臣不能以喻臣之子，臣之子亦不能受之於臣，是以行年七十而老斫輪。古之人與其不可傳也死矣，然則君之所讀者，古人之糟魄已夫！」〔註148〕

很顯然，此處的輪扁與桓公是莊子虛構的人物意象，輪扁所言「口不能言，有數存焉於其間」是莊子「言不盡意」思想的進一步深化。這種通過設置具體情境與人物意象、故事情節來寄寓深刻哲理的方式，使言理依附於敘事，增強了說理的形象性與生動性，卻也削弱了理論的邏輯思辨性。

魏晉南北朝論體文借寓言意象說理的文章不多，而且寓言為引用或改編前人的作品，缺乏原創性。這與其時人的理性思辨能力增強有關，也受限於寓言文體本身的特點。「這種文體跨過了一般批評中常採用的描述受罰（描述文藝現象，描述批評對象），由寓言的敘事一下子就轉入了總結性論述，其間缺少從容的過渡。因為敘事過程是一個時間過程，時間因素保證了敘事的次序。而一般批評中，組織批評家思路的是邏輯推理。在寓言隱喻批評中，敘事次序和邏輯推理次序混合於一體，但這種混合併不十分諧調，這是中止了一種邏輯（時間邏輯）後，又推行另外一種邏輯（事理邏輯），所以後者受前者牽制而無法深入。」〔註149〕魏晉南北朝論體文中所引用的寓言僅僅起論據的作用，也就是在事理論證過程中插入寓言。如曹植在《貪惡鳥論》中引了《說苑》中的一則寓言，略作改動，為其所用，借助梟鳩的對話，來說明名聲對人的重要，短小精練，構思奇特，寓意深遠。西晉劉寔在《崇讓論》中，為了進一步說明濫舉之風的危害，引用《韓非子》中「濫竽充數」的寓言，嘲笑和抨擊了虛食官俸而溜之乎也的伎倆，使說理更加通俗易懂。

在魏晉南北朝問對型論體文中仍有虛構的人物意象與對話情景，但虛擬的成分只在對話場面，而不在對話內容。虛構的人物在論文結構中起貫穿全文的線索作用，如此就使得邏輯推理次序能夠順利展開，而不必與敘事次序相糾纏。如嵇康在《聲無哀樂論》中借東野主人答客難來闡述自己的音樂觀，其見解的理論抽象性決定其只能用直接論說的方式來表達己見，而無法通過

〔註148〕陳鼓應：《莊子今注今譯》，北京：中華書局，1983年版，第358頁。

〔註149〕蔣原倫、潘凱雄：《文學批評與文體》，北京：北京師範大學出版社，2006年版，127頁。

虛構寓言故事或借助日常生活事件來演化這種頗具理論深度的專業問題。

三、審美意象之修辭營構策略

意象的營構有賴於多種言語策略，而修辭是其最主要的形式。修辭意象本身就是一種語言範式，諸如比喻意象、比擬意象、誇張意象、反諷意象等，在論體文中靈活運用可以發揮其邏輯功能。「從表達功能來講，修辭的主要作用在於說服。從修辭理論的歷史來看，它最初出現是爲了使話語具有更強的說服力，使受話人更易接受。」〔註 150〕從這個角度看，在論體文中恰當運用修辭意象可以增強其說服力，而這種說服不同於那種層層剖析的理論的說服，是一種文學的形象的說服。並且，修辭意象使抽象的理論意蘊更加豐富，表達更加靈活，「好的修辭的本身就蘊含著邏輯性，具有邏輯功能」〔註 151〕，而其恰當運用更能增強論體文的邏輯性。魏晉南北朝論體文審美意象之營構主要採用以下修辭策略：

比喻意象，就是通過比喻的修辭方法使主觀心意與客觀物象融會貫通，給接受主體以形象的觀照，引起其聯想與思考。意與象的密合無間，意味著二者同構關係的確立。在論體文中比喻意象的運用能夠使抽象的理論形象化、具體化。曹冏《六代論》中「樹」之喻象貫穿全文，既有明喻，如：

> 譬之種樹，久則深固其本根，茂盛其枝葉。若造次徙于山林之中，植於宮闕之下，雖壅之以黑墳，暖之以春日，猶不救于枯槁，而何暇繁育哉？夫樹猶親戚，土猶士民，建置不久，則輕下慢上，平居猶懼其離叛，危急將若之何？〔註 152〕

以種樹喻鞏固政權，以樹比親戚，以土比士民，要使政權長久牢固，需深固其根本，茂盛其枝葉，也就是要加強封建親親之道，固本強宗。亦有隱喻，如：

> 斯豈非信重親戚，任用賢能，枝葉碩茂，本根賴之與？
>
> 夫伐深根者難爲功，摧枯朽者易爲力，理勢然也。

〔註 150〕駱小所：《論修辭的邏輯表述功能》，《雲南師範大學學報》1997 年第 5 期，第 12 頁。

〔註 151〕駱小所：《論修辭的邏輯表述功能》，《雲南師範大學學報》1997 年第 5 期，第 13 頁。

〔註 152〕〔清〕嚴可均：《全三國文》卷 20，《全上古三代秦漢三國六朝文》，北京：中華書局，1958 年版，第 1162 頁。

夫泉竭則流涸，根朽則葉枯。枝繁者蔭根，條落者本孤。〔註 153〕

通過強調枝、葉、根之關係，來喻示加強家族宗室之力量對鞏固政權統治的重要作用，以引起閱讀者的聯想與思考。不管是明喻還是隱喻，其喻體皆爲「樹」或與「樹」有關的「枝」「葉」「根」，是一種物象，將其與所喻之抽象事理放在一起，使意與象、本體與喻體之間部分語義特徵發生聯繫，從一個認知域向另一個認知域投射，喻體的特徵轉移到本體上，從而產生新的理解與意義。

象徵意象，就是用生動直觀的感性形象來表現人的思想情感，將豐富的內涵蘊藏於對客體的描繪中，較之比喻意象，更具有暗示性與象徵性。「我們可以把象徵意象看作由意象的象徵義和意象的象徵體兩項構成的。前者指意象的象徵內容，通常是某種抽象的哲理、情感或精神意蘊，後者是承載意象的象徵意旨的物質載體，多是由語言文字、線條色彩、聲音旋律、姿態動作等物質媒介構成的實體形象。當然，這兩項實際上並非彼此孤立、畛清域明的，而是主客統一、水乳交融的統一體。」〔註 154〕阮籍《達莊論》中的「先生」意象分明是其理想人格的象徵，魯褒《錢神論》中的空手徒行、頭髮斑白的綦母先生無疑是安貧樂道的讀書人的代表，既富且貴的司空公子則爲金錢至上主義者的典型代表。這些形象的塑造，無疑凝聚著作者的愛憎褒貶之情，潛藏著某種人生精義，是一種高度概括的象徵意象。

當象徵體與象徵意旨不一致而出現悖逆乖離時，就產生濃鬱的反諷意味，形成反諷意象。這種意象的塑造往往採用「口是心非」的方式，言在此而意在彼，將事物進行理性顛倒，使表裏對逆，形成強大的張力與強烈的震撼，以達到在貶低或嘲諷中揭示其眞實含義的目的。夏侯湛的《抵疑》中的「夏侯子」就是典型的反諷意象，他自言「僕，東野之鄙人，頑直之陋生也。不識當世之便，不達朝廷之情，不能倚靡容悅，出入崎傾，逐巧點妍，嘔喁辯佞。隨群班之次，伏簡墨之後。當此之時，若失水之魚，喪家之狗，行不勝衣，言不出口，安能幹當世之務，觸人主之威，適足以露狂簡而增塵垢」〔註

〔註 153〕〔清〕嚴可均：《全三國文》卷 20，《全上古三代秦漢三國六朝文》，北京：中華書局，1958 年版，第 1161～1162 頁。

〔註 154〕黃擎：《論當代小說的情境反諷與意象反諷》，《東南大學學報（哲社版）》，2003 年第 3 期，第 115 頁。

〔註 155〕〔清〕嚴可均：《全晉文》卷 69，《全上古三代秦漢三國六朝文》，北京：中華書局，1958 年版，第 1855 頁。

155〕。名義上自嘲無用，不通人情，不懂世故，其實無用之用，實爲大用，字裏行間流露出對朝廷的不滿與淩轢卿相、傲視權貴的精神。在「夏侯子」這一反諷意象中寄寓了作者對自我才能的肯定與桀驁不馴品格的張揚。

誇張意象則以擴大或縮小的手法使描寫的客體變形，凸顯蘊藏於其中的主觀情感。韋昭《博弈論》中描繪了博弈者臨局對陣時的神態、心理，「當其臨局交爭，雌雄未決，專精銳意，神迷體倦，人事曠而不修，賓旅闕而不接，雖有太牢之饌，韶夏之樂，不暇存也。至或賭及衣物，徙棋易行，廉恥之意弛，而忿戾之色發。」〔註 156〕宛如一幅博弈漫畫，以誇張之筆法將其專心致志、廢寢忘食進行博弈的情景栩栩如生地刻畫出來，而對其由博弈發展到賭博，不顧廉恥、肆意爭吵的場景更是進行嘲諷，將對博弈的批判意旨寓於漫畫式的誇張描繪中。

總之，不管採用哪種修辭策略來營構審美意象，都是以自然與生活爲源，使意與象渾融，象與心共應，從而達到知、情、意、理相互交融的境界。魏晉南北朝論體文借助營構審美意象而反映客觀世界，超越了判斷與推理，使人在直觀感受中得到哲理之美，一種超越了純理性與邏輯實證的意味雋永之美。

第四節　聲文之美

清談重視聲調韻律，《後漢書・郭太傳》稱其：「善談論，美音制。」何啓民先生論述音制之美與論難之關係曰：

> 在某些事理的討論上，論難的方式是必須的，然而在趣味的保持上，以期獲得更多的群眾上來看，美音制，是更爲有效的。辭清語妙的談論，雖談的是人物，而談論的本身，即爲顯示其人才能之一種……美音制的談論，與乎論難的合流，是一個必然的發展趨勢。〔註 157〕

可見，音韻諧調與否對於論難勝負起著重要作用。《世說新語・文學》載裴遐與郭象論辯，「理致甚微，四坐咨嗟稱快」，劉孝標注引鄧粲《晉紀》曰：「遐

〔註 156〕〔梁〕蕭統撰，〔唐〕李善注：《文選》，北京：中華書局，1977 年版，第 725 頁。

〔註 157〕何啓民：《魏晉思想與談風》，轉引自陳慧玲《由〈世説新語〉探討魏晉清談雋語之關係》，臺北：花木蘭文化出版社，2009 年版，第 51 頁。

以辯論爲業，善敘名理，辭氣清暢，泠然若琴瑟。聞其言者，知與不知無不歎服。」〔註 158〕也就是說，裴遐在論難中取勝實與其音聲之美關係密切。

除了口談注重音韻聲律，魏晉南北朝文士亦強調爲文須做到音節響亮，陸機《文賦》指出「文徽徽以溢目，音泠泠而盈耳」，「暨音聲之迭代，若五色之相宣」，《文選》五臣李周翰注曰：「音聲，謂宮商合韻也。至於宮商合韻，遞相間錯，猶如五色文彩以相宣明也」，〔註 159〕強調詩文中音節聲調的錯綜配合。其後范曄稱「性別宮商，識清濁，斯自然也。觀古今文人，多不全了此處，縱有會此者，不必從根本中來。言之皆有實證，非爲空談」，〔註 160〕沈約言：「高言妙句，音韻天成，皆闇與理合，匪由思至」〔註 161〕，劉勰謂「形立則章成矣，聲發則文生矣」，〔註 162〕無不主張創作詩文要講究聲律音韻。劉勰還從賞評的角度論述音聲之美所帶來的文章風采，曰：「聲畫妍蚩，寄在吟詠，吟詠滋味，流於字句，氣力窮於和韻。」〔註 163〕儘管以上論述尚處於自然聲律階段，但爲自覺聲律的產生奠定下重要基礎。

與其他文體不同，論體文與清談的關係密切，可視爲清談中的筆談方式，《世說新語．文學》73 曰：

> 太叔廣甚辯給，而摯仲治長於翰墨，俱爲列卿。每至公坐，廣談，仲治不能對；退，著筆難廣，廣有不能答。〔註 164〕

《晉書．殷浩傳》載：

> 浩識度清遠，弱冠有美名，尤善玄言，與叔父融俱好《老》、《易》。融與浩口談則辭屈，著篇則融勝，浩由是爲風流談論者所宗。〔註 165〕

〔註 158〕〔南朝宋〕劉義慶撰，〔梁〕劉孝標注，徐震堮校箋：《世說新語校箋》，北京：中華書局，1984 年版，第 113 頁。

〔註 159〕〔晉〕陸機著，張少康集釋：《文賦集釋》，北京：人民文學出版社，2002 年版，第 134 頁。

〔註 160〕〔梁〕沈約：《宋書》卷 69《范曄傳》，北京：中華書局，1974 年版，第 1830 頁。

〔註 161〕〔梁〕沈約：《宋書》卷 67《謝靈運傳》，北京：中華書局，1974 年版，第 1779 頁。

〔註 162〕范文瀾：《文心雕龍注》，北京：人民文學出版社，1958 年版，第 1 頁。

〔註 163〕范文瀾：《文心雕龍注》，北京：人民文學出版社，1958 年版，第 553 頁。

〔註 164〕〔南朝宋〕劉義慶撰，〔梁〕劉孝標注，徐震堮校箋：《世說新語校箋》，北京：中華書局，1984 年版，第 138 頁。

〔註 165〕〔唐〕房玄齡等：《晉書》卷 77《殷浩傳》，北京：中華書局，1974 年版，第 2043 頁。

俱以口談與著篇相對，而所著之篇即爲論，從論體文問對型、論難型結構又可見口談論辯之痕跡。就此而言，較之其他應用性文體，論體文更注重聲文之美。瞿兌之先生即指出，魏晉南北朝文士「以駢文作論說，正可利用他的詞藻，供引申譬喻之用；利用他的格律，助精微密栗之觀。」〔註166〕方孝岳則著眼於作論與口辯之關係，《中國散文概論》指出「魏晉六朝的論……自然都離了儒家的論體，好尚清談，推崇口辯，以清辭名理相誇耀。根據這些心理所成的論文，當然是辭致極美了」〔註167〕。二者均強調魏晉南北朝論體文對音聲辭致之美的重視。

一、長短迭用，以錯落爲貴

所謂節奏，本爲音樂術語，指音樂中交替出現的、有規律的強弱、長短現象。《禮記·樂記》曰：「樂者，心之動也；聲音，樂之象也；文采節奏，聲之飾也」，即謂節奏乃音聲之變化與修飾，移之詩文，則指其語句之長短強弱。劉大櫆《論文偶記》曰：「文章最要節奏，譬之管絃繁奏中，必有希聲窈渺處。」〔註168〕也就是說，文章之節奏與音樂之節奏有相似之處，其絕妙之處正在「管絃繁奏」與「希聲窈渺」變化中。

清代程杲在孫梅《四六叢話·後序》中指出：「一篇中，須以單偶參用，方見流宕之致。」〔註169〕魏晉南北朝論體文奇偶迭用、駢散並行的行文特點，使其文氣靈活暢達，此於前文已述。就其節奏而言，則以四言、六言爲基調，然，「四字密而不促，六字格而非緩」，故，「或變之以三五，蓋應機之權節也」。〔註170〕因此，魏晉南北朝論體文中又適時參入三言、五言、七言等雜言句型，避免百句不遷所造成的單調昏沉之感，使節奏變換有致。而散句本身無字數規定，可長可短，靈活多變，使之與駢句和諧搭配，則更使文段在長短變化中，極盡錯綜之妙。如陳壽《三國志·蜀書·諸葛亮傳》評曰：

> 諸葛亮之爲相國也，撫百姓，示儀軌；約官職，從權制；開誠

〔註166〕瞿兌之：《中國駢文概論》，上海：世界書局，1934年版，第14頁。

〔註167〕方孝岳：《中國散文概論》，北京：中國書店，1985年版，第32頁。

〔註168〕〔清〕劉大櫆：《論文偶記》。王水照：《歷代文話（第四冊）》，上海：復旦大學出版社，2007年版，第4109頁。

〔註169〕〔清〕孫梅：《四六叢話》。王水照：《歷代文話（第五冊）》，上海：復旦大學出版社，2007年版，第4227頁。

〔註170〕范文瀾：《文心雕龍注》，北京：人民文學出版社，1958年版，第571頁。

心，布公道；盡忠益時者雖讎必賞，犯法怠慢者雖親必罰；服罪輸情者雖重必釋，游辭巧飾者雖輕必戮。善無微而不賞，惡無纖而不貶；庶事精練，物理其本，循名責實，虛僞不齒；終於邦域之內，咸畏而愛之，刑政雖峻而無怨者，以其用心平而勸戒明也。可謂識治之良才，管、蕭之亞匹矣。然連年動眾，未能成功；蓋應變將略，非其所長歟！〔註171〕

文段以雙行爲主，雜用單行，奇偶互用，輕快流轉，氣勢疏宕。駢儷句式三言、四言、五言、六言、八言交錯運用，長短相間，使之既具整飭凝練之美，又無拘泥呆板之態。散體句式則增文章靈動多變之氣，使之極具疏朗灑脫之致，「散句之中，暗有聲調，步驟馳騁，亦有節奏」〔註172〕。再如劉峻《辯命論》曰：

龍犀日角，帝王之表；河目龜文，公侯之相。撫鏡知其相刑，壓紐顯其膺錄。星虹樞電，昭聖德之符；夜哭聚雲，鬱興王之瑞。皆兆發於前期，渙汗於後葉。若謂驅貔虎，奮尺劍，入紫微，升帝道，則未達窅冥之情，未測神明之數。〔註173〕

段中先後以「上四下四——上四下四」、「六——六」、「上四下五——上四下五」、「五——五」、「三——三」、「六——六」等對偶句式組成，靈活多變。句子雖字數同，但其節奏異，交錯使用，或作奇頓，或作偶頓，文章讀來參差有節，頗具錯落變化之韻律美。如五言句中，節奏或爲「一、四」，如「昭聖德之符」、「鬱興王之瑞」，或爲「三、二」，如「兆發於前期，渙汗於後葉」；六言句中，節奏則爲「二、四」，如「扶鏡知其將刑，壓紐顯其膺錄」，「未達窅冥之情，未測神明之數」。其間以「皆」、「若謂……則」承轉文意，氣脈貫通。

句式的長短影響到文章的聲勢情韻，《文鏡秘府論》南卷「定位」論曰：「然句既有異，聲亦互並，句長聲彌緩，句短聲彌促，施於文筆，須參用焉。就而品之，七言已去，傷於太緩，三言已還，失於至促。唯可以間其文勢，

〔註171〕〔晉〕陳壽撰，〔宋〕裴松之注：《三國志》卷35《諸葛亮傳》，北京：中華書局，1959年版，第934頁。

〔註172〕〔宋〕陳善：《捫虱新話》，北京：中華書局，1985年版，第3頁。

〔註173〕〔清〕嚴可均：《全梁文》卷57，《全上古三代秦漢三國六朝文》，北京：中華書局，1958年版，第3287頁。

時時有之」〔註174〕不同字數的句子表現出不同的節奏，長短有異，聲亦互舛，句短則音促，適於表達激越、緊迫、憤怒等情感；句長則音緩，適於表達平和、愉悅等情感。長短交錯，參差運用，則靈活多變。如袁宏《後漢紀》卷二十二《孝桓皇帝紀下卷》史論曰：

夫排憂患，釋疑慮，論形勢，測虛實，則遊說之風有益於時矣；然猶尚譎詐，明去就，間君臣，疏骨肉，使天下之人專俟利害，弊亦大矣。輕貨財，重信義，憂人之急，濟人之險，則任俠之風有益於時矣；然豎私惠，要名譽，感意氣，仇睚眦，使天下之人輕犯敘之權，弊亦大矣。執誠說，修規矩，責名實，殊等分，則守文之風有益於時矣；然立同異，結朋黨，信偏學，誣道理，使天下之人奔走爭競，弊亦大矣。崇君親，黨忠賢，潔名行，厲風俗，則肆直之風有益於時矣；然定臧否，窮是非，觸萬乘，陵卿相，使天下之人自置於必死之地，弊亦大矣。〔註175〕

這一段講了四方面「弊亦大矣」，四個句子形成排比之勢，每個句子爲「……矣；然……」句式，前後對比，一連串的三字短句如一陣陣緊促的鼓點，鏗鏘有力，饒有氣勢。

二、宮商變化，以應機爲節

魏晉南北朝時期，隨著聲韻學的發展、四聲的發明，各種文體均注重聲律音韻。《南齊書・陸厥傳》載：「永明末，盛爲文章。吳興沈約、陳郡謝朓、琅琊王融以氣類相推轂。汝南周顒善識聲韻。約等文皆用宮商，以平上去入爲四聲，以此制韻，不可增減，世呼爲『永明體』」〔註176〕此處的「永明體」並不是指詩，而是指文，講究聲律音韻的文章。北朝亦刮起講究音律之風，《文鏡秘府論》天卷《四聲論》載：

才子比肩，聲韻抑揚，文情婉麗，洛陽之下，吟諷成群。及徙宅鄴中，辭人間出，風流弘雅，泉湧雲奔，動合宮商，韻諧金石者，

〔註174〕〔日〕遍照金剛著，王利器校注：《文鏡秘府論校注》，北京：中國社會科學出版社，1983年版，第343頁。

〔註175〕〔晉〕袁宏撰，張烈點校：《後漢紀》，北京：中華書局，2002年版，第433～434頁。

〔註176〕〔梁〕蕭子顯：《南齊書》卷52《陸厥傳》，北京：中華書局，1972年版，第898頁。

蓋以千數……乃甕牖繩樞之士，綺襦紈袴之童，習俗已久，漸以成性。假使對賓談論，聽訟斷決，運筆吐辭，皆莫之犯。〔註 177〕

其時社會喜好音律聲韻之風可謂盛行，重視聲律的自然不僅僅是詩，文亦如此。

所謂聲律，一般包括平仄與用韻，此處僅論其平仄。平仄觀念至唐代方才提出，錢大昕《潛研堂文集・音韻問答》指出：「古無平上去入之名，若音之輕重緩急，則自有文字以來，故區以別矣。」〔註 178〕也就是說，雖無其聲調平仄之名，卻有其實。沈約《宋書・謝靈運傳論》曰：「夫五色相宣，八音協暢，由乎玄黃律呂，各適物宜。欲使宮羽相變，低昂互節，若前有浮聲，則後須切響。一簡之內，音韻盡殊；兩句之中，輕重悉異。妙達此旨，始可言文。」〔註 179〕劉勰《文心雕龍・聲律》曰：「異音相從謂之和，同聲相應謂之韻。韻氣一定，故餘聲易遣；和體抑揚，故遺響難契。屬筆易巧，選和至難；綴文難精，而作韻甚易」〔註 180〕，「凡聲有飛沈，響有雙疊」〔註 181〕。黃侃的《文心雕龍札記》認爲：「飛謂平清，沈謂仄濁。」所謂「低昂」「浮聲切響」「輕重」「飛沈」等，皆可視爲當時「使四聲二元化的要求」，「這些術語是都可以統攝到平仄二類中去的，所以可以相通；也都可以看作平仄的先聲的，所以也可以看作是平仄二類的問題。」〔註 182〕劉大櫆《論文偶記》亦稱，「一字之中，或用平聲，或用仄聲；同一平字仄字，或用陰平、陽平、上聲、去聲、入聲，則音節迥異。」〔註 183〕

與詩歌相比，論體文對平仄並無明確要求，但精通音律的魏晉南北朝論家有意無意中使自己的論作語言平仄相間，抑揚頓挫。劉師培甚爲稱賞陸機之論，認爲「文之音節既由疏朗而生，不可砌實，而陸士衡文甚爲平實，而

〔註 177〕王利器：《文鏡秘府論校注》，北京：中國社會科學出版社，1983 年版，第 81 頁。

〔註 178〕〔清〕錢大昕：《潛研堂文集》，北京：商務印書館，1935 年版，第 216 頁。

〔註 179〕〔梁〕沈約：《宋書》卷 67《謝靈運傳》，北京：中華書局，1974 年版，第 1779 頁。

〔註 180〕范文瀾：《文心雕龍注》，北京：人民文學出版社，1958 年版，第 553 頁。

〔註 181〕范文瀾：《文心雕龍注》，北京：人民文學出版社，1958 年版，第 552 頁。

〔註 182〕郭紹虞：《照隅室古典文學論集（下編）》，上海：上海古籍出版社，1983 年版，第 211～212 頁。

〔註 183〕〔清〕劉大櫆：《論文偶記》。王水照：《歷代文話（第四冊）》，上海：復旦大學出版社，2007 年版，第 4110 頁。

氣仍是疏朗，絕不至一隙不通，故其文之抑揚頓挫甚爲調利。且非特辭賦能情文相生、音節和諧，即《辯亡》、《五等》諸論亦無不可誦」。〔註184〕如其《辯亡論》開端曰：

昔　漢　氏　失　御，奸　臣　竊　命，
（平）（仄）（仄）（平）（仄），（平）（平）（仄）（仄）
禍　基　京　畿，毒　遍　宇　內，
（仄）（平）（平）（平），（平）（仄）（仄）（仄）
皇　綱　弛　紊，王　室　遂　卑。
（平）（平）（平）（仄），（平）（仄）（仄）（平）。

由上例可以看出，在一句之中，每兩個相鄰音組節奏點上的字大致爲平仄交替，正所謂「前有浮聲，後有切響」，「沈則響發而斷，飛則聲颺不還；並轆轤交往，逆鱗相比」〔註185〕，平聲舒緩悠長，仄聲急促凝重，平仄輪換，形成抑揚頓挫、輕重緩急相諧調之美。而在上下對句之間，則大致爲平仄相對，上句如用仄起，下句則用平起；上句平起，下句則仄起。正所謂「兩句之中，輕重悉異」〔註186〕，「兩句之內，角徵不同」〔註187〕。劉勰強調「異音相從謂之和」，在平仄交替對立中，體現出一種同中有異、異中見同的和諧之美。

按照格式塔心理學「同構對應」原理，聲音的律動與情感的律動有對應關係，沈德潛《說詩晬語》云：「詩以聲爲用者也，其微妙在抑揚抗墜之間」〔註188〕，強調聲可傳情。不僅詩如此，文亦同理，通過聲律之變化表達其細緻入微之情感與深刻睿智之哲思。如果說陸機之論尚屬暗合聲律之規，那麼，范曄之論則是有意爲之。范曄自云「性別宮商，識清濁」，鍾嶸指出：「昔曹、劉殆文章之聖，陸、謝爲體貳之才，銳精研思，千百年中，而不聞宮商之辨，四聲之論。……齊有王元長者，嘗謂余云：『宮商與二儀俱生，自古詞人不知

〔註184〕劉師培：《中國中古文學史講義》，上海：上海古籍出版社，2000年版，第134頁。
〔註185〕范文瀾：《文心雕龍注》，北京：人民文學出版社，1958年版，第552頁。
〔註186〕〔梁〕沈約：《宋書》卷67《謝靈運傳》，北京：中華書局，1974年版，第1779頁。
〔註187〕〔唐〕李延壽：《南史》卷48《陸厥傳》，北京：中華書局，1975年版，第1195頁。
〔註188〕〔清〕沈德潛著，王宏林箋注：《說詩晬語箋注》，北京：人民文學出版社，2013年版，第10頁。

之。唯顏憲子乃云「律呂音調」，而其實大謬。唯見范曄、謝莊頗識之耳。』」〔註 189〕黃侃謂：「尋繹范氏之文，雖多偶語，而不盡拘牽，雖諧音律，而絕無膠執……若乃聲響相殊，亦無聲律，『隱居』二語，句末悉是側音；『薛方』二聯，結調初無平響。要取大齊不亂，非必銖寸度量者矣。」〔註 190〕也就是說，范曄雖通音律，也有意在《後漢書》論贊中按聲律爲文，卻又不膠著於此，而取其自然之則，以傳情達意爲目的。如論孔融曰：

懍　懍　焉，皓　皓　焉，
（仄）（仄），　（仄）（仄），
其　與　琨　玉　秋　霜　比　質　可　也。
（平）（仄）（平）（仄）（平）（平）（仄）（仄）（仄）

以兩組去聲疊字表達范曄對孔融的總體評價，聲音沉實剛重，將無限深情融於其中，之後平仄交替出現，使音調清峻和諧，末尾「可」字，乃舒徐和軟的上聲字，表現出其心中讚賞、惋惜、無奈等情感相雜糅的狀態。清代康熙帝稱其「文有嚴毅之氣，肅穆之容」〔註 191〕，陳廷敬則謂之「一結既出，以沉痛末數語，風調更佳，似雪鶴灑翮天空」〔註 192〕，可見聲律對表達人複雜微妙情感所起的作用。

三、同聲相應，以自然爲則

隋代陸法言曰：「凡有文藻，即須明聲韻。」〔註 193〕在協韻方面，劉勰認爲「同聲相應謂之韻。」〔註 194〕朱光潛以爲韻的最大功用在「把渙散的聲音聯絡貫串起來，成爲一個完整的曲調。」〔註 195〕也就是說，用韻可將聲音聯絡貫串起來，使篇製產生前後應和的效果。論體文雖對用韻沒有具體要求，但部分魏晉南北朝文士仍有意識地進行探索，其論體文的部分句子押韻，使

〔註 189〕周振甫：《詩品譯注》，北京：中華書局，1998 年版，第 27 頁。
〔註 190〕黃侃：《書後漢書論贊後》，《黃季剛詩文鈔》，武漢：湖北人民出版社，1985 年版，第 40 頁。
〔註 191〕〔清〕愛新覺羅・玄燁：《古文評論》，《聖祖仁皇帝御製文集》第 3 集卷 30，四庫全書本。
〔註 192〕〔清〕陳廷敬等：《古文雅正》卷 3《後漢書・孔融傳贊》。
〔註 193〕《切韻序》，附於《宋本廣韻》，臺北：黎明文化事業，1976 年版，第 13 頁。
〔註 194〕范文瀾：《文心雕龍注》，北京：人民文學出版社，1958 年版，第 553 頁。
〔註 195〕朱光潛：《詩論》，臺北：漢京文化事業，1982 年版，第 195 頁。

之聲文與情理兼備，在理性思辨之外，讀誦之時，亦頗能讓人感受到婉轉流暢的詩意風采。西晉王沈《釋時論》曰：

> 百辟君子，奕世相生，公門有公，卿門有卿。指禿腐骨，不簡蚩儜。多士豐於貴族，爵命不出閨庭。四門穆穆，綺襦是盈，仍叔之子，皆爲老成。賤有常辱，貴有常榮，肉食繼踵於華屋，疏飯襲跡於耨耕。〔註196〕

文段採用隔句用韻、一韻到底的體式，具有往而復返、迴環相應的效果，既能免除句句用韻的拘牽迫促之感，又不致產生兩韻輒易的微躁之病，屬於較爲均匀合度的用韻方式，讀來朗朗上口。

用韻還承載著傳達情感、神氣的責任，由於同一元音隔句出現，形成迴環往復之美，有利於表現創作者情緒的起伏變化。劉大櫆在《論文偶記》中指出：「音節高，則神氣必高；音節下，則神氣必下。故音節爲神氣之跡。……合而讀之，音節見矣；歌而詠之，神氣出矣」〔註197〕。劉師培亦認爲，「大凡文氣盛者，音節自然悲壯；文氣淵懿靜穆者，音節自然和雅，此蓋相輔而行，不期然而然者。」〔註198〕均指出音節之不同與情感之表達的關係。嵇康《難自然好學論》曰：

> 今若以明堂爲丙舍，以誦諷爲鬼語，目六經爲蕪穢，以仁義爲臭腐；覩文籍則目瞧，修揖讓則變傴，襲章服則轉筋，譚禮典則齒齲。〔註199〕

此段文字中，「語」「腐」「傴」「齲」皆押「u」韻，用語尖刻辛辣，猛烈抨擊正統儒學的虛僞與卑劣，將嵇康對虛僞名教的憎惡之情淋漓盡致地表達出來。

一段文字，除了一韻貫穿，亦可換韻。清代黃子雲《野鴻詩的》稱：「韻有通轉，何也？音相同者謂之通，音不同者謂之轉」〔註200〕。沈德潛《說詩晬語》曰：「轉韻初無定式，或二語一轉，或四語一轉，或連轉幾韻，或一韻

〔註196〕〔唐〕房玄齡等：《晉書》卷92《王沈傳》，北京：中華書局，1974年版，第2382頁。

〔註197〕〔清〕劉大櫆：《論文偶記》。王水照：《歷代文話（第四冊）》，上海：復旦大學出版社，2007年版，第4110頁。

〔註198〕劉師培：《中國中古文學史講義》，上海：上海古籍出版社，2000年版，第134頁。

〔註199〕〔清〕嚴可均：《全三國文》卷50，《全上古三代秦漢三國六朝文》，北京：中華書局，1958年版，第1337頁。

〔註200〕丁福保：《清詩話》，北京：中華書局，1963年版，第858頁。

疊下幾語。大約前則舒徐，後則一滾而出，欲急其節拍以爲亂也。此亦天機自到，人工不能勉強。」〔註 201〕也就是說轉韻以自然天成爲則，不必人爲強求。正所謂「轉韻無定句，或意轉、氣轉、調轉，而韻轉亦隨之」(《劍谿說詩》卷下)。魏晉南北朝論家強調以「意」爲主，韻亦隨「意」而換，「轉韻以意爲主，意轉則韻換，有意轉而不換韻，未有韻換而意不轉者」〔註 202〕。嵇康《難養生論》曰：

> 養親獻尊，則杞菊苽梁；聘享嘉會，則肴饌旨酒。而不知皆淖溺筋液，易糜速腐；初雖甘香，入身臭處；竭辱精神，染污六府；鬱穢氣蒸，自生災蠹；饕淫所階，百疾所附。味之者口爽，服之者短祚。豈若流泉甘醴，瓊蕊玉英，金丹石菌，紫芝黃精，皆眾靈含英，獨發奇生，貞香難歇，和氣充盈，澡雪五臟，疏徹開明，吮之者體輕。〔註 203〕

文段前半部分批判不善養生者以枸杞菊花與菰米供養親人進獻尊長，以豐盛的飯菜與美酒聘問納獻於歡樂的聚會，卻因此而造成對身心的損害，「腐」「處」「府」「蠹」「附」，皆押「u」韻，之後以讚美的口吻談對養生有益的飲食，「英」「精」「生」「盈」「明」「輕」，皆押「ing」韻。「u」韻爲四呼中的合口呼，發音時雙唇合攏，呈圓形，聲音低沉，所表現的情感沉悶不快，而「ing」韻爲齊齒呼，發音時，上下齒幾乎是對齊的，聲音響亮，所表現的情感歡快爽朗。由「u」韻到「ing」韻的轉換，體現了嵇康思想與情感的轉換，而這種轉換是自然形成的，聲情相符，韻意相成。

四、語助餘聲，以彌縫爲巧

唐彪《讀書作文譜》曾指出：「文章句調不佳，總由平仄未協，與虛字用之未當也。」文章的聲文之美還體現在恰當地運用虛詞上。劉勰《文心雕龍·章句》將「語助餘聲」分爲三類，曰：「『夫惟蓋故』者，發端之首唱；『之而於以』者，乃箚句之舊體；『乎哉矣也』，亦送末之常科。據事似閑，在用實

〔註 201〕〔清〕沈德潛著，王宏林箋注：《說詩晬語箋注》，北京：人民文學出版社，2013 年版，第 179 頁。

〔註 202〕〔清〕陳僅：《竹林答問》。〔清〕王士禛等著，周維德箋注：《詩問四種》，濟南：齊魯書社，1985 年版，第 311 頁。

〔註 203〕〔清〕嚴可均：《全三國文》卷 48，《全上古三代秦漢三國六朝文》，北京：中華書局，1958 年版，第 1327 頁。

切。巧者迴運，彌縫文體，將令數句之外，得一字之助矣。」〔註 204〕「發端之首唱」亦稱「領字」，冠於句首，可用於發語，引起下文；「箚句之舊體」，插於句中，可連綴文辭，增強行文邏輯性；「送末之常科」，用於句末，可助結語氣。這三類虛詞運用得當，能起到「彌縫文體」的作用。從音韻的角度看，虛詞的靈活運用能夠使音韻迴環震蕩，構成抑揚頓挫之語氣。范曄是運用虛詞的大家，其《後漢書》史論中隨處可見虛詞的「身影」，如《王劉張李彭盧列傳論》曰：

> 夫能得眾心，則百世不忘矣。觀更始之際，劉氏之遺恩餘烈，英雄豈能抗之哉！然則知高祖、孝文之寬仁，結於人心深矣。周人之思邵公，愛其甘棠，又況其子孫哉！劉氏之再受命，蓋以此乎！若數子者，豈有國之遠圖哉！因時擾攘，苟恣縱而已耳，然猶以附假宗室，能掘強歲月之間。觀其智略，固無足以憚漢祖，發其英靈者也。〔註 205〕

此論被鍾惺稱爲「音調清俊，亦復腴煉」〔註 206〕，亦得益於虛詞的運用。「夫」「然則」「若」，作用於「發端」，使之轉折、假設等關係更爲顯明；「矣」「哉」「乎」「也」作用在於「送末」，在句末以表肯定或反問之意。另外，「則」「豈」「又」「蓋」「苟」「然」「固」等插於句中，使之承遞緊密，邏輯清晰，而又一波三折，如九曲迴廊。全段脈絡銜接自然，文氣流暢，句調多變而聲韻俱佳。

當虛詞處於句子中的節奏點時，更能增強其頓挫之勢。如李康《運命論》曰：「其所以得然者，豈徒人事哉？授之者天也，告之者神也，成之者運也。」一「者」，一「哉」，三個「之」、三個「也」，頓挫有力。虛詞亦可起到迴環音韻的作用，如「故木秀於林，風必摧之；堆出於岸，流必湍之；行高於人，眾必非之。」三個「之」字增強了音韻之美，迴環往復，韻味無窮。

綜上所述，魏晉南北朝論體文聲文之美主要體現在節奏、聲律、音韻、虛詞等方面，雖無一定之規，卻能與傳情達意自然相合，達到「上抗下墜，潛氣內轉」〔註 207〕之效果。姚鼐《與陳碩士書》指出，「命意、立格、行氣、

〔註 204〕范文瀾：《文心雕龍注》，北京：中華書局，1958 年版，第 572 頁。
〔註 205〕〔南朝宋〕范曄：《後漢書》卷 12《王劉張李彭盧列傳》，北京：中華書局，1965 年版，第 508～509 頁。
〔註 206〕〔明〕沈國元：《二十一史論贊》卷五，明崇禎十年（1637 年）大來堂刻本。
〔註 207〕孫德謙：《六朝麗指》，臺北：新興書局，1963 年版，第 15 頁。

遺詞、理充於中、聲振於外，數者一有不足則文病矣。」魏晉南北朝論體文之所以藝術成就突出，除了立意之高，行文之美外，其「聲振於外」之特色亦功不可沒。謝榛《四溟詩話》卷一論詩曰：「凡作近體，誦要好，聽要好，觀要好，講要好。誦之行雲流水，聽之金聲玉振，觀之明霞散綺，講之獨繭抽絲。此詩家四關，使一關未過，則非佳句矣。」〔註 208〕此語移之論魏晉南北朝論體文亦爲允當。

第五節　情文之美

劉勰《文心雕龍・體性》謂：「吐納英華，莫非情性。」〔註 209〕情性是主導作家文風的關鍵因素。「好的文學作品，具有理想風格的文學作品，必然是眞性情，能夠表現眞我的作品。」〔註 210〕魏晉南北朝時期，隨著自我意識的覺醒，「重情」成爲社會之風尚。「在中國歷史和文藝史上，魏晉大概是既最爲玄思巧辯又最爲任情抒發的時代」〔註 211〕。不管是王弼的「聖人有情論」，還是王戎「情之所鍾，正在我輩」，都表現出其時文士對「情」的重視。在這種風氣下，陸機提出「詩緣情而綺靡」的觀點，打破「詩言志」之藩籬，而將詩歌之創作歸之於一己之深情。劉勰進一步推而廣之，曰「五情發而爲辭章，神理之數也」，視情感抒發爲作文之基礎。李澤厚《美的歷程》稱，「和漢代經學的附庸——頌功德、講實用的文學相比較，魏晉文學是一種眞正抒情性的感性的『純』文學。」馮友蘭在《三松堂學術文集・論風流》中論「魏晉風流」提出四點，即「必有玄心」、「須有洞見」、「須有妙賞」、「必有深情」，李澤厚則將其歸結爲「智慧兼深情」〔註 212〕，毋庸置疑，在這種情況下，以言理爲主要特徵的論體文是其時文士智慧的結晶，也浸染上「情」的色彩，正如劉勰所言，「情者，文之經，辭者，理之緯；經正而

〔註 208〕〔明〕謝榛：《四溟詩話》，北京：中華書局，1985 年版，第 2 頁。
〔註 209〕范文瀾：《文心雕龍注》，北京：人民文學出版社，1958 年版，第 506 頁。
〔註 210〕朱榮智：《文氣與文字創作關係研究》，臺北：師大書苑，1988 年版，第 155 頁。
〔註 211〕李澤厚：《美學三書・華夏美學》，合肥：安徽文藝出版社，1999 年版，第 352 頁。
〔註 212〕李澤厚：《美學三書・華夏美學》，合肥：安徽文藝出版社，1999 年版，第 345 頁。

後緯成，理定而後辭暢」〔註 213〕，「情理設位，文采行乎其中」〔註 214〕。

一、「情」之內涵

魏晉南北朝論體文所蘊含的「情」，既有別於先秦兩漢時期那種普遍的群體情感，又不同於晚明與欲結合起來的個性解放，這種「情」內涵豐富，「雖然發自個體，卻又依然是一種普泛的對人生、生死、離別等存在狀態的哀傷感喟，其特徵是充滿了非概念語言所能表達的思辨和智慧。它總與對宇宙的流變、自然的道、人的本體存在的深刻感受和探詢連在一起」，〔註 215〕因此其具有原始詩性精神，是一種自然的本能迸發。

（一）憂生之嗟

生者何謂？「夫生者，一氣之暫聚，一物之暫靈」〔註 216〕。在魏晉南北朝這樣一個堪稱中國歷史上最黑暗、最動蕩的時期，很多文士死於戰亂、饑荒、瘟疫，亦有不少慘遭殺戮。殘酷的屠殺、恐怖的局面使生存問題成爲其時文上所面臨的重要挑戰，在論體文中充滿對自我生存狀況、生命終極意義的深沉思考。

人生有限，如何保身、全生，使有限的生命得以盡享天年，是魏晉南北朝文士所關心的重要問題。他們視「己身」爲個體自我存在的基礎與人生價値實現的根本，顏之推曾指出：「何晏、王弼，祖述玄宗，遞相誇尙，景附草靡，皆以農、黃之化，在乎己身，周、孔之業，棄之度外。」〔註 217〕因此，保身安身問題成爲超越「周、孔之業」的人生頭等大事。王弼在《周易・頤卦》注中稱「夫安身莫若不競，修己莫若自保。守道則福至，求祿則辱來」。〔註 218〕潘尼《安身論》稱：「蓋崇德莫大乎安身」，「君子安其身而後動」。嵇康在《養生論》中表達了對世人不懂養生而使身體倍受煎熬的惋惜之情，其文曰：「夫以蕞爾之軀，攻之者非一途，易竭之身，而外內受敵，身非木石，

〔註 213〕范文瀾：《文心雕龍注》，北京：人民文學出版社，1958 年版，第 538 頁。

〔註 214〕范文瀾：《文心雕龍注》，北京：人民文學出版社，1958 年版，第 543 頁。

〔註 215〕李澤厚：《美學三書・華夏美學》，合肥：安徽文藝出版社，1999 年版，第 352 頁。

〔註 216〕〔晉〕張湛：《列子注・楊朱》，楊伯峻：《列子集釋》卷 7，北京：中華書局，2007 年版，第 216 頁。

〔註 217〕王利器：《顏氏家訓集解》，北京：中華書局，1993 年版，第 186 頁。

〔註 218〕樓宇烈：《王弼集校釋》，北京：中華書局，1980 年版，第 352 頁。

其能久乎？」〔註 219〕比身更重要的是神，人的精神能夠主宰形體的存在，所以養生首先要重視養神。「是以君子知形恃神以立，神須形以存。悟生理之易失，知一過之害生。故修性以保神，安心以全身。愛憎不棲于情，憂喜不留于意。泊然無感，而體氣和平。」〔註 220〕透過這些理性的似乎無絲毫情感的論述，我們能夠感受到他對肉體被戕害、精神被威壓的焦慮與恐懼。這種言說雖有別於詩賦那種抒情的、描摹的方式，卻讓人感受到一股徹骨寒意下深蘊著的對生命的熱望。「外物以累心不存，神氣以醇白獨著，曠然無憂患，寂然無思慮。又守之以一，養之以和，和理日濟，同乎大順。」〔註 221〕這種對不爲物累、自滿自足、無憂無慮、守之以道、養之以和的理想人生境界的追求，正是魏晉南北朝文士在污濁時代、殘酷現實中進行的精神抗爭。

對命運問題的追尋與探求是魏晉南北朝文士憂生之嗟的重要內容，魏李康有《運命論》、晉郭象有《致命由己之論》（已佚）、宋顧願有《定命論》，劉峻的《辨命論》，針對命運問題，各抒己見，其中又以李康與劉峻之作尤爲傑出。二者均秉性剛直，仕途坎坷，一生懷才不遇，將其不平之氣，發而爲文章。曹道衡指出：「他們兩人雖然都主張人的窮通決定於命，但李康的『命運』實際上是承認一個有意志的天或神存在……劉峻雖然也相信命，但他所謂命，實際上不過是萬物的自然化。」「這種論調雖然近於宿命論和不可知論，畢竟是對神的存在作了否定的答覆。」〔註 222〕范曄在《後漢書》史論中多處體現其命運觀，如《荀彧傳論》曰：「及阻董昭之議，以致非命，豈數也夫！」《黨錮傳論》曰：「道之將廢也與？命與？」《和帝紀論》曰：「豈其道遠三代，術長前世？將服叛去來，自有數也？」不僅將個人之遭遇歸之命運安排，亦將東漢之滅亡、夷狄之難以馴化歸之天命。命運問題，看起來是魏晉南北朝文士對待人生的消極態度，實際上表現了他們面對自然造化、人生遭際無力把握時的無奈與痛苦。

由憂己之身心運命到憂民之生存遭際，體現了魏晉南北朝論家的人文情

〔註 219〕〔清〕嚴可均：《全三國文》卷 48，《全上古三代秦漢三國六朝文》，北京：中華書局，1958 年版，第 1324 頁。

〔註 220〕〔清〕嚴可均：《全三國文》卷 48，《全上古三代秦漢三國六朝文》，北京：中華書局，1958 年版，第 1324 頁。

〔註 221〕〔清〕嚴可均：《全三國文》卷 48，《全上古三代秦漢三國六朝文》，北京：中華書局，1958 年版，第 1324 頁。

〔註 222〕曹道衡：《光明日報》1984－03－06。

懷。沈約在《宋書·孔季恭羊玄保沈曇慶傳論》中以飽含深情的筆墨描寫了江南百姓天災人禍同行的悲慘遭遇，令人不忍卒讀，文曰：

荊城跨南楚之富，揚部有全吳之沃，魚鹽杞梓之利，充仞八方，絲綿布帛之饒，覆衣天下。而田家作苦，役難利薄，亙歲從務，無或一日非農，而經稅橫賦之資，養生送死之具，莫不咸出於此。穰歲糶賤，糶賤則稼苦；饑年糴貴，糴貴則商倍。常平之議，行於漢世。元嘉十三年，東土潦浸，民命棘矣。太祖省費減用，開倉廩以振之，病而不凶，蓋此力也。大明之末，積旱成災，雖敝同往困，而救非昔主，所以病未半古，死已倍之，並命比室，口減過半。若常平之計，興於中年，遂切扶患，或不至是。若籠以平價，則官苦民憂，議屈當時，蓋由於此。〔註 223〕

江南本為富庶之地、魚米之鄉，但由於統治者的橫征暴斂，層層盤剝，而使百姓生活艱辛，適逢水旱天災之時，又遭官吏奸商的多層欺壓，朝廷開倉救濟尚可度過難關，否則只能「病未半古，死已倍之，並命比室，口減過半。」自古以來，百姓最苦，寥寥數語將史家「長歎息以掩涕兮，哀民生之多艱」（屈原《離騷》）的真摯情感抒發出來。《索虜傳論》則描繪了匈奴入侵，南朝百姓慘遭浩劫的場面：

既而虜縱歸師，殲累邦邑，剪我淮州，俘我江縣，喋喋黔首，跼高天，蹐厚地，而無所控告。強者為轉屍，弱者為繫虜，自江、淮至於清、濟，戶口數十萬，自免湖澤者，百不一焉。村井空荒，無復鳴雞吠犬。時歲惟暮春，桑麥始茂，故老遺氓，還號舊落，桓山之響，未足稱哀。六州蕩然，無復餘蔓殘構，至於乳鷰赴時，銜泥靡託，一枝之閒，連窠十數，春雨裁至，增巢已傾。雖事舛吳宮，而殲亡匪異，甚矣哉，覆敗之至於此也。〔註 224〕

將匈奴南入，國土淪陷，生靈塗炭的場面描繪出來，表達其黍離之悲，較之曹操「生民百餘一，念之斷人腸」的直抒胸臆，更具歷史的厚重與情感的深沉。

〔註 223〕〔梁〕沈約：《宋書》卷 54《孔季恭羊玄保沈曇慶列傳》，北京：中華書局，1974 年版，第 1540 頁。

〔註 224〕〔梁〕沈約：《宋書》卷 95《索虜傳》，北京：中華書局，1974 年版，第 2359 頁。

（二）刺世之憤

對魏晉南北朝文士而言，論體文是其表達思想的文體，亦是投向黑暗社會現實的匕首與短槍。理想與現實的強烈衝突使其借作論以抒憤，犀利的批判鋒芒與強烈的憤世之情相融合，鑄成魏晉南北朝論體文之精神內核。

建安文士尚有建功立業之心，正始文士則借高蹈之清談而避殺身之禍患。然對虛僞名教的批判仍在阮籍、嵇康等竹林名士之論中得到充分體現。阮籍在其《達莊論》中對儒家禮法進行無情揭露，稱「儒墨之後，堅白並起，吉凶連物，得失在心，結徒聚黨，辯說相侵……皆盛僕馬，修衣裳，美珠玉，飾幃牆，出媚君上，入欺父兄，矯厲才智，競逐縱橫。家以慧子殘，國以才臣亡，故不終其天年而夭，自割繫其於世俗也」〔註225〕，堪稱驚世駭俗之論。嵇康更是以尖刻、辛辣的語言猛烈抨擊正統儒學的虛僞與卑劣，將矛頭直接指向借儒學「名教」行己私利的司馬氏集團。其《難自然好學論》曰：「今若以明堂爲丙舍，以誦諷爲鬼語，以六經爲蕪穢，以仁義爲臭腐；覩文籍則目瞧，修揖讓則變傴，襲章服則轉筋，譚禮典則齒齲。于是兼而棄之，與萬物爲更始，則吾子雖好學不倦，猶將闕焉。則向之不學，未必爲長夜，六經未必爲太陽也。」〔註226〕其逼人的氣勢，直露的鋒芒，對虛僞禮教的批判都滲透在字裏行間，表現出其「鳥不毀以求馴，獸不群而求畜」的孤傲性格。

西晉時期，寒素文士從幻想功名到憤激世事，將批判的矛頭對准其時奢靡、結黨、士無特操的社會現實，刺世疾邪之論大量湧現。魯褒的《錢神論》對嗜財帶來的種種弊端大膽揭露，不僅寫出了愛財如命者的種種醜態，而且直接揭露了買官行賄、權錢交易者的醜惡嘴臉。劉寔《崇讓論》對當時選拔人才以錢多爲賢、以勢大爲上的風氣進行了無情鞭撻，王沈《釋時論》雖沒有直接譴責九品中正制，卻也通過形象的描述展示了一副追權逐勢圖，張載在《榷論》中亦對那些軒冕黻班之徒進行犀利的揭露。這些文章譏世呵俗的火氣甚大，文風多樣，嘻笑怒罵皆寓批判嘲諷之意。裴頠在《崇有論》中羅列了當時虛無放蕩世風的種種表現，表達了他對時俗競尚虛無而導致風教淩遲現象的痛心疾首之情。時至東晉，干寶在《晉紀總論》中深刻揭露了晉「風俗淫僻，恥尚失所」的社會現實，鮑敬言在《無君論》中刻畫了在君主統治

〔註225〕陳伯君：《阮籍集校注》，北京：中華書局，1987年版，第151～152頁。

〔註226〕〔清〕嚴可均：《全三國文》卷50，《全上古三代秦漢三國六朝文》，北京：中華書局，1958年版，第1337頁。

下產生的種種罪惡現象。王坦之高舉「廢莊」之旗幟，范甯歷數王弼、何晏之罪行，戴逵直言「放達非道」，其目的仍在針砭現實，打擊浮虛，表現其對「以玄虛宏放爲夷達，以儒術清儉爲鄙俗」〔註 227〕世風的深惡痛絕之情。

南朝文士開始將矛頭指向世態炎涼、人情冷暖，劉孝標《廣絕交論》有感於任昉去世後其後代的遭遇，對當時的澆薄世風進行批判，其文曰：「近世有樂安任昉，海內髦傑，早綰銀黃，夙昭民譽。……見一善則盱衡扼腕，遇一才則揚眉抵掌。雌黃出其唇吻，朱紫由其月旦。於是冠蓋輻湊，衣裳雲合，輜軿擊轊，坐客恒滿……及瞑目東粵，歸骸洛浦。繐帳猶懸，門罕漬酒之彥；墳未宿草，野絕動輪之賓。藐爾諸孤，朝不謀夕，流離大海之南，寄命瘴癘之地。自昔把臂之英，金蘭之友，曾無羊舌下泣之仁，寧慕郈成分宅之德。嗚呼！世路險巇，一至於此，太行孟門，豈云嶄絕！」〔註 228〕將其一腔憤恨之情融於對忘恩負義之輩的嚴加譴責中。

（三）家國之歎

魏晉南北朝論體文中亦充溢著其時文士的家國之歎，曹冏的《六代論》縱論六代之興衰，激蕩著一股憂國憂民之情；諸葛恪《出軍論》慷慨陳詞，懇切動人，將其爲國操心慮危之情淋漓盡致地表現出來；陸機《辯亡論》更是將其濃重的宗國之憂融入對吳亡的辨析中，其文曰：

> 陸公歿而潛謀兆，吳釁深而六師駭。夫太康之役，眾未盛乎曩日之師；廣州之亂，禍有愈乎向時之難。而邦家顛覆，宗廟爲墟。嗚呼！人之云亡，邦家殄悴，不其然與？〔註 229〕

方伯海曰：「吳之亡總由陸抗之死是篇中結穴。」此處寥寥數語將陸機身爲陸氏之後、吳之世臣的痛苦心情表達出來，國破家亡之痛如夢魘一般縈繞心頭，難以釋懷。再如伏滔《正淮論》敘述了淮南的歷史，回顧了淮南經受的十亂，指出十亂皆爲人事造成，「本其原因，考其成迹，皆寵盛禍淫，福過災生，而制之不漸，積之有由也」。伏滔對戰爭的發動者進行無情的抨擊，儘管他們是

〔註 227〕〔唐〕房玄齡等：《晉書》卷 70《應詹傳》，北京：中華書局，1974 年版，第 1858 頁。

〔註 228〕〔清〕嚴可均：《全梁文》卷 57，《全上古三代秦漢三國六朝文》，北京：中華書局，1958 年版，第 3289 頁。

〔註 229〕〔清〕嚴可均：《全晉文》卷 98，《全上古三代秦漢三國六朝文》，北京：中華書局，1958 年版，第 2023 頁。

皇帝，是最高統治者，其犀利的筆鋒直接揭露出他們爲一己之私欲而不惜犧牲天下人之性命的罪惡。「夫以昏主御姦臣，利甲資堅城，僞令行於封內，邪惠結於人心，乘間幸濟之說日交於側，猾詐錮咎之群各馳於前，見利如歸，安在其不爲亂乎！況乘舊寵，挾前功，畏逼懼亡，以謀圖身之舉者，望其俛首就羈，不亦迂哉！」〔註 230〕感情強烈，對君主進行直言不諱的斥責，頗具力度。

總而言之，魏晉南北朝論體文中「情」的抒發受文體的限制與約束，融優生之嗟、刺世之憤與家國之歎於一體，由感性抒發上陞至哲理闡釋的層面。正如李澤厚先生所言，「這正是由於以『無』爲寂然本體的老莊哲學以及它所高揚著的思辨智慧，已活生生地滲透和轉化爲熱烈的情緒、銳敏的感受和對生活的頑強執著的原故。從而，在這裏，一切情感都閃灼著智慧的光輝，有限的人生感傷總富有無垠宇宙的含義。它變成了一種本體的感受，即本體不只是在思辨中，而且還在審美中，爲他們所直接感受著、嗟歎著、詠味著。」〔註 231〕也就是說，這種「情」體現在理性思辨中，其所言之「理」又消融在「情」之中，情理並茂，在個體情感體驗中蘊含著普遍的人生智慧與理性思考。

二、「文」之藝術

詹福瑞先生指出，「所謂原始的詩性精神，對於這些詩來說，具有以下兩方面含義：詩的抒情特點和抒情的自然純樸的特點，即情感的自然地本能地迸發的特徵。」〔註 232〕其所論雖爲詩，對論亦具通約性。魏晉南北朝論體文所言之「情」具有眞摯自然的特點，而其言「情」的方式亦屬於「自然地本能地迸發」，採用的藝術手法則別具特色。

（一）直抒胸臆

直抒胸臆，就是在論體文中不假外物，不加掩飾，直陳自己的喜怒哀樂、

〔註 230〕〔唐〕房玄齡等：《晉書》卷 92《文苑傳》，北京：中華書局，1974 年版，第 2401 頁。

〔註 231〕李澤厚：《美學三書·華夏美學》，合肥：安徽文藝出版社，1999 年版，第 347 頁。

〔註 232〕詹福瑞：《中古文學理論範疇》，保定：河北大學出版社，1997 年版，第 10 頁。

感受領悟。如荀悅《漢紀》論王鳳曰：「……皆至於死，眞可痛乎！……悲夫！以六合之大，匹夫之微，而一身無所容焉，豈不哀哉！……以死易生，以存易亡，難乎哉！」〔註233〕以直抒胸臆之語將其對王鳳之死的惋惜、無奈、憤恨之情抒發出來，簡潔明快，痛快淋漓。范曄《後漢書》史論中亦不乏此類語句，如「世祖以此論學，悲矣哉！」「盛哉乎，其所資也！」「惜哉！寇敵略定矣，而漢祚亦衰焉。嗚呼！」等等，以直接抒情的詞語與語氣虛詞相結合，增強其抒情意味，將其充沛的情感傾瀉而出。《董卓傳論》曰：「嗚呼，人之生也難矣！天地之不仁甚矣！」沈國元評曰：「末二語傷心之極，挑燈三復，不知其涕泗之何從也。」〔註234〕這種直接抒情之語如汩汩流淌的河水，順勢而行，穿越亙古時空，抵達讀者內心深處最柔軟的地方，引起靈魂的共鳴，達到人隔千載，情發一心的效果。

（二）借古抒懷

借古抒懷是間接抒情中用的較多的方式，通過評論古人之人生遭際，將自身的身世感慨寄寓其中，使所抒之情蘊藉含蓄，委婉深沉。如袁宏《後漢紀》論寇恂曰：

> 夫世之所患，患時之無才也；雖有其才，患主之不知也；主既知之，患任之不盡也。彼三患者，古今之同，而御世之所難也。觀寇恂之才，足居內外之任，雖覽撫河內，再綏潁川，未足展其所能也。及在汝南，延儒生，受左氏，何其閒也。晚節從容，不得預於治體。夫以世祖之明，如寇生之智能，猶不得自盡於時，況庸主乎！〔註235〕

袁宏自身即爲性格耿介、懷才不遇之人，其論寇恂才能未盡於時實際上蘊含著對自身遭際的不平，表面看來似乎從寇恂的遭遇中得到「自古聖賢皆貧賤，何況我輩孤且直」的心理平衡，卻不難體會深藏其中的不滿於時的憤慨之情。

再如范曄《後漢書》史論中處處可見其慷慨激昂之風骨，如《耿恭傳論》曰：

> 余初讀《蘇武傳》，感其茹毛窮海，不爲大漢羞。後覽耿恭疏勒

〔註233〕〔漢〕荀悅撰，張烈點校：《漢紀》，北京：中華書局，2002年版，第440頁。

〔註234〕〔明〕沈國元：《二十一史論贊》卷5，明崇禎十年（1637）大來堂刻本。

〔註235〕〔晉〕袁宏撰，張烈點校：《後漢紀》，北京：中華書局，2002年版，第108頁。

之事，喟然不覺涕之無從。嗟哉，義重於生，以至是乎！昔曹子抗質於柯盟，相如申威於河表，蓋以決一旦之負，異乎百死之地也。以爲二漢當疏高爵，宥十世。而蘇君恩不及嗣，恭亦終墳牢户。追誦龍蛇之章，以爲歎息。〔註 236〕

感慨蘇武、耿恭爲漢盡節盡忠而漢主刻薄寡恩，將其悲咽歎息之情融於其中，激蕩著一股悲愴的旋律。《竇憲傳論》中感慨竇憲「率羌胡邊雜之師，一舉而空朔庭，至乃追奔稽落之表，飲馬比鞮之曲，銘石負鼎，薦告清廟」，而「當青病奴僕之時，竇將軍念咎之日，乃庸力之不暇，思鳴之無晨，何意裂膏腴，享崇號乎？」〔註 237〕引東方朔之語「用之則爲虎，不用則爲鼠」，將憤懣不平之氣蘊藏其間，實際是在借古人之酒杯澆自己之塊壘。其論桓榮曰：「蓋推仁審僞，本乎其情。君人者能以此察，則眞邪幾於辨矣」，論馬援曰：「其戒人之禍，智矣，而不能自免於讒隙」，無不在借古論今，感傷之情自然流露。

（三）反筆言情

當作者情感不易或不便直接流露時，往往會採用反筆立論、情蘊其中的手法，即以「向使」或「藉使」作出假說性判斷，以一種未實現的可能性反襯現實中實際存在情況的可悲性。將事情置於可能的時空中去想像，採用「由果溯因」的逆向思維，不是正面闡述，而是反面啓發，對未實現的可能性進行推測，從而引導人們對正面的事情進行追求，避免負面不良影響。曹冏《六代論》曰：「向使始皇納淳于之策，抑李斯之論，割裂州國，分王子弟，封三代之後，報功臣之勞，士有常君，民有定主，枝葉相扶，首尾爲用，雖使子孫有失道之行，時人無湯、武之賢，奸謀未發，而身已屠戮，何區區之陳、項，而復得措其手足哉？」〔註 238〕在論述秦不封建最終導致滅亡後提出假設，如果秦始皇當初實行封建制，就不會被陳、項覆滅，以此證明實施封建制的必要性，將其盱古衡今，爲曹氏政權本枝削弱、危在旦夕的擔憂之情深蘊於對秦制的批判中，雖不免偏鋭得激切，卻也可以理解。

〔註 236〕〔南朝宋〕范曄：《後漢書》卷 19《耿弇傳》，北京：中華書局，1965 年版，第 725 頁。

〔註 237〕〔南朝宋〕范曄：《後漢書》卷 23《竇融列傳》，北京：中華書局，1965 年版，第 820～821 頁。

〔註 238〕〔清〕嚴可均：《全三國文》卷 20，《全上古三代秦漢三國六朝文》，北京：中華書局，1958 年版，第 1161 頁。

陸機在其《辯亡論》與《五等論》中亦嫻熟運用反筆言情手法，將其作爲吳之世臣反思吳亡教訓時的無奈、痛惜之情寓於其中。《辯亡論》曰：「借使中才守之以道，善人御之有術，敦率遺憲，勤人謹政，修定策，守常險，則可以長世永年，未有危亡之患也」〔註239〕，言外之意就是吳所以亡者，乃孫皓守業無道，治國無方，不謹政事，不遵舊典，不從故策之故也，將其對孫皓的譴責、悲歎之情都蘊含在這一含蓄的假設中。《五等論》在論及秦廢封建之失時，較之以周事，最後感歎道：「借使秦人因循其制，雖則無道，有與共亡，覆滅之禍，豈在曩日？」〔註240〕沒有正面論述秦失周制最終導致二代而亡，而是從反面發論，筆法多變，餘音嫋嫋，令人回味無窮。

魏晉南北朝論體文之抒情藝術除了以上幾種外，尚有設喻達意、借典抒情等。設喻與用典雖爲形文中常用的表現手法，但具有間接傳情敘理的作用，使情思表達得更爲婉轉含蓄。黃亦眞指出：「使用比喻法，尤其是『借喻法』，能使文章意旨含蓄。因爲借喻法，只寫『喻依』，不寫『喻體』，本意寄託於比喻文字中，是不直接表達的。」〔註241〕用典則使情感意蘊更加豐富，上文已有所述，此處不再贅言。

第六節　理趣：「理」的審美化存在

論體文作爲一種頗有意味的形式，將文學、學術與思辨融爲一體，既具有審美愉悅性，又具有理論思辨性。魏晉南北朝論體文中的「理」，內涵豐富，既有物理、事理，又有玄理、佛理。其「趣」之內涵則不易言說。袁宏道在《序陳正甫會心集》中曾論「趣」曰：「世人所難得者唯趣，趣如山上之色，水中之味，花中之光，女中之態，雖善說者不能下一語，唯會心者知之。」〔註242〕清代史震林將「趣」釋爲「生氣與靈機」，他在《華陽散稿》自序中稱：「詩文之道有四：理、事、情、景而已。理有理趣，事有事趣，情有情趣，景有

〔註239〕〔清〕嚴可均：《全晉文》卷98，《全上古三代秦漢三國六朝文》，北京：中華書局，1958年版，第2023頁。

〔註240〕〔清〕嚴可均：《全晉文》卷99，《全上古三代秦漢三國六朝文》，北京：中華書局，1958年版，第2025頁。

〔註241〕黃亦眞：《文心雕龍比喻技巧研究》，臺北：學海出版社，1991年版，第180頁。

〔註242〕〔明〕袁宏道：《袁中郎全集（文鈔傳記）》，上海：世界書局，1935年版，第5頁。

景趣；趣者，生氣與靈機也。」〔註 243〕論作爲一種言理的文體，如果說理而無趣，則必無美感。言理而需有趣，理爲趣之內核，趣爲理之外觀。因此，就作論者而言，所言之理，必師心而出，乃己之獨見，即便理雖尋常，其表現方式與語言風格必獨具特色，論之理趣乃作者的識見與悟性的體現。就論作表現方式而言，理由事發、理與情融，妙合無垠，宇宙人生之理與文學藝術之手法相得益彰，生動傳神。就欣賞者而言，讀論不同於讀詩閱賦，其與作者心性相通，或引發共鳴，或激發思考，或會心微笑，或擊節歎息。就整體而言，論之理趣是作者人生智慧、理性思辨與藝術才華的結晶。

魏晉南北朝論體文的理趣主要體現爲因事而發議論、觸物而生義理，說理性與文學性緊密結合。其理既有自然之理，亦有人倫之理，表現出作者從容自得、胸次悠然的精神境界。誠如沈約《神不滅論》所云：「賢之與愚，蓋由知與不知也。愚者所知則少，賢者所知則多。而萬物交加，群方緬曠；情性曉昧，理趣深玄。由其塗，求其理，既有曉昧之異，遂成高下之差」〔註 244〕。在沈約看來，情性之曉昧、理趣之深玄造成認識之差異。慧愷在強調翻譯之難時亦突出理趣之難傳譯，他在《攝大乘論序》中曰：「然翻譯之事殊難，不可存于華綺，若一字參差，則理趣胡越，乃可令質而得義，不可使文而失旨，故今所翻，文質相半。」〔註 245〕魏晉南北朝論體文之理趣具有獨特的審美特徵，主要表現在以下幾個方面：

一、意趣之美

魏晉南北朝時期，玄學的言意之辨對文學評論產生深遠影響。陸機在《文賦》中提出「恒患意不稱物，文不逮意」的觀點，已露重意而輕言、象之端倪。至南朝劉宋時期的范曄在《獄中與諸甥侄書》中明確提出「以意爲主，以文傳意」的觀點，並進一步指出「以意爲主，則其旨必見；以文傳意，則其詞不流」。劉勰在《文心雕龍》中發展了范曄的觀點，提出「意翻空而易奇，言徵實而難巧」的見解。在魏晉南北朝文士看來，文之「意」即他們要體悟傳達的「道」，在論體文中則表現爲「理」。要言理達意，須結合文學的手法，

〔註 243〕《〈華陽散稿〉序》，技園叢書，清尤緒 9 年鉛印本。

〔註 244〕《廣弘明集》卷 22，〔梁〕僧祐撰、〔唐〕道宣撰《弘明集・廣弘明集》，上海：上海古籍出版社，1991 年版，第 263 頁。

〔註 245〕〔清〕嚴可均：《全陳文》卷 18，《全上古三代秦漢三國六朝文》，北京：中華書局，1958 年版，第 3502 頁。

才能使其充滿意趣。誠如錢鍾書先生所云：「理寓物中，物包理內，物秉理成，理因物顯。賦物以明理，非取譬於近，乃舉例以概也。或則目擊道存，惟我有心，物如能即，內外胥融，心物相契；舉物即寫心，非罕譬而喻，乃妙合而凝也。」〔註 246〕

范曄《後漢書》之史論採用「肆而隱，微而彰」的筆法，使其文意表達得曲折幽深，諷喻多致，理在言外，委婉含蓄。如《明帝紀論》「而鍾離意、宋均之徒，常以察慧爲言，夫豈弘人之度未優乎」，〔註 247〕借鍾離意、宋均等言微以見意，便覺抑揚分明中仍自回味不盡。《順帝紀論》「古之人君，離幽放而反國祚者有矣，莫不矯鑒前違，審識情僞，無忘在外之憂，故能中興其業。」〔註 248〕以假設出之，用筆含蓄，將其褒貶情感深深掩藏起來。這也許就是范曄自己特意強調的「諸細意甚多」的緣故吧。近代駢文家李詳評清代駢文名家汪中之文曰：「容甫之文，出范蔚宗《後漢書》……節宜於單複奇偶間，音節遒亮，意味深長。」〔註 249〕可見「意味深長」正是范曄史論的重要特點，也是其充滿意趣之美的重要體現。

陸機的《辯亡論》也是彌漫著意趣之美的典範之作。作爲吳之世臣，陸氏家族的榮辱興衰與孫吳政權的生死存亡緊密相聯。吳國的滅亡，使陸氏宗族遭受沉重打擊，陸機之兄陸景、陸晏爲晉將王浚所殺。「吳祚傾基，金陵畢氣，君移國滅，家喪臣遷。」〔註 250〕所以，陸機作《辯亡論》時的心情是複雜的，承受的不僅是亡國之恨，亦是喪家之痛。在論中，他自然無法如賈誼在《過秦論》中那樣暢所欲言，直抒胸臆，只能處處壓抑自己的感情，這也與他接受的儒家中和節制思想的影響有關。國亡之痛、家破之恨、功名未就之悲幾種感情糾結在一起，在低徊中緩緩地起伏、流淌，在文章表達上則表現爲深沉含蓄，寄託深遠，感興幽微。陸機在《辯亡論》中並沒有直接譴責孫皓兇暴驕矜、不納忠言、濫殺無辜，而是提出假設「借使中才守之以道，

〔註 246〕錢鍾書：《談藝錄》，北京：中華書局，1984 年版，第 232 頁。

〔註 247〕〔南朝宋〕范曄：《後漢書》卷 2《顯宗孝明帝紀》，北京：中華書局 1965 年版，第 124～125 頁。

〔註 248〕〔南朝宋〕范曄：《後漢書》卷 6《孝順帝紀》，北京：中華書局 1965 年版，第 274 頁。

〔註 249〕錢基博：《錢基博卷》，石家莊：河北教育出版社，1996 年版，第 144～145 頁。

〔註 250〕〔唐〕房玄齡等：《晉書》卷五十四《陸雲傳》，北京：中華書局 1974 年版，第 1487 頁。

善人御之有術，敦率遺憲，勤人謹政，修定策，守常險，則可以長世永年，未有危亡之患也」〔註 251〕，所有的無奈、痛惜、悲歎，都蘊含在這一含蓄的假設中，立言得體，不著痕跡。

意貴新，文貴變。對新奇文意的追求，是魏晉南北朝論體文意趣之美的另一種表現。劉勰早就指出：「詳觀蘭石之才性，仲宣之去伐，叔夜之辨聲，太初之本玄，輔嗣之兩例，平叔之二論，並師心獨見，鋒穎精密，蓋人倫之英也。」〔註 252〕談的雖是正始之論的特點，卻也由此可見魏晉南北朝論體文對於見出於己、師心而論的重視。「論」壇巨子嵇康，「以論爲最多，亦以論爲最勝，誠屬前無古人，後無來者」〔註 253〕，其論向以思想新穎、詞鋒尖銳著稱，內容具有鮮明的獨創性，即劉師培所說的「非特文自彼作，意由其自創」，「開論理之先，以能自創新意爲尚」，「意翻新而出奇，理無微而不達」〔註 254〕。當時玄學論辯有三大主題：「養生」、「聲無哀樂」、「言不盡意」。前兩個問題，嵇康均有文章傳世。《聲無哀樂論》以振聾發聵之音打破了儒家「治世之音安以樂，亡國之音哀以思」的觀點，《難自然好學論》猛烈抨擊了正統儒學的虛僞與卑劣。另外，《管蔡論》爲史家向以「凶逆」所目的管、蔡翻案，表現了嵇康的過人膽識。其他如《養生論》、《釋私論》、《明膽論》等，皆富有新意。誠如魯迅所說：「嵇康的論文，比阮籍更好，思想新穎，往往與古時舊說反對」〔註 255〕。其時，不僅嵇康追求發前人所未發，當時的社會風尚即如此。習鑿齒之《晉承漢統論》、王坦之之《廢莊論》、孫盛之《老聃非大賢論》、慧遠之《沙門不敬王者論》等，諸篇無不如此。黃庭堅在《與王觀復書》中云：「好作奇語，自是文章病也。但當以理爲主，理得而辭順，文章自然出群拔萃。」立意新奇，析理綿密成爲魏晉南北朝論體文意趣之美的一大特點。

〔註 251〕〔清〕嚴可均：《全晉文》卷 98，《全上古三代秦漢三國六朝文》，北京：中華書局，1958 年版，第 2023 頁。

〔註 252〕范文瀾：《文心雕龍注》，北京：人民文學出版社，1958 年版，第 327 頁。

〔註 253〕劉師培：《中國中古文學史講義》，上海：上海古籍出版社，2000 年版，第 124 頁。

〔註 254〕劉師培：《中國中古文學史講義》，上海：上海古籍出版社，2000 年版，第 140 頁。

〔註 255〕魯迅：《魯迅全集（第三卷）》，北京：人民文學出版社，2005 年版，第 511 頁。

二、興味之美

晉代摯虞《文章流別論》曰：「興者，有感之辭也。」〔註 256〕劉勰在《文心雕龍・比興》中云：「興者，起也，……起情者依微以擬議。起情，故興體以立。……興之託諭，婉而成章。」〔註 257〕如果說「興」是當下的感動，那麼，「味」則需要細細品味，是久遠的審美體驗。「興味」就文章而言，是指那類內涵豐富、百讀不厭的作品所具有的文已盡而味無窮的審美效果，即「深文隱蔚，餘味曲包」〔註 258〕，「始正而末奇，內明而外潤，使翫之者無窮，味之者不厭矣」〔註 259〕。魏晉南北朝論家以獨特的方式觀照人生與社會，以體悟的方式獲得眞知灼見與玄思妙想，他們的論作突破感性物態的局限而獲得超越知識、經驗、理性、邏輯的新啓示，又以富有文采的語言將其表達出來，自然具有意味無窮的興味之美。

興味強調的是意蘊的豐盈與語言的簡約，也就是說以簡省的語言表達豐富的內涵，使讀者在閱讀時能憑藉聯想與想像去探究文字後所隱藏的意蘊，引起共鳴，激發思考，達到「辭約而旨豐，事近而喻遠」的效果。魏晉南北朝論家多爲詩人且有詩作傳世，他們骨子裏的詩人氣質自然流注於論體文中，便帶來了耐人咀嚼的意味。知性、理性與詩性相融合，使魏晉南北朝論體文所言之「理」本身亦具美的啓示。如何養生，是其時玄論的重要論題。嵇康的《養生論》與《答難養生論》以詩賦化的語言對深奧的養生之理進行闡述，音韻諧和，語勢流宕，使玄奧的理論文具有詩歌的美感，讀之，韻味充盈，秀逸雋永。如：

> 順天和以自然，以道德爲師友，玩陰陽之變化，得長生之永久，任自然以託身，並天地而不朽。〔註 260〕

> 蒸以靈芝，潤以醴泉，晞以朝陽，綏以五弦，無爲自得，體妙心玄。〔註 261〕

〔註 256〕郭紹虞：《中國歷代文論選（第一冊）》，上海：上海古籍出版社，1982 年版，第 190 頁。

〔註 257〕范文瀾：《文心雕龍注》，北京：人民文學出版社，1958 年版，第 601 頁。

〔註 258〕范文瀾：《文心雕龍注》，北京：人民文學出版社，1958 年版，第 633 頁。

〔註 259〕范文瀾先生指出這幾句爲明人僞文，故從《文心雕龍・隱秀》正文中刪去，見《文心雕龍注》，北京：人民文學出版社，1958 年版，第 635 頁。

〔註 260〕《答難養生論》。戴明揚：《嵇康集校注》，北京：人民文學出版社，1962 年版，第 191 頁。

〔註 261〕《養生論》。戴明揚：《嵇康集校注》，北京：人民文學出版社，1962 年版，第 157 頁。

詩趣、理趣與情趣相交融，使嵇康的論文具有別樣的魅力，這與他「把莊子的理想的人生境界人間化了，把它從純哲學的境界，變為一種實有的境界，把它從道的境界，變成詩的境界」〔註262〕緊密相關，也與嵇康從對自然的體認中追求詩意人生緊密相關。

命運問題，是魏晉南北朝時期玄論的另一重要論題。正始時期，李康在前人基礎上，結合自身遭際加以發揮，作《運命論》，《文選》收此文入「論」類。劉勰稱其「同《論衡》而過之」，其見重於後世可知也。錢鍾書盛讚此文曰：「李康《運命論》，按波瀾壯闊一足以左挹遷袖，右拍愈肩，於魏晉間文，別具機調。李氏存作，無他完篇，物好恨少矣！」〔註263〕作者思如泉湧，語如貫珠，隨意揮灑，皆成妙趣。孫月峰評此文曰：「文氣腴暢，筆力雄肆，通上下，兼雅俗。」孫執升曰：「肆筆而出，如萬斛源泉，坌湧騰躍，不可遏抑，令讀者心目開朗，要其為賢達解遣，為恰壬指迷，俱是正言莊論，非老驥悲歌也。」〔註264〕「然則聖人所以為聖者，蓋在乎樂天知命矣，故遇之而不怨，居之而不疑也。其身可抑，而道不可屈；其位可排，而名不可奪。譬如水也，通之斯為川焉，塞之斯為淵焉；升之于雲則雨施，沈之于地則土潤；體清以洗物，不亂于濁；受濁以濟物，不傷于清。是以聖人處窮達如一也。」〔註265〕以水為喻，來說明聖人之靈活變通，身可抑，道不可屈，位可排，而名不可奪的特點。以清峻通脫之筆運駢儷偶對之詞，有必達之隱，無難顯之情。

陸機《文賦》曰：「闕大羹之遺味，同朱絃之清氾。雖一唱而三歎，固既雅而不豔。」〔註266〕魏晉南北朝論體文有不少作品確實屬於辭約而旨豐，事近而喻遠之作，味之無極，讀之動心，含英咀華，興味無窮。

三、氣勢之美

理趣是由形與神、情與理結合而產生出來的，已不是單純的物理與事理。

〔註262〕羅宗強：《玄學與魏晉士人心態》，杭州：浙江人民出版社1991年版，第103頁。

〔註263〕錢鍾書：《管錐編》，北京：中華書局，1979年版，第1081頁。

〔註264〕〔清〕于光華：《評注昭明文選（下函第六冊）》，上海：上海掃葉山房，第20頁。

〔註265〕〔清〕嚴可均：《全三國文》卷43，《全上古三代秦漢三國六朝文》，北京：中華書局，1958年版，第1295頁。

〔註266〕〔晉〕陸機著，張少康集釋：《文賦集釋》，北京：人民文學出版社，2002年版，第183頁。

魏晉南北朝論體文雖以言理爲主，但氣貫理中，理與氣諧，充滿氣勢之美。宋代蘇轍《上樞密韓太尉書》曰：「文者，氣之所形，然文不可以學而能，氣可以養而致。」〔註267〕又在《詩病五事》中指出，詩文創作應當「事不接，文不屬，如連山斷嶺，雖相去絕遠，而氣象聯絡，觀者知其脈理之爲一也。蓋附離不以鑿枘，此最爲文之高致耳。」〔註268〕明代劉基在《〈蘇平仲文集〉序》中認爲：「文以理爲主，而氣以攄之。理不明爲虛文，氣不足則理無所駕。」〔註269〕可見說理透闢才能使文章一氣貫通，氣勢磅礴。

孔融之論具有氣盛的特點，曹丕稱其「體氣高妙，有過人者」〔註270〕，劉勰亦稱：「孔融氣盛於爲筆，禰衡思銳於爲文，有偏美焉」〔註271〕。在《汝潁優劣論》中，孔融將汝南郡的士人與潁川郡的士人進行比較，提出汝南士勝潁川士的論點，在陳文長發難之後，又作答，列舉八組人物，將汝南士與潁川士進行對比。整篇文字氣脈貫通，噴湧而下，有酣暢淋漓之感。韓愈《答李翊書》云：「氣，水也；言，浮物也。水大而物之浮者大小畢浮。氣之與言猶是也，氣盛則言之短長與聲之高下者皆宜也。」〔註272〕氣盛的特點與孔融認眞的性格有關，認眞以至於激烈，行文時激情四射，文章自然氣盛了。

正始時期，何晏的論古之文見解深刻獨道，與其談玄之文風格不同。《冀州論》曰：

> 略言春秋以來，可以海內比而校也。恭謹有禮，莫賢乎趙襄；仁德忠義，莫賢乎趙盾；納諫服義，莫賢乎韓起；決危定國，莫賢乎狐偃；勇謀經國，莫賢乎魏絳；達讎爲主，莫賢乎祈奚；延譽先生，莫賢乎張老；明智識物，莫賢乎趙武；清直篤義，莫賢乎叔向……忠義正直，莫賢乎鮑子都；謇諤忠諫，莫賢乎王宏。〔註273〕

〔註267〕〔宋〕蘇轍：《蘇轍集》，北京：中華書局，1990年版，第381頁。
〔註268〕〔宋〕蘇轍：《蘇轍集》，北京：中華書局，1990年版，第1229頁。
〔註269〕裴世俊等：《劉基文選》，蘇州：蘇州大學出版社，2001年版，第135頁。
〔註270〕〔清〕嚴可均：《全三國文》，《全上古三代秦漢三國六朝文》，北京：中華書局，1958年版，第1093頁上。
〔註271〕范文瀾：《文心雕龍注》，北京：人民文學出版社，1958年版，第699頁。
〔註272〕顧易生、徐粹育：《韓愈散文選集》，上海古籍出版社，1997年版，第134頁。
〔註273〕〔清〕嚴可均：《全三國文》卷39，《全上古三代秦漢三國六朝文》，北京：中華書局，1958年版，第1274頁。

通篇用二十九個「……，莫賢乎……」句子一氣到底，每一句都先用四字概括人物品格，涉及前代忠臣節士各種類型人物，加以褒揚，連類舉例，富於氣勢。

張耒《與友人論文因以詩投之》曰：「文以意爲車，意以文爲馬。理強意乃勝，氣盛文如駕」，強調了文、意、理、氣之間的關係，對魏晉南北朝論體文而言，意趣、興味與氣勢自然融合，共同造就了其理趣之美。

四、理致之美

顏之推《顏氏家訓・文章》言：「文章當以理致爲心腎，氣調爲筋骨，事義爲皮膚，華麗爲冠冕。」王利器集解曰：「理致，義理情致。」〔註274〕《世說新語・文學》載：「郭陳張甚盛，裴徐理前語，理致甚微，四坐咨嗟稱快。」〔註275〕致者，意態或情態也。言理而有致，這種理就不同於一般的概念思維或邏輯推理所言之理，而是帶有審美特徵的理。張世英先生曾論「思致」曰：「『思致』是思想——認識在人心中沉積日久已經轉化（超越）爲感情和直接性的東西。審美意識中的思就是這樣的思，而非概念思維之思的本身。伽達默爾認爲，藝術的象徵就是感性現象和超感性意義的合一狀態。這超感性的東西就是思，就是他所說的概念。但這種與感性現象處於合一狀態的概念，我以爲不是概念本身，而是已經轉化爲感情的東西了。」〔註276〕與思致相一致，理致也是這樣一種超越於理性而又融合了情韻的審美形態。誠如沈德潛《說詩晬語》所言：「議論須帶情韻以行，勿近傖父面目耳。」〔註277〕所言雖爲詩，移之談帶有詩性特質的魏晉南北朝論體文亦甚爲恰當。

魏晉南北朝文士頗重視作文情理之結合，認爲只有情理相生的文章才是好文章。對於以言理爲主要內容的論體文而言，服之以理，需同時動之以情。劉勰在《文心雕龍・情采》中指出，「故情者，文之經；辭者，理之緯。經正而後緯成，理定而後辭暢，此立文之本源也。」〔註278〕陸機《文賦》云：「及

〔註274〕王利器：《顏氏家訓集解》，北京：中華書局，1993年版，第267頁。
〔註275〕余嘉錫：《世說新語箋疏》，北京：中華書局，1983年版，第247頁。
〔註276〕張世英：《天人之際——中西哲學的困惑與選擇》，人民出版社，1995年版，第203頁。
〔註277〕郭紹虞：《原詩・一瓢詩話・說詩晬語》，北京：人民文學出版社，1979年版，第250頁。
〔註278〕范文瀾：《文心雕龍注》，北京：人民文學出版社，1958年版，第538頁。

其六情底滯，志往神留，兀若枯木，豁若涸流。攬營魂以探賾，頓精爽於自求。理翳翳而愈伏，思乙乙其若抽。」〔註 279〕情滯則理伏，有理而無情則顯得乾癟死板，無氣勢神采。清人鄒祗謨《尺牘新抄》二集云：「作詩之法，情勝於理，作文之法，理勝於情。乃詩未嘗不本理以緯夫情，文未嘗不因情以宣乎理，情理並至，此乃詩與文所不能外也。」當代學者朱光潛談論體文的特徵時，明確反對所謂「零度風格」，即只是說理，毫不動情。其實，作論如眞處於「不得已」，就已動情，必在說理中流露出來，「情與氣偕，辭共體並」〔註 280〕，強烈的情感會增加文章氣勢。

清人吳喬《圍爐詩話》卷三曰：「古人詠史，但敘事而不出己意，則史也，非詩也。」〔註 281〕史論往往爲借史詠懷，就要尋求隱括史事與詠懷的統一。著史者之所以要作論，其用意在借古人之酒杯澆自己之塊壘，貴在發揮，以明事理，其間蘊含著愛憎褒貶之情，充滿「理性的激情」。受儒學浸染甚深的范曄，在其《後漢書》史論中極力推崇儒家忠義節氣之士，對他們的遭際感憤不已，也藉此來抒發自己不得志之情。情感的大河時而氣勢奔騰，時而潛滋暗湧，所以其史論感情充沛，跌宕起伏，迴蕩著悲愴的旋律。《南史・范曄傳》指出：「（曄）左遷宣城太守。不得志，乃刪眾家《後漢書》爲一家之作，至於屈伸榮辱之際，未嘗不致意焉。」〔註 282〕可謂一語道破范曄之心事。

《黨錮傳》爲東漢氣節之士的薈萃名篇，范曄在《范滂傳論》中寫道：

> 李膺振拔汙險之中，蘊義生風，以鼓動流俗，激素行以恥威權，立廉尚以振貴埶，使天下之士奮迅感槩，波蕩而從之，幽深牢破室族而不顧，至于子伏其死而母歡其義。壯矣哉！子曰：「道之將廢也與？命也！」〔註 283〕

悲壯感慨，可泣鬼神，子伏其義而母勸其死，在親情與道義面前，深明大義的母親不得不捨卻自己的兒子。看似與人情相悖，實則益發突出其節氣，有

〔註 279〕〔晉〕陸機著，張少康集釋《文賦集釋》，北京：人民文學出版社 2002 年版，第 241 頁。
〔註 280〕范文瀾：《文心雕龍注》，北京：人民文學出版社，1958 年版，第 514 頁。
〔註 281〕〔清〕吳喬：《圍爐夜話》，北京：中華書局，1985 年版，第 73 頁。
〔註 282〕〔唐〕李延壽：《南史》卷 33《范曄傳》，北京：中華書局，1975 年版，第 849 頁。
〔註 283〕〔南朝宋〕范曄：《後漢書》卷 67《黨錮列傳》，北京：中華書局，1965 年版，第 2207～2208 頁。

其母方有其子也。王鳴盛論曰：「滂母以其子與李、杜同禍爲幸，皇甫規以不得與黨錮爲恥，光武、明、章尊儒勸學，其效乃爾，得蔚宗論贊，以悲涼激壯之筆出之，足以廉頑立儒」〔註 284〕，對此感觸頗深。

此類文情並茂之佳構不可勝舉，《陳蕃傳論》議論迴環往復，感慨跌宕，悲憤壯烈，千載之下，讀之猶不能不令人動容。《張奐傳論》寫得義慷而情悲，《竇憲傳論》中「用之則爲虎，不用則爲鼠」的慨歎，掩藏著自己的憤懣之情。這些作品的風格跟《史記》的部分史論一脈相承，強烈的抒情色彩、濃重的悲劇意蘊使范曄史論具有較高的文學性。

魏晉南北朝論體文中的「理」以感性體悟的方式獲得，在寫作中融意趣、興味與氣勢爲一體，情理相諧，形成論體文的理趣、理致之美。魏晉南北朝論體文中的理是超越於理性而又融合了情韻的審美形態，是一種審美化存在。

〔註 284〕〔清〕王鳴盛：《十七史商榷》，南京：鳳凰出版社，2008 年版，第 206 頁。

第六章　魏晉南北朝論體文之審智特徵

「審智」作爲一個文藝理論範疇的概念，由孫紹振先生在《從西方文論的獨白到中西文論對話》一文中首次提出，其文曰：「西方文論提出的審美範疇，現在已經取得了世界性的認同。它原本是希臘人用來同理性的抽象對立的，不言而喻的前提就是情感價值。……審美的體系性顯然存在著一個歷史的和時代的空白。這種空白妨礙著美學的作爲一種邏輯的和歷史的統一體系的自洽。……我們應該有自己的話題，這應該在西方話題的空白失誤之中。比如應該有一個『審智』的範疇與西方審美範疇相對立，或者相併列。」〔註1〕孫紹振以「審智」與「審美」相對立，以填補審美體系之空白。他之所以提出這個概念，是爲了描述當代歷史語境中的文學性的新發展，也是作爲中國古典文論「詩緣情」和西方文論審美說的邏輯延伸。孫先生沒有進一步深入闡釋「審智」作爲一個與「審美」對立的概念的內涵與特點，此處不妨進一步申說。如果說審美是將事物或藝術品的美作爲欣賞的對象，那麼審智就是將事物或藝術品所蘊含的智作爲欣賞的對象。從文體的角度看，論體文無疑是所有文體中最具審智特徵的，而這也正是其與詩、賦等文體的本質差別。詩、賦等文體以審美爲主要目的，論則不僅要審美，而且要審智。前文已詳細論述了魏晉南北朝論體文的審美特徵，本章則要探究一下其所具有的審智特徵。

〔註1〕孫紹振：《從西方文論的獨白到中西文論對話》，《文學評論》，2001年第1期，第77頁。

第一節　理感：審智之起點

探究審智之起點，無疑應從智之產生言起。魏晉南北朝論體文所審之「智」實爲其所言之「理」。較之先秦時期的道德準則、條理、規律等涵義，魏晉南北朝時期，文士對「理」的理解又有新的發展。劉劭在《人物志・材理》中將其分爲四類：「夫理有四部，……若夫天地氣化，盈虛損益，道之理也；法制正事，事之理也；禮教宜適，義之理也；人情樞機，情之理也。」〔註2〕也就是說，「理」具有天地變化的規律、處事待人的規範、心理變化的樞機等涵義。在王弼看來，「理」則指事物的必然規律。《周易略例・明象》曰：「物無妄然，必由其理。統之有宗，會之有元，故繁而不亂，眾而不惑。」〔註3〕《周易・乾文言注》曰：「夫識物之動，則其所以然之理皆可知也。」〔註4〕辯理的作用在於不違於中，《周易・豫卦注》：「順不苟從，豫不違中，足以上交不諂，下交不瀆。明禍福之所生，故不苟說；辨必然之理，故不改其操。介如石焉，不終日明矣。」〔註5〕

既然理存在於宇宙萬物中，那麼要採用怎樣的方式來認識呢？西方哲人在主客二分思維方式下，將要認識的「理」對象化，對其進行邏輯推演、嚴密論證，「理」是客觀存在的，不帶有感情色彩。因其感性薄弱而顯得抽象，故與文學無緣。我們的古人認識「理」的方式則是體悟式的，也就是「感」。《說文解字》釋「感」爲「動人心者也」；《爾雅・釋估》云：「感，動也。」關於「感」，《周易・咸・彖辭》云：「咸，感也。……二氣感應以相與。」「天地感而萬物化生，聖人感人心而天下和平。觀其所感，而天地萬物之情可見矣。」又《繫辭上》曰：「寂然不動，感而遂通。」朱熹注「咸」曰：「極言感通之理」。可見，「感」是一種無意識的生命感應。在古人看來，架起心與物之間橋梁的是「感」。「物感」，指即物動心，是受自然之物的刺激而引發的創作心理活動與審美情感反應。「依現代審美心理學，人心與大自然物象之間，有某種無意識、非自覺、偶然的感應與相通，這種感通，與人心之有意識、有理性地將自然物象來作聯想、比喻有別。」〔註6〕「物感」可謂爲古代詩歌發生的起點，也就

〔註2〕李崇智：《人物志校箋》，成都：巴蜀書社，2001年版，第81頁。

〔註3〕樓宇烈：《王弼集校釋》，北京：中華書局，1980年版，第591頁。

〔註4〕樓宇烈：《王弼集校釋》，北京：中華書局，1980年版，第216頁。

〔註5〕樓宇烈：《王弼集校釋》，北京：中華書局，1980年版，第299頁。

〔註6〕伍寶娟：《「物感」說對中國古代美學思想的影響》，《西南民族學院學報・哲學社會科學版》，2002年第6期，第81～83頁。

是「觸物動情，以情觀物」，〔註 7〕與此相似，「理感」就是感事興思，以理釋情，是對「理」的體認與意會，由感覺而直接通往理念。

錢志熙先生在論及東晉玄言詩時，將「理感」視作東晉玄言詩的運思起點，是與「情感」相對的，稱其「表現於詩中的主觀因素即是一種『理感』，也可說是對於哲理的一種感性的熱忱」，〔註 8〕「東晉詩人以感性的方式去體悟理性的內容，創造出特殊的象與理遊的詩境」。〔註 9〕伍曉蔓先生在此基礎上提出理感爲玄言詩創作的情感的觀點，將其視作詩歌創作情感中的一種〔註 10〕。然而，以此觀照魏晉南北朝論體文，則會發現「理感」既不同於「情感」，又不同於「理性」，具有獨特內涵，爲魏晉南北朝論體文的運思起點。理性所形成的觀念，是直截了當的邏輯推演，缺乏審視心靈變幻的層次與感性的表達，而理感則使智慧在「審」之中拓展蔓延，將其形成與衍生的過程展現出來，「視」的感覺得以強化，與美聯姻。

「理感」一詞在現存玄言詩中凡三見，〔註 11〕在魏晉南北朝辭賦散文中則有十三處之多。究其內涵，主要包含兩層意思：其一，以理感物。此處涉及的是理與物的關係，物不僅指自然景物，亦含人事與史實。張約之《奏理廬陵王義眞》曰：「臣聞仁義之在天下，若中原之有菽，理感之被萬物，故不繫於貴賤。」〔註 12〕王該《日燭》曰：「理感自然，冥封玄凝。福兮誰造，禍兮孰興。水運鍾皋，人道惡矜」〔註 13〕，何承天《白鳩頌》曰：「三極協情，五靈會性。理感冥符，道實玄聖。於赫有皇，先天配命」〔註 14〕。簡文帝《甄

〔註 7〕 伍寶娟：《「物感」説對中國古代美學思想的影響》，《西南民族學院學報（哲學社會科學版）》，2002 年第 6 期，第 81～83 頁。

〔註 8〕 錢志熙：《魏晉詩歌藝術原論》，北京：北京大學出版社，1993 年版，第 382 頁。

〔註 9〕 錢志熙：《魏晉詩歌藝術原論》，北京：北京大學出版社，1993 年版，第 383 頁。

〔註 10〕 伍曉蔓：《「理感」：玄言詩的創作情感》，《社會科學研究》，2003 年第 6 期，第 145～147 頁。

〔註 11〕 伍曉蔓：《「理感」：玄言詩的創作情感》，《社會科學研究》，2003 年第 6 期，第 145～147 頁。

〔註 12〕 〔清〕嚴可均：《全宋文》卷 42，《全上古三代秦漢三國六朝文》，北京：中華書局，1958 年版，第 2668 頁。

〔註 13〕 《弘明集・日燭》。《弘明集・廣弘明集》，上海：上海古籍出版社，1991 年版，第 90 頁下。

〔註 14〕 〔清〕嚴可均：《全宋文》卷 24，《全上古三代秦漢三國六朝文》，北京：中華書局，1958 年版，第 2569 頁。

異張景願復讎教》曰：「夫理感禽魚，道均荊棘，亦有鄉因行改，江以孝移。」〔註 15〕以理感物，一方面是事物引發人的理性思考，另一方面又是人賦予事物以主觀情志。理本在心中，事物僅僅是人對「理」生發的契機，以理觀物，則物現人理。如荀悅之論王鳳曰：「本不敢立於人間，況敢立於朝乎！自守猶不免患，況敢守於時乎！無過猶見誣枉，而況敢有罪乎！閉口而獲誹謗，況敢直言乎！雖隱身深藏猶不得免，是以甯武子佯愚，接輿爲狂，困之至也。人無狂愚之慮者，則不得自安於世」〔註 16〕，袁宏之論鄧禹曰：「夫以鄧生之才，參擬王佐之略，損翮弭鱗，棲遲刀筆之間，豈以爲謙，勢誠然也！及其遇雲雨，騰龍津，豈猶吳漢之疇能就成天之構，馬武之徒亦與鸞鳳參飛」〔註 17〕，無不是其積鬱多年的人生感懷，遇到適當的時機而一觸即發，噴薄而出，語言平實質樸，卻含蘊著理性與情感的雙重力量，深刻而精闢。「所以謂之觀物者，非以目觀之也，非觀之以目而觀之以心也，非觀之以心而觀之以理也。」〔註 18〕以理感物，就是觀之以理，以理爲物我之中介，在我與物的觀照中，領悟宇宙自然之「理」。

其二，對理的感性體悟。此處涉及理與情的關係及對理的體認方式。江淹《蕭被尙書敦勸重讓表》曰：「情哀理感，事盡於斯，伏願一運天景，微見藿心，則物不逃形，臣何恨焉，不勝燋憂狼狽之至。」〔註 19〕張纘《南征賦》曰：「信理感而情悼，實悽悵于余悲。空沉吟以遐想，愧邯鄲之妙詞。」〔註 20〕釋僧祐《出三藏記集序》曰：「聞法資乎時來，悟道藉於機至，機至然後理感，時來然後化通矣。」〔註 21〕很顯然，理與情是不同的，甚至是相對的。對理的認識採用「感」的方式，即體驗感悟，或者說是體認。「體認的方法，本質上

〔註 15〕〔清〕嚴可均：《全梁文》卷 9，《全上古三代秦漢三國六朝文》，北京：中華書局，1958 年版，第 3000 頁。

〔註 16〕〔漢〕荀悅：《漢紀》卷 25《孝成皇帝紀》，北京：中華書局，2002 年版，第 439 頁。

〔註 17〕〔晉〕袁宏：《後漢紀》卷 7《光武皇帝紀》，北京：中華書局 2002 年版，第 122 頁。

〔註 18〕〔宋〕邵雍：《皇極經世書》卷十二《觀物篇》六十二，《四庫全書》本。

〔註 19〕〔清〕嚴可均：《全梁文》卷 37，《全上古三代秦漢三國六朝文》，北京：中華書局，1958 年版，第 3163 頁。

〔註 20〕〔清〕嚴可均：《全梁文》卷 64，《全上古三代秦漢三國六朝文》，北京：中華書局，1958 年版，第 3331 頁。

〔註 21〕〔梁〕釋僧祐撰，蘇晉仁、蕭煉子點校：《出三藏記集》，北京：中華書局，1995 年版，第 1 頁。

不是認知式的，不是概念性的。純認知是以概念為中介而把握對象的精神活動，主體所獲得的是一種理智性的知識，知識對於主體是一種外在之物，它對主體的感情、心理不發生影響。體認活動也需要借助概念，但它並不就是一種概念性活動，它總是有情感、意志因素參與其中，是一種心理上的體驗。主體把握對象的過程需要體驗，所獲得的物我合一的境界更需要體驗。」〔註22〕對理的體認與意會，決定了心與理會的過程總是伴隨著情感、意志等主觀因素，在魏晉南北朝論體文中並不存在一個「純思」的領域，創作者在進行創作時也並非為了獲得一種純粹的知識，而是伴隨著審美與價值的因素。

從這個角度看，「理感」既是一種心理與精神活動，又是一種審美情感活動。「理感」，是魏晉南北朝論體文的運思起點，也是其「理」的審美發生原點。西方論著是「純思」的結晶，其本質在於「思」。「思」的過程和結果都可以用概念加以論述，用嚴密的語言進行傳達，不包含主體的情感因素。魏晉南北朝論體文則為「體悟」的產物，傳達的不僅是「思」，還有體驗與感悟，僅僅依靠邏輯概念和邏輯規則顯然不夠，這是魏晉南北朝論體文運用詩意性言說方式的重要原因。本文第四章第三節已從詩意性言說方式的角度進行論述，此處不再贅言。

第二節　娛思：審智之內部動因

關於中西思維方式之不同，中外學者已給了較多關注。王國維的看法頗具代表性，他指出：「我國之特質，實際的也，通俗的也；西洋人之特質，思辨的也，科學的也，長於抽象而精於分類的。」〔註23〕在他看來，長期重實際、重經驗、重功利的思維趨向使我們的古人感性經驗發達而理性思辨欠缺。龍泉明認為「中國社會對哲學的熱衷，對理性的渴求，是西方文化思潮輸入以後的事情，是中國文化與西方文化撞擊所引起的結果之一」〔註24〕。他雖然認識到西方文化對二十世紀二十年代知識界的衝擊與影響，但似乎過於誇大其作用，而沒有將視線拉長。其實，早在魏晉南北朝時期，文士對哲學的

〔註22〕高晨陽：《中國傳統思維方式研究》，濟南：山東大學出版社，1994年版，第164頁。

〔註23〕王國維：《靜安文集》，長沙：商務印書館，1940年版，第97頁。

〔註24〕龍泉明：《經驗與理性的涵化整合模式——中國現代作家藝術思維片論》，《中國現代文學研究叢刊》，1991年第2期，第140頁。

熱衷、對理性的渴求已有突出表現，從留存至今的魏晉南北朝論體文中可以得見。引人深思的是在那樣一個動亂和痛苦的時代，文士們是怎樣以「一種詩性的潛哲學在精神領域化解了人間苦難，顯示了思維智慧的超越性、辯證法，以及敏捷機鋒的神采」〔註25〕，他們審智的內部動因何在呢？

一、「娛思」之內涵與魏晉南北朝時期「娛思」之風習

所謂「娛思」，顧名思義，就是以思爲樂之意。這個詞是從宇文所安《他山的石頭記》中借來的，其文曰：

> 英文中有一個很有意思的詞組：「entertain an idea」（直譯爲「娛思」）。Entertain（娛樂）本是主人對來訪的客人應盡的義務：主人在家裏接待訪客，熱情地款待他們，專注地傾聽他們的高談闊論。「娛思」這個詞是同樣的風味：我們接待一個想法，以同情的態度對待它，把它視爲一種可能性，考慮它帶來的結果。可以後來再決定應該接受它，抑或拒絕它，抑或修正它，但是在開始的時候，它只是一種令人好奇和著迷的可能。一篇好的散文，應該帶給我們這樣的想法以「娛」之。〔註26〕

在宇文所安看來，一篇優秀的散文能夠給讀者帶來思考的樂趣與啓發。如果從創作的角度看，則可以說出於對思想本身的好奇與著迷，進而去深入探究，相互論辯，並在探究論辯的過程中娛之，樂之，這是優秀論體文創作的根本動因。質言之，對理的執著追求與由衷熱愛使魏晉南北朝文士投身於以審智爲特徵的論體文創作中。

郭沫若在《青銅時代》中指出：「中國舊時的所謂樂，它的內容包含得很廣。……凡是使人快樂、使人的感官可以得到廣泛享受的東西，都可以稱之爲樂。」隨著遊樂意識的覺醒，魏晉士人一改漢儒「嬉娛之好，亦在飲宴、琴書、射御之間」（韋昭《博弈論》）的傳統，使「戲」成爲生活中的重要部分，其外延拓展到傳統遊藝之外，甚至可以說舉凡一切能夠給人的精神帶來愉悅的活動都可視爲「戲」，其中亦包括清談與作論。應瑒《公讌詩》曰：「開館延群士，置酒於斯堂。辯論釋鬱結，援筆興文章。」曹植《與楊德祖書》

〔註25〕楊義：《感悟通論》，北京：人民出版社，2008年版，第5頁。
〔註26〕〔美〕宇文所安著，田曉菲譯：《他山的石頭記（宇文所安自選集）》，南京：江蘇人民出版社，2006年版，第2頁。

中論述了文章的功能在於抒情，「慷慨有悲心，興文自成篇。」曹丕在《與吳質書》中則說：「頃何以自娛，頗復有所述造不」，將寫文章視爲個人娛樂消遣的方式。《世說新語・言語》載：

> 諸名士共至洛水戲。還，樂令問王夷甫曰：「今日戲樂乎？」王曰：「裴僕射善談名理，混混有雅致；張茂先論史漢，靡靡可聽；我與王安豐說延陵、子房，亦超超玄箸。」〔註27〕

這裏談玄論史皆爲「戲」，樂令之問即已凸顯了「戲」的遊樂性質。陶淵明曾「常著文章自娛」，郭象亦「嘗閒居，以文論自娛」〔註28〕，這種「娛」亦含有「戲」的意味，充滿思趣，在自娛的基礎上娛人。也就是娛吾思及人之思，樂吾趣及人之趣。向秀創作《難養生論》，與嵇康探討養生問題，「又與（嵇）康論養生，辭難往復，蓋欲發康高致也」〔註29〕，其中既有知己間的惺惺相惜之情，又充滿對養生之理進行不懈探究的熱望。東晉時期，「三玄」成爲文士相聚時不可不談的話題，《世說新語・文學》載：

> 支道林、許、謝盛德，共集王家。謝顧謂諸人：「今日可謂彥會，時既不可留，此集固亦難常。當共言詠，以寫其懷。」許便問主人有《莊子》不？正得《漁父》一篇。謝看題，便各使四坐通。支道林先通，作七百許語，敘致精麗，才藻奇拔，眾咸稱善。於是四坐各言懷畢。謝問曰：「卿等盡不？」皆曰：「今日之言，少不自竭。」謝後粗難，因自敘其意，作萬餘語，才峰秀逸。既自難干，加意氣擬託，蕭然自得，四坐莫不厭心。支謂謝曰：「君一往奔詣，故復自佳耳。」〔註30〕

此次在王濛家的聚會中，以《莊子・漁父》爲話題，支遁、許詢、謝安等共同談論，支遁先有論作，得到大家的稱許，謝安作萬餘言，更是令四坐「莫不厭心」。其文雖不存，但這樣的聚會確實令士人在作論中自娛且娛人，達到「游於藝」的效果。

史載「殷仲堪在都，嘗往看棋。諸從在瓦官寺前宅上，于時袁羌與人共

〔註27〕余嘉錫：《世說新語箋疏》，北京：中華書局，1983年版，第100頁。

〔註28〕〔唐〕房玄齡等：《晉書》卷50《郭象傳》，北京：中華書局，1974年版，第1397頁。

〔註29〕〔唐〕房玄齡等：《晉書》卷49《向秀傳》，北京：中華書局，1974年版，第1374頁。

〔註30〕余嘉錫：《世說新語箋疏》，北京：中華書局，1983年版，第281頁。

在窗下圍棋，仲堪在裏，問袁《易》義，袁應答如流，圍棋不輟。袁意傲然，殊有餘地。殷撰辭致難，每有往復」，〔註 31〕描繪出一幅弈棋與談理相得益彰的生動畫面。西晉郭象在《莊子．天下篇注》中曰：「然膏粱之子，均之戲豫，或倦於典言，而能辨名析理，以宣其氣，以繫其思，流於後世，使性不邪淫，不猶賢於博弈者乎？」〔註 32〕在他看來，辨名析理可以提高人的思維能力，抑制淫邪之欲橫流，雖不能解決實際問題，卻也「賢於博弈」，具有強烈的時代針對性。其用意顯而易見，是要將那些沉溺於博弈活動的膏粱子弟吸引到辨名析理的玄學圈子中。由此可見辨名析理與博弈有相似之處，皆屬於益智活動。

管辰《管輅別傳》載：

> 諸葛原，字景春，亦學士。好卜筮，數與輅共射覆，不能窮之。景春與輅有榮辱之分，因輅餞之，大有高談之客。諸人多聞其善卜、仰觀，不知其有大異之才，於是先與輅共論聖人著作之原，又敘五帝三王受命之符。輅解景春微旨，遂開張戰地，示以不固，……景春及眾客莫不言聽後論之美，勝於射覆之樂。〔註 33〕

管輅與諸葛原之清談論難使聽客覺得「勝於射覆之樂」，不僅在其言辭之美，亦有理論之妙，其時以思爲樂之習由此可見。

二、所娛之思：經驗與理性的涵化整合

西方哲學源於「愛智慧」，是生存問題解決後的精神追求。亞里士多德已明確指出，「就從早期哲學家的歷史來看，也可以明白，這類學術不是一門製造學術。古往今來人們開始哲理探索，都應起於對自然萬物的驚異；……他們探索哲理只是爲想脫出愚蠢，顯然，他們爲求知而從事學術，並無任何實用的目的。這個可由事實爲之證明：這類學術研究的開始，都在人生的必需品以及使人快樂安適的種種事物幾乎都獲得了以後。這樣，顯然，我們不爲任何其它利益而找尋智慧；只因人本自由，爲自己的生存而生存，不爲別人的生存而生存，所以我們認取哲學爲唯一的自由學術而深加探索，這正是爲

〔註 31〕〔唐〕歐陽詢撰，汪紹楹校：《藝文類聚》卷 74《巧藝部．圍棋》引沈約《俗說》，上海：上海古籍出版社，1982 年版，第 1270～1271 頁。

〔註 32〕〔清〕郭慶藩：《莊子集釋》，北京：中華書局，1961 年版，第 1114 頁。

〔註 33〕〔晉〕陳壽撰，〔宋〕裴松之注：《三國志》卷 29《方技傳》，北京：中華書局，1959 年版，第 817 頁。

學術自身而成立的唯一學術。」〔註 34〕因而，其能夠超越現實、建構起抽象的體系。中國哲學繁榮於春秋戰國時期，亂世之中，生存問題是士人面臨的首要問題，對生存的憂患意識使他們更關注人與人、人與社會的關係。士人把握萬物的方式是「仰則觀象於天，俯則觀法於地」，其目標指向爲「類萬物之情」，要揭示的是天人之道，萬物之理，而非純粹的理性思辨。

與春秋戰國相類，魏晉南北朝亦屬亂世，士人們掀起新的哲學思潮。受時代之局限，他們所娛之思，不同於純粹的「知識」、思辨的「理論」，所涉及的「事實」也和單純的對象性規定、屬性不同，而是建立在對現實人生和社會作深切認識和思考的基礎之上，表現爲在人的活動過程之中所呈現或形成的規定和關係。他們在論體文中揭示生活和自然常態中隱藏著的深刻底蘊，呈現人心靈魂深處潛藏的運動變化，發掘歷史、現實與未來之間的必然聯繫，從中提煉升騰出深邃的思想、高遠的意蘊、深刻的哲理，給人以精神的力量和靈魂的洗禮。魏晉南北朝論體文根據其所娛之思側重點之不同，大致可分兩類：

一種側重於對社會政治、歷史經驗的剖析，通古今之變，經世以致用，主要表現在政論、史論、雜論中。在本文第二章中對這三類論體文的內容已有詳細論述，此處要關注的是這些論體文所表現出來的社會政治意識與倫理政治理性。因爲承擔著社會使命與責任，魏晉南北朝論體文作家或借史發論、或參政論政、或抨擊社會黑暗，面對社會與歷史，他們缺乏思想家的深刻，擅長之處也並不在理論建構與理性表達上，而在以深沉的情感和敏銳的直覺去表現時代的苦樂與內心體驗的深刻。因此，他們的論體文所闡述的道理源於經驗，融合了對現實參與的巨大熱情，是一種體驗式的生存智慧。諸葛恪《出軍論》以遠慮之心說出兵之事，懇切動人，將其爲國操心慮危之情渲染得淋漓盡致。陸機《辯亡論》在辯吳所以亡的過程中，更透顯出一種功臣後裔的自豪。王沈《釋時論》對西晉選官擇吏的門閥制度進行抨擊，張載的《榷論》毫不避諱地猛烈抨擊那些庸庸之徒到軒冕黻班之士，皆火氣甚盛。諸如此類，不勝枚舉。魏晉南北朝論家在創作這些論作時，以經世致用爲目的，將自身經歷、情感、生活體驗經過理性加工，形成理性認識，再用以指導現實。因此，這種建立在經驗之上的理性思索具有較高認識價值與審美價值。

〔註 34〕〔古希臘〕亞里士多德著，吳壽彭譯：《形而上學》，北京：商務印書館，1995 年版，第 5 頁。

因爲「在美的境界之中，我們經驗的是經驗而已，但是此一經驗卻已體現了一個我們所已解釋了、了悟的價值。美感經驗既爲『價值』之表現，因此『道德理想』也可以看成一種美的境界的實現。」〔註35〕

另一種則側重於對人生哲理、宗教理論的探討，究天人之際，成一家之言，主要表現在玄理論、佛理論中。與漢代經學相比，魏晉玄學更具一種超越現實政治的形而上品格。湯用彤《言意之辨》論玄學特點曰：「略於具體事物而究心抽象原理，論天道則不拘於構成質（Cosmology），而進探本體存在（Ontology）。」〔註36〕對人性終極依據的追問與對宇宙深微大道的探究使魏晉南北朝玄理論更富哲學意味。《世說新語・文學》載：「何平叔注《老子》，始成，詣王輔嗣。見王注精奇，迺神伏曰：『若斯人，可與論天人之際矣。』因以所注爲《道》、《德》二論。」〔註37〕「天人之際」，正是何晏、王弼等人所熱衷探究的。何晏之論「道」曰：「夫道者，惟無所有者也。自天地已來，皆有所有矣；然猶謂之道者，以其能復用無所有也」，王弼之論「無」曰：「夫物之所以生，功之所以成，必生乎無形，由乎無名。無形無名者，萬物之宗也」〔註38〕，「道」與「無」均是從存在中抽象出來的，具有很強的思辨性。從嵇康在《聲無哀樂論》中強調音樂所構築的與人情無關的客觀「和聲」世界、在《養生論》中強調神仙縱出自然而養生可學等亦可看出他對客觀理性精神的重視。東晉南朝的佛學論辯，如形神之爭、因果報應之爭、三教之爭亦體現出較強的理性思辨精神，而僧肇之《肇論》，「把神學問題和認識論問題緊密結合起來，以高度抽象的理論形式，系統地表達出來，標誌著中國佛教的神學理論和當時的玄學水平達到了一個新的階段」〔註39〕。魏晉南北朝論家將「理」視爲獨立自足的客觀存在，進而探究其內在規律，儘管這些玄理論、佛理論始終與現實問題糾纏在一起，但毋庸置疑，其所蘊涵的理性精神仍爲後世論體文所無法比肩。

以上兩類論體文，儘管其所娛之「思」有異，但在表達藝術上又有某些

〔註35〕高友工：《文學研究的美學問題（上）：美感經驗的定義與結構》，轉引自龔鵬程《文學批評的視野》，武漢：華中師範大學出版社，2011年版，第44頁。

〔註36〕湯用彤：《湯用彤學術論文集》，北京：中華書局，1983年版，第214頁。

〔註37〕余嘉錫：《世說新語箋疏》，北京：中華書局，1983年版，第234頁。

〔註38〕〔三國魏〕王弼：《老子指略》。樓宇烈：《王弼集校釋》，北京：中華書局，1980年版，第195頁。

〔註39〕任繼愈：《中國佛教史（第二卷）》，北京：中國社會科學出版社，1985年版，第471頁。

相似，如隱喻的運用，關於這一點，在本文第四章第三節已從詩意性言說方式的角度進行論述，此處還需強調一下其在連結感性與理性中所起的橋梁作用。隱喻，「一端附著感性具體的現實，一端趨向形而上的哲理概括，它力求以各種藝術形象來暗示、泛指隱匿在感性世界之後的理念世界，力求通過抽象的普泛的概括能力來達到對形而上的哲理意念的把握」〔註 40〕。隱喻能夠借助形象通向哲理，通過透視日常事物所隱藏的深刻意蘊而發掘其內在的哲理，因此在言理過程中搭建起由感性通向理性的橋梁。

總而言之，論體文是一種審智與審美相融合的文體，寫作論體文，作者面臨的挑戰是把思想納入文學的形式，使二者渾然一體。因此，從這個意義上可以說論體文是一切文體中創作難度最大的。創作者必須具備邏輯批判、哲學冥想與博古通今的能力，還需具有飛揚的文采與縝密的佈局謀篇能力。然而，魏晉南北朝文士卻如此熱衷於創作論體文，其動機各異，經世也罷，立言也罷，揚名也罷，那都是間接的、外在的、未知的。其內在動機仍在於娛思，娛己思以娛人之思，樂吾趣以樂人之趣。不管其所娛之思是實踐智慧，還是形上之理，在對思理的剖析論辯中，作者仍體會到一種思致與樂趣。這種樂趣不同於立言欲望滿足與實際需要實現後的快感，是一種不計名利、不計利害的快樂，是一種審美與審智相融合的快樂，是闡釋思想本身帶來的快樂，是理性求眞與生命體驗相涵化的快樂。

第三節　致思理路

透過文體的外在形式去探究其所表達的思想的生成軌跡，我們會發現，「從不同的立場、角度出發，採用不同的運思方式，世界就呈現出不同的樣態。」〔註 41〕從民族文化心理的角度探析魏晉南北朝論體文致思之理路，將有助於破譯魏晉南北朝文士之文化心理密碼。

一、以直覺為歸的致思傾向

直覺思維是古代先哲的重要思維方式之一，「直覺不具有清晰的、嚴格的邏

〔註 40〕龍泉明：《經驗與理性的涵化整合模式——中國現代作家藝術思維片論》，《中國現代文學研究叢刊》，1991 年第 2 期，第 149 頁。

〔註 41〕李春青：《向古人學習言說方式——以中國古代文論研究為例》，《北方論叢》2009 年第 3 期，第 46 頁。

輯形式，因而它是與邏輯思維相區別或相對立的一種相對獨立的、特殊的思維形式。」〔註 42〕《論語・述而》言「仁遠乎哉？我欲仁，斯仁至矣。」「默而識之」,「予欲無言」，孟子提出「盡心、知性、知天」的認識方法，老子論「道」，用的是「滌除玄覽」、「致虛極，守靜篤」的方式，莊子強調「無思無慮則知道」，主張「心齋」「坐忘」「守心」，皆以直覺的方式實現主體與天道的合一。

魏晉南北朝文士對先秦儒道思想有著自覺繼承，自然也推崇直覺的思維方式。王弼強調「體無」，由於「道」或「無」超言絕象，無形無名，不可言說，聖人「不以言爲主」,「不以名爲常」，只能以體悟的方式去直接把握。郭象稱「知者，知意之知也。言知者，言不必盡也。今我以誠盡也。」「明夫至道非言之所得也，唯在乎自得耳」，強調「意」在「言」外，主張以「誠」盡「意」，貴在「自得」。佛家亦強調直覺的重要，僧肇在《般若無知論》中提出「般若無知而無不知」的命題，認爲要把握作爲「聖智」的「般若」，不能依靠邏輯手段，而需要直覺，「默耀韜光，虛心玄鑒，閉智塞聰，而獨覺冥冥者矣」。由此可見，儘管魏晉南北朝文士十分注重「辯名析理」，其理論文亦具思辨性特徵，邏輯性較強，但就其思維傾向而言，仍很重視直覺思維。

爲達到致思目的，魏晉南北朝論體文採用的直覺方式主要有兩種：一是意會，二是體認。由於「道可道，非常道」,「言之所不能論，意之所不能致者，不期精粗焉」〔註 43〕，所以只能採用意會的方式來把握不可言之「道」。荀粲提出「言不盡意」之說，認爲「六籍固存，固聖人之糠粃」,「象外之意，繫表之言，固蘊而不出」。〔註 44〕王弼亦對這一點有深刻認識，他認爲以「無」來規定「不可道，不可言」〔註 45〕之絕對之物，「名之不能當，稱之不能觀」。「然則『道』、『玄』、『深』、『大』、『微』、『遠』之言，各有其義，未盡其極者也。然彌綸無極，不可名細；微妙無形，不可名大。」〔註 46〕也就是說，

〔註 42〕高晨陽：《中國傳統思維方式研究》，濟南：山東大學出版社，1994 年版，第 136 頁。

〔註 43〕《莊子・秋水》。陳鼓應：《莊子今注今譯》，北京：中華書局，1983 年版，第 418 頁。

〔註 44〕〔晉〕陳壽撰，〔宋〕裴松之注：《三國志》卷 10《荀彧傳》，北京：中華書局，1959 年版，第 320 頁。

〔註 45〕〔三國魏〕王弼：《老子道德經注》。樓宇烈：《王弼集校釋》，北京：中華書局，1980 年版，第 1 頁。

〔註 46〕〔三國魏〕王弼：《老子指略》。樓宇烈：《王弼集校釋》，北京：中華書局，1980 年版，第 196 頁。

不管以怎樣的概念爲其命名，只能言其一個方面，而不能把握其全部，只會「言之失其常，名之失其眞」。因此，他認爲即使對《老子》的理解亦不可拘泥於個別字句，而應著重領會其精神實質，「《老子》之文，欲辯而詰者，則失其旨也；欲名而責者，則違其義也。」由於「聖人體无，无又不可以訓，故不說也」〔註 47〕，王弼提出「得意忘言」說，「忘言忘象，體會其所蘊之義，則聖人之意乃昭然可見」〔註 48〕。具體到文學創作，范曄在《獄中與諸甥侄書》中明確提出「以意爲主，以文傳意」的觀點，並進一步指出「以意爲主，則其旨必見；以文傳意，則其詞不流」。劉勰在《文心雕龍》中發展了范曄的觀點，提出「意翻空而易奇，言徵實而難巧」〔註 49〕的見解。在魏晉南北朝文士看來，文之「意」即他們要體悟傳達的「道」，在論體文中則表現爲「理」。要言理達意，須在意會的基礎上，結合文學的手法，才能使文章充滿意趣。〔註 50〕

意會強調的是直悟，體認則更重視直感。馮友蘭先生認爲「『體認』就是說由體驗得來的認識，這是具體的，不是抽象的，是一種經驗，是一種直觀，不是一種理智的知識。」〔註 51〕魏晉南北朝文士對「理」的把握，既有理智參與，又融合了情感與意志等因素於其中。如柏格森《形而上學導言》所言：「直覺，就是一種理智的交融，這種交融使人們自己置身於對象之內，以便與其中獨特的、從而是無法表達的東西相符合。」〔註 52〕體驗是無法傳達的，唯有親自「置身於對象之內」，方能獲得這樣一種內心感受。《莊子・天道》通過老工匠斫輪的經歷來說明此點，曰：「斫輪，徐則甘而不固，疾則苦而不入。不徐不疾，得之於手而應於心，口不能言，有數存焉於其間。臣不能以喻臣之子，臣之子亦不能受之於臣。」〔註 53〕魏晉南北朝玄學家所言「聖人

〔註 47〕〔晉〕陳壽撰，〔宋〕裴松之注：《三國志》卷 28《鍾會傳》，北京：中華書局，1959 年版，第 795 頁。

〔註 48〕湯用彤：《湯用彤學術論文集》，北京：中華書局，1983 年版，第 216 頁。

〔註 49〕范文瀾：《文心雕龍注》，北京：人民文學出版社，1958 年版，第 494 頁。

〔註 50〕楊朝蕾：《六朝論體文中「理」的審美化存在》，《河南師範大學學報（哲社版）》，2011 年第 5 期，第 174～177 頁。

〔註 51〕馮友蘭：《三松堂全集（第十三卷）》，鄭州：河南人民出版社，2000 年版，第 496 頁。

〔註 52〕〔法〕柏格森著，劉放桐譯：《形而上學導言》，北京：商務印書館，1963 年版，第 3 頁。

〔註 53〕陳鼓應：《莊子今注今譯》，北京：中華書局，1983 年版，第 358 頁。

體無」之「體」,「含有主體對處於自身之外的客體以意會方法把握的意義」〔註54〕。史學家們爲探求「古今之變」,則更多地採用「即物求理」或「求理於心」的方式。要合理地評價歷史人物與歷史事件,需「置心在物中,究見其理」(《朱子語類》卷98),這也是爲什麼在魏晉南北朝史論中更多借古人之酒杯澆自己之塊壘之作。借論史以論今,借古人之遭際發自身之感慨,消除古今之差別,人我之兩立,實現對自我的超越。

魏晉南北朝文士的思維方式是直覺性的,這並不意味著他們不會用邏輯的思維方式。本文第四章第一節思辨性言說中已有詳述,現以遮詮式言說爲例,馮友蘭稱之爲「負的方法」,「我們在講述一個東西的時候,本來可以從兩方面來講,一方面從正面講,講它是什麼,一方面從反面講,說它不是什麼。前者用一些肯定命題直接說出一個東西的各方面的規定性,後者是用一些否定命題說一個東西不是什麼……當然,說一個東西不是什麼,也就是間接地說它是什麼。」〔註55〕這實際上是一種「以言譴言」的方式,「以言譴言,譴之又譴,以至於無譴」。以否定的方式說明一個事物不是什麼,本身也是一種「言」,也是一個邏輯思維的過程,但這個過程卻是對邏輯的否定,即從反面肯定直覺。因此,這種「以言譴言」的遮詮式論述方法是以邏輯的方式肯定直覺。再如南朝佛學「漸修」與「頓悟」之爭,前者強調「學」,後者強調「悟」,二者對立,實際並不矛盾,只是同一認知過程的兩個環節,「學」是基礎,「悟」是昇華。「學」更注重以邏輯的方式把握具體知識,「悟」強調的則是對宇宙本體的把握,只有直覺才有此功能。所謂「聖道而遠,積學而至」(謝靈運《辨宗論》),其「至」之根本仍離不開「悟」。

二、「寄言出意」與「取象比類」的致思方式

關於「言」「意」之關係,古人早就發出「言不盡意,聖人所難」、「每自屬文,尤見其情,恒患意不稱物,文不逮意」之慨歎。爲解決這一問題,《周易·繫辭上》曰:「子曰:『書不盡言,言不盡意。』然則聖人之意,其不可見乎?子曰:『聖人立象以盡意,設卦以盡情僞,繫辭焉以盡其言,變而通之

〔註54〕高晨陽:《中國傳統思維方式研究》,濟南:山東大學出版社,1994年版,第162頁。

〔註55〕馮友蘭:《中國哲學史新編(第四冊)》,北京:人民文學出版社,1998年版,第240頁。

以盡利，鼓之舞之以盡神。」也就是說，「言」要盡「意」需借助於「象」，即「立象以盡意」。魏晉南北朝時期，「言意之辨」再次引起文士重視。王弼在《周易略例・明象》中指出：「夫象者，出意者也。言者，明象者也。盡意莫若象，盡象莫若言。言生於象，故可尋言以觀象；象生於意，故可尋象以觀意。意以象盡，象以言著。故言者所以明象，得象以忘言；象者所以存意，得意而忘象。」〔註 56〕再次強調立象以盡意、得意以忘言。魏晉南北朝文士注重「以意爲主，以文傳意」，其論體文以言理達意爲目的，亦需借助立象之方式。海內外諸多學者已注意到中西雙方理論思維之差異，高晨陽先生之論述頗具代表性：「西方哲學的概念大都是純粹抽象的，故西方人的理論思維可以稱之爲抽象思維。中國傳統哲學的概念有很強的概括性、普遍性，但與西方人所使用的概念相比，大都具有形象、感性、直觀的色彩，就此而言，中國傳統哲學的理論思維可以稱之爲意象思維。」〔註 57〕魏晉南北朝論體文通過意象的象徵隱喻以言理，與詩歌借意象以抒情不同，但就二者之本質而言又是相通的，皆是以詩性思維方式表達人文價值。清代章學誠在《文史通義・內篇・易教》中指出：「《易》之象也，《詩》之興也，變化而不可方物矣……《易》象雖包六義，與《詩》之比興，猶爲表裏……然戰國之文，深於比興，即其深於取象者也。」〔註 58〕所言雖爲《易》，實際上已闡明以象明理與詩之起興二者關係緊密，互爲表裏，其共同之處就是「深於取象」。

先秦諸子創造的寓言意象仍沒有擺脫物象之象，屬於較低層次的意象思維。魏晉南北朝文士抽象思辨能力的提高使其逐漸超越這種物象之象，而達到「以言爲象」的思維水平。王弼已提出「得意忘言」「得意忘象」之說，郭象則進一步強調「寄言出意」，《莊子・山木注》曰：「夫莊子推平於天下，故每寄言以出意，乃毀仲尼，賤老聃，上掊擊三皇，下痛病其一身也。」〔註 59〕《逍遙遊注》也說：「鯤鵬之實，吾所未詳也。夫莊子之大意，在乎逍遙遊放，無爲而自得，故極小大之致以明性分之適。達觀之士，宜要其會歸而遺其所寄，不足事事曲與生說。自不害其弘旨，皆可略之耳。」〔註 60〕在《莊子・

〔註 56〕樓宇烈：《王弼集校釋》，北京：中華書局，1980 年版，第 609 頁。
〔註 57〕高晨陽：《中國傳統思維方式研究》，濟南：山東大學出版社，1994 年版，第 171 頁。
〔註 58〕〔清〕章學誠著，葉瑛校注：《文史通義校注》，北京：中華書局，1985 年版，第 18～19 頁。
〔註 59〕〔清〕郭慶藩著：《莊子集釋》，北京：中華書局，1961 年版，第 699 頁。
〔註 60〕〔清〕郭慶藩著：《莊子集釋》，北京：中華書局，1961 年版，第 3 頁。

秋水注》中指出：「夫言意者有也，而所言所意者無也。故求之於言意之表，而入乎無言無意之域，而後至焉。」〔註 61〕「寄言出意」強調的是「形象性概念與抽象意義之間的對立」〔註 62〕，「所否定的僅是名言概念的解釋功能，而不是它的象徵功能」〔註 63〕，也就是說，以「寄言出意」的方式言理，更強調不拘泥於語言之表層含義，而要以象徵的方法表達自己的見解。魏晉南北朝論體文家中最擅長以莊子式「寄言出意」方式表達見解的當屬阮籍，其《達莊論》中的「先生」顯然是其自身人格的象徵，以詼詭之言表達對世俗的蔑棄之情，行文灑脫，富有詩意。

除了「寄言出意」，「取象比類」是魏晉南北朝文士在論體文中運用較多的「立象盡意」的另一種方式與手段。漢人說經立論好追求微言大義，擅長以象數解《易》，只是他們往往執象指意，按圖索驥，陷入存象忘意的困境。被王弼批評爲「案文責卦，有馬無乾，則僞說滋蔓，難可紀矣。互體不足，遂及卦變；變又不足，推致五行。一失其原，巧愈彌甚。縱復或値，而義無所取。蓋存象忘意之由也。」〔註 64〕魏晉南北朝文士較少拘於言辭而執象指意，但他們明白「盡意莫若象，盡象莫若言」，儘管「言」「象」爲「盡意」之「筌」與「筏」，得魚忘筌，抵岸捨筏，但欲得魚、欲抵岸終究離不開「筌」與「筏」。因此，他們強調得意忘象、忘言，卻又立象以盡意。取象比類指的是「把形象相似、情境相關的事物，通過比喻、象徵、聯想、推類等方法，使之成爲可以理喻的東西」。〔註 65〕《周易・繫辭下》論述了其觀物取象之方式爲「近取諸身，遠取諸物」，目的在於「以通神明之德，以類萬物之情。」取象和比類二者是互動的，體現了由感性到理性的思維過程，貫穿其中的是強烈的主體意識。所取之「象」，是心與物相互交融的產物，凝聚了取象者個體生命獨特體驗與在記憶、聯想、想像等基礎上形成的私人感覺。所比之「類」，是經過抽象處理而昇華出的理性認識。如同爲闡述形神之關係，不同

〔註 61〕〔清〕郭慶藩著：《莊子集釋》，北京：中華書局，1961 年版，第 573 頁。

〔註 62〕高晨陽：《中國傳統思維方式研究》，濟南：山東大學出版社，1994 年版，第 189 頁。

〔註 63〕高晨陽：《中國傳統思維方式研究》，濟南：山東大學出版社，1994 年版，第 188 頁。

〔註 64〕〔三國魏〕王弼：《周易略例・明象》。樓宇烈：《王弼集校釋》，北京：中華書局，1980 年版，第 609 頁。

〔註 65〕張岱年：《中國思維偏向》，北京：中國社會科學出版社，1991 年版，第 83 頁。

的人取象比類迥異，頗具個性色彩。東漢桓譚稱「精神居形體，猶火之燃燭矣」，王充曰：「人之精神，藏於形體之內，猶粟米在囊槖之中也。」三國時嵇康稱：「精神之於形骸，猶國之有君也」。南朝范縝提出：「神之於質，猶利之於刃，形之於用，猶刃之於利。利之名非刃也，刃之名非利也；然而捨利無刃，捨刃無利，未聞刃沒而利存，豈容形亡而神在？」由於個人經驗不同，所言之理各有側重，故取象亦各具風格，但都體現了以此物比彼物，由已知到未知的推理過程。但不管取的什麼象，都是爲了言意，就接受者而言，得意之後就不必膠著於象了，這才是魏晉南北朝文士較之漢儒更高明的地方。

三、尚古、宗經、徵聖致思模式之變異與整合

「一般說來，中國的古代思想家對於傳統採取了一種極端形式，即具有一種崇古和復古意識，有把傳統視作絕對權威和最高價值尺度的傾向。」〔註66〕先秦諸子除法家主張「不期修古，不法常可」，表現出強烈的批判與創新精神之外，大多數學派或學者都表現了相當濃厚的崇古與復古意識。孔子自稱「信而好古」，孟子「我非堯舜之道，不敢以陳於王前」〔註67〕，荀子「上則法舜、禹之制，下則法仲尼、子弓之義」〔註68〕，均表現出崇古傾向。道家主張結繩而治，退回到小國寡民時代，墨家嚮往夏禹時期，農家希望回到傳說中的「君臣並耕」的神農時期，亦表現出濃重的復古傾向。隨著漢代經學的形成，經學思維方式逐漸形成。所謂「經學思維」，「一是以傳統爲權威的崇古與復古意識作爲內在的觀念內容；二是以經學方法作爲外在的形式。權威意識與經學模式分別從內往外兩個層面規定並體現著經學思維方式沉迷於傳統而忽視創新的根本特質。」〔註69〕對經典的推崇與對聖人的崇拜關係密切，因爲經乃聖人言道之載體，「道沿聖以垂文，聖因文而明道」〔註70〕。漢人稱「六藝者，王教之典籍，先聖所以明天道，正人倫，致至治之成法也」〔註

〔註66〕高晨陽：《中國傳統思維方式研究》，濟南：山東大學出版社，1994年版，第212頁。

〔註67〕〔清〕焦循：《孟子正義》，北京：中華書局，1987年版，第258頁。

〔註68〕〔清〕王先謙：《荀子集解》，北京：中華書局，1988年版，第97頁。

〔註69〕高晨陽：《中國傳統思維方式研究》，濟南：山東大學出版社，1994年版，第214頁。

〔註70〕范文瀾：《文心雕龍注》，北京：人民文學出版社，1958年版，第3頁。

〔註71〕〔漢〕班固：《漢書》卷88《儒林傳》，北京：中華書局，1962年版，第3589頁。

71〕，更將六經擡高到聖人明天道、正人倫、教化天下之樞機的高度。聖人成爲人們心目中「理想的道德人格象徵」，「理想的智慧人格的象徵」，「眞理的象徵」〔註 72〕。聖人之言成爲裁斷是非的不可移易的標準，如揚雄《法言·吾子》所言：「或曰：『人各是其所是，而非其所非，將誰使正之？』曰：『萬物紛錯則懸諸天；眾言淆亂則折諸聖』〔註 73〕，朱熹亦言，「凡吾心之所得，必考之聖賢之書」。經典則成爲解決現實問題的寶典，「以《禹貢》治河，以《洪範》察變，以《春秋》決獄，以三百五篇當諫書」〔註 74〕。經典的神聖不可侵犯性使之擁有絕對永恒的價值，南宋胡安國稱《春秋》：「百王之法度，萬世之準繩，皆在其中」（《春秋傳序》）。在這種思維模式下，「一方面，人們往往習慣於到經典中尋繹問題，發現問題，又以經典作爲解決問題的依據。另一方面，當人們在現實中遇到新事物或新問題時，或者以與經典原則不合而排斥之，或者附和經典之說而扭曲之。」〔註 75〕也就是說，過於強調對經典的無條件信從而扼殺了人的主觀能動性與批判超越性。

魏晉南北朝文士自幼接受的是經學教育，鍾會「年四歲授《孝經》，七歲誦《論語》、八歲誦《詩》、十歲誦《尚書》、十一誦《易》、十二誦《春秋左氏傳》、《國語》，十三誦《周禮》、《禮記》，十四誦成侯《易記》，十五使入太學問四方奇文異訓。」〔註 76〕嵇康「學不師授，博洽多聞，長而好老、莊之業，恬靜無欲」〔註 77〕，強調的是其「長而好老、莊之業」，幼時接受的未必不是儒家經典教育。即使釋家如慧遠、僧肇亦是由儒道而入佛。出於思維之慣性，要讓這些自幼誦讀儒家經典的魏晉南北朝文士完全不受經學思維的影響是不可能的，但如果一味恪守經典，魏晉南北朝文士同樣不會在思想領域擁有自己的一席之地。因此，在論體文中，既留下了受經學思維影響的痕跡，又顯露出經學思維的變異整合。

〔註 72〕高晨陽：《中國傳統思維方式研究》，濟南：山東大學出版社，1994 年版，第 216～217 頁。

〔註 73〕汪榮寶：《法言義疏》，北京：中華書局，1987 年版，第 82 頁。

〔註 74〕皮錫瑞：《經學歷史》，北京：中華書局，1959 年版，第 90 頁。

〔註 75〕高晨陽：《中國傳統思維方式研究》，濟南：山東大學出版社，1994 年版，第 222 頁。

〔註 76〕〔晉〕陳壽撰，〔宋〕裴松之注：《三國志》卷 28《鍾會傳》，北京：中華書局，1959 年版，第 785 頁。

〔註 77〕〔晉〕陳壽撰，〔宋〕裴松之注：《三國志》卷 21《王粲傳》，北京：中華書局，1959 年版，第 605 頁。

（一）以引經據典的方式闡述己見

引經據典，是經學思維控制下最典型的言說方式與行爲模式。在論體文中引用經典，一則因其閃爍著哲理的光芒，歷久而彌新，二則因其爲讀者所公認，具有較高權威性，可以增強說服力。但對聖人與經典的非理性崇拜又容易導致認知主體過於迷信經典，形成一種思維惰性，從而在虛妄的信仰情感中喪失批判反思的能力，最終使自己思想貧乏、人格萎縮，缺乏創新能力與自由行動及認知能力。皮錫瑞稱：「經學宣述古而不宜標新；以經學文字取人，人必標新以別異於古。一代之風氣成於一時之好尙，故立法不可不愼也。」〔註 78〕其意雖多稱賞經學之述古，卻也表明經學對標新的束縛與限制。經學思維主導下的士人固守經典之權威，以揣摩、猜測經典之精蘊奧妙，證明經典所蘊含之眞知灼見爲己任，只要對其稍有質疑就被視爲「離經叛道」、「非聖者之法」而遭打擊。「引經據典」一旦成爲社會普遍的慣常行爲模式，就會對人的文化心理產生深遠影響，就意味著其社會性格成爲「接受型」，弗洛姆批判其「傾向於接受別人的思想，而不是提出新的想法」〔註 79〕，「個人覺得『所有善的來源』都是外在的，而且他相信，獲得他所需要的東西——某些物質性的東西、感情、愛、知識、快樂——唯一的辦法是從外部接受它們」，最終使「他們喪失其批判性能力，使他們對他人的依賴不斷增長。他們不僅依賴於權威去尋求知識和幫助，而且也依賴於一般人給予任何形式的支持」。〔註 80〕論體文在皓首窮經的漢儒看來僅僅是儒家傳道的工具，在經學話語權力控制下，強調發言屬論不詭於聖人，其內容來源與立論依據只能出自經典，所謂「書不經，非書也，言不經，非言也，言、書不經，多多贅矣」。〔註 81〕《文心雕龍・時序》云：「中興之後，群才稍改前轍，華實所附，斟酌經辭，蓋歷政講聚，故漸靡儒風者也。」〔註 82〕劉師培《中國中古文學史》也說：「東漢論文，如《延篤》、《仁孝》之屬，均詳引經義，以爲論斷。」〔註 83〕

〔註 78〕皮錫瑞：《經學歷史》，北京：中華書局，1959 年版，第 277 頁。

〔註 79〕〔美〕弗洛姆：《在幻想鎖鏈的彼岸》，長沙：湖南人民出版社，1986 年版，第 79 頁。

〔註 80〕〔美〕弗洛姆：《自爲的人》，北京：國際文化出版公司，1988 年版，第 54 頁。

〔註 81〕〔漢〕揚雄著，汪榮寶撰，陳仲夫點校：《法言義疏》，北京：中華書局 1987 年版，第 164 頁。

〔註 82〕范文瀾：《文心雕龍注》，北京：人民文學出版社，1958 年版，第 673 頁。

〔註 83〕劉師培：《中國中古文學史講義》，上海：上海古籍出版社，2000 年版，第 27 頁。

魏晉南北朝論體文中亦不乏引經據典的做法，就其徵引範圍而言，可以看出其時文士之博學。儒家經典如《詩》、《書》、《禮》、《易》、《春秋》等，無不信手拈來，爲己所用。道家經典如《老子》《莊子》等更是膾炙人口，釋家經典如《維摩詰經》、《放光般若經》、《中論》、《百論》、《十二門論》等，亦爲其時文士耳熟能詳。這些經典成爲他們開創學術思想新境界的文化心理積澱，是他們論天人之際的起點。較之漢代儒生泥古不化、盲目崇拜經典，儘管魏晉南北朝文士，即使那些富有懷疑精神與批判精神的思想家依然難以完全擺脫經學思維的束縛，但隨著自我意識的覺醒與理性思辨能力的提高，他們在論體文中引經據典的方式與目的發生較大變化，主要表現爲由「我注六經」向「六經注我」的方向演變，其引經據典主要爲了闡述己見，而非爲經典作注腳。如陸機《五等論》曰：

> 故《易》曰：「悅以使人，人忘其勞。」孫卿曰：「不利而利之，不如利而後利之利也。」是以分天下以厚樂，則己得與之同憂；饗天下以豐利，而己得與之共害。〔註 84〕

爲了闡述自己的觀點，先引用《周易・兌卦》之辭與《孫卿子》之語，之後化用《孟子・梁惠王下》之語，孟子曰：「樂民之樂也，民亦樂其樂；憂民之憂者，民亦憂其憂。樂以天下，憂以天下，然而不王者，未之有也。」趙岐曰：「古賢君樂則以己之樂與天下同之，憂則以天下之憂與己共之。如是，未有不王者也。」化用古人之語而不露痕跡，在此基礎上提升爲自己的觀點，使之精闢而典雅。

以典類推，是建立在古今相似的基礎上，引古以鑒今，啓人深思。引經據典的前提在於歷史總是驚人的相似，經典中的各種人事的原型往往會在歷史中重演。當戴逵在晚年回首過去的時光，感歎自己一生艱楚，歷經磨難，覺得一切都是命中注定時，他在《釋疑論》中舉出歷史上各種禍福應報不合理的例子，曰：「堯舜大聖，朱均是育；瞽叟下愚，誕生有舜；顏回大賢，早夭絕嗣；商臣極惡，令胤克昌；夷叔至仁，餓死窮山；盜跖肆虐，富樂自終；比干忠正，斃不旋踵；張湯酷吏，七世珥貂。凡此比類，不可稱數。」在此基礎上歸納出他的觀點，「驗之聖賢既如彼，求之常人又如此，故知賢愚善惡，

〔註 84〕〔清〕嚴可均：《全晉文》卷 99，《全上古三代秦漢三國六朝文》，北京：中華書局，1958 年版，第 2025 頁。

修短窮達，各有分命，非積行之所致也。」〔註 85〕言外之意就是自己不過是芸芸眾生中的一員，一生磨難亦是命中注定，那麼佛教所言積善積惡的說法不過是勸教罷了，因此對報應說持懷疑態度。

從另一個角度看，當經典成爲某種價值或權威的象徵時，其自身就成爲「理想」的化身，從而與現實形成鮮明對比，化作批判現實的精神力量。從這個角度看，尙古、宗經、徵聖思維模式的形成與其說取決於對經典的崇拜、對聖人的推崇，不如說是源於對現實的不滿，借頌古而鞭今。在古人看來，世風總是每況愈下，未來怎樣難以預料，引經據典就被魏晉南北朝文士賦予更重要的意義，使之成爲批判、否定、改造不合理現實的理論依據與歷史依據。鮑敬言《無君論》中自然化用典故，了無痕跡。如「休牛桃林，放馬華山，載戢干戈，載櫜弓矢，猶以爲泰」，「休牛」、「放馬」出自《史記・周本紀》「縱馬於華山之陽，放牛於桃林之虛；偃干戈，振兵釋旅：示天下不復用也」。「載戢干戈，載櫜弓矢」則直接用的《詩經・周頌・時邁》裏的原句。「茅茨土階，棄織拔葵，雜囊爲幃，濯裘布被，妾不衣帛，馬不秣粟，儉以率物，以爲美談。所謂盜跖分財，取少爲讓；陸處之魚，相呴以沫也」，句句用典，或出自傳說，或見於《史記》，或出自《莊子》，都被作者信手拈來，用於文中，通過營構一個沒有戰爭，沒有欺詐，抱樸守拙，安居樂業的理想世界，以此與君主執政，充滿剝削與壓迫的現實（批判的鋒芒暗蘊其中，較之直接批判更具殺傷力。）世界形成對比。

（二）以解經與義疏之體例論理

班固在《漢書・藝文志》中指出，「今異家者，各推所長，窮知究慮，以明其指，雖有蔽短，合其要歸，亦六經之支與流裔」〔註 86〕，是從思想源流的角度闡述先秦諸子乃「六經之支與流裔」，其實從文章體例的角度亦可發現諸子之文受述經作傳立言傳統的影響甚大。如《墨子》中《經》有上下，《經說》亦分上下，《經說》乃是對《經》的解說，對《經》中提出的概念進一步通過具體事例進行闡述，使之更加深入具體。《管子》中的《管子解》包括《形勢解》《版法解》等五篇顯然是對《經言》中的《形勢》、《版法》等進行的解說。其篇章內部亦有採用解經模式的例子，如《外言・宙

〔註 85〕《廣弘明集・釋疑論》。《弘明集・廣弘明集》，上海：上海古籍出版社影印宋磧砂版大藏經，1991 年版，第 229 頁。

〔註 86〕〔漢〕班固：《漢書》卷 30《藝文志》，北京：中華書局，1964 年版，第 1746 頁。

合》採用先經後傳的體例結構全篇，首章綜合分析「宙合」之含義，之後逐句解說，融解經與論證於一體。《韓非子》中的《解老》《喻老》形式上依《老》作傳，內容上則是判《老》，《文子》則爲對《老子》作的傳。〔註87〕《文心雕龍・論說》曰「述經敘理曰論」，「若夫注釋爲詞，解散論體，雜文雖異，總會是同」〔註88〕，指出論體文與經傳之間亦有內在聯繫，除了內容上依經立論、引經據典外，從論體文的體例亦可發現魏晉南北朝文士對經學思維的變易與融通。

漢人治經講究條例，如何休《公羊解詁》序曰：「略依胡毋生條例」。今傳漢人經訓之書，即使不是對經的章句注解，而爲附經典以旁衍者，亦自成條貫，法式昭然。如《說文解字》是「其建首也，立一爲端，方以類聚，物以群分。同條牽屬，共理相貫，雜而不越。據形繫聯，引而申之，以究萬原，畢終於亥」，《釋名》是「撰天地、陰陽、四時、邦國、都鄙、車服、喪紀，下及民庶應用之器，論敘指歸」，其他如《白虎通義》《方言》《廣雅》等，體例雖各不同，卻都是組織結構自成體系。魏晉南北朝文士則將漢人注經的這種條例發展成一種獨行本，如杜預《春秋釋例》十卷、劉寔《春秋條例》十一卷、鄭眾《春秋左氏傳條例》九卷、不著撰人姓名《春秋左氏傳條例》二十五卷、何休《春秋公羊條例》一卷等。王弼的《周易略例》亦爲《周易注》之條例，《隋書・經籍志》有王弼《易略例》一卷，邢璹序稱其「大則總一部之指歸，小則明六爻之得失」，劉勰稱「詳觀蘭石之才性，仲宣之去伐，叔夜之辨聲，太初之本玄，輔嗣之兩例，平叔之二論，並師心獨見，鋒穎精密，蓋人倫之英也。」〔註89〕范文瀾注曰「兩例疑當作略例」〔註90〕，猜測其當指《周易略例》。實際上，《老子指略》似乎亦爲《老子注》之條例，也就是說劉勰稱「兩例」可能指的是王弼《周易略例》與《老子指略》，視二者與王粲《去伐論》、嵇康《聲無哀樂論》、夏侯玄《本無論》、何晏《道德論》同類，皆爲獨立的論體文。

由這個脈絡看，魏晉南北朝論體文所採用的條分縷析的結構安排，亦可見這種解經體例之影響。就通篇而言，開篇標宗綜述、提綱挈領，再「順端

〔註87〕具體論述可參閱貫學鴻：《先秦諸子文本的經傳結構及其文體培育功能》，《河北學刊》，2009年第5期，第117～120頁。

〔註88〕范文瀾：《文心雕龍注》，北京：人民文學出版社，1958年版，第328頁。

〔註89〕范文瀾：《文心雕龍注》，北京：人民文學出版社，1958年版，第327頁。

〔註90〕范文瀾：《文心雕龍注》，北京：人民文學出版社，1958年版，第338頁。

極末」，往復思辨，就篇內段落而言，則是先「立片言以居要」，之後或引事例論證，或進一步闡釋。這與傳統「以事解經」與「以義解經」之體例極爲相似。如嵇康《養生論》，「神仙縱出自然，而養生可學」乃一篇之大旨，將此視爲「經」的話，其論證部分圍繞「節情以養性，節飲食以養身」二意一串寫下則可視爲「傳」，這種將一個命題、一種理念通過闡釋發揮而成一專題論文的結構，顯然與經傳之體例如出一轍。經爲源，傳爲流，流自源出，而拓展延伸，蔚爲大觀。不同之處在於其觀點乃自出，非引經罷了。

至於問對型論體文、論難型論體文受講經與義疏之影響也是顯而易見的。漢儒講經，發生爭辯論難，多在爭家法之時，「攻者辯者皆自其師承言之，則所辯之重心不在名理，而在師承家法」〔註 91〕。釋家講經則多論難，「釋典中之論，及經論之疏，亦多爲問答體，亦由於說法時有問答辯難也」〔註 92〕。魏晉南北朝文士不再講師門家風，其論體文爭辯焦點爲「理」，以問對、論難結構全篇，展現了論辯之過程，雙方的智慧與才華在唇槍舌劍中展現無遺。

綜上所述，通過「論」這種文體，可以透視魏晉南北朝文士的思維方式在繼承傳統的基礎上所發生的變化與超越，探究其之所以能在思想文化領域開闢出新天地的文化心理，這對於今天的學術研究具有重要的啓發意義。

第四節　數理思辨模式

對魏晉南北朝論體文的探析如果僅僅停留在對其論點、論據的分析上，那只是淺層次的，更重要的是要探究文體所表達的思想的生成軌跡及其思辨模式。對《周易》造詣頗深的魏晉南北朝文士，儘管有「掃象」之舉，但其思維模式仍烙下《周易》之「數」的痕跡。以數理批評〔註 93〕的方式探究其思辨模式，不失爲一種有益的嘗試。

〔註 91〕牟潤孫：《論儒釋兩家之講經與義疏》，《注史齋叢稿》，北京：中華書局，1987 年版，第 269 頁。

〔註 92〕牟潤孫：《論儒釋兩家之講經與義疏》，《注史齋叢稿》，北京：中華書局，1987 年版，第 264 頁。

〔註 93〕關於數理批評有關理論，可參閱杜貴晨：《數理批評與小說考論》，濟南：齊魯書社，2006 年版。

一、一元化生與執一統衆

所謂「一元化生」，從語義學角度言，指的是宇宙萬物由同一根源變化生成。其要點有三：

其一爲「一元」。《春秋繁露》釋曰：「謂一元者，大始也。……惟聖人能屬萬物於一，而繫之元也。……元，猶原也。其義以隨天地終始也。……故元者爲萬物之本。」〔註 94〕也就是說，萬物同本同源，至於其本源是什麼，我們的古人發揮其詩性想像，給予不同回答。《周易・繫辭上》曰：「《易》有太極，是生兩儀。」《老子》二十五章曰：「有物混成，先天地生。寂兮寥兮，獨立而不改，周行而不殆，可以爲天下母。吾不知其名，強字之曰道，強爲之名曰大。」《莊子・知北遊》曰：「外不觀乎宇宙，內不觀乎太初。」《天下》又曰：「建之以常無名，主之以太一。」《列子・天瑞》曰：「太初者，氣之始也。」《淮南子・詮言》曰：「洞同天地混沌爲樸，未造而成物，謂之太一。」不管是「太極」「道」，還是「太初」「太一」「氣」，名異而實同，可同義互訓，此處將其統稱爲「道」。在古人看來，「道」爲「萬物之母」，儘管天地萬物形質千差萬別，其根源卻是同一的，皆源於「道」，也就是老子所說的「一」。《老子》三十九章曰：「天得一以清，地得一以寧，神得一以靈，谷得一以盈，萬物得一以生，侯王得一以爲天下貞。」《論語・里仁》曰：「吾道一以貫之」，《莊子・德充符》：「自其同者視之，萬物皆一也」，《應帝王》曰：「紛而封哉，一以是終。」可見，姿態萬千、形態各異的物有一以貫之的道，道是兼容萬物和主宰萬物的本體。萬事萬物因有相通之道而血脈相連，氣息相通，渾然一體，「紛繁複雜的世界萬象在道的支配下，表徵爲某種確定的秩序性、規律性，構成一個整體系統」〔註 95〕。

其二爲「化」。莊子有「形化」「物化」「萬物之化」「物之化」「安排而去化」「萬化而未始有極」等說法，強調的均是宇宙萬物之變化，「物之生也，若驟若馳，无動而不變，无時而不移」〔註 96〕。荀子《天論》曰：「列星隨旋，日月遞炤，四時代御，陰陽大化，風雨博施，萬物各得其和以生，各得其養以成，不見其事而見其功，夫是之謂神。」〔註 97〕在他看來，萬物作爲宇宙

〔註 94〕〔漢〕董仲舒：《春秋繁露》，上海：上海古籍出版社，1989 年版，第 19 頁。
〔註 95〕高晨陽：《中國傳統思維方式研究》，濟南：山東大學出版社，1994 年版，第 59 頁。
〔註 96〕〔清〕郭慶藩：《莊子集釋》，北京：中華書局，1961 年版，第 585 頁。
〔註 97〕〔清〕王先謙：《荀子集解》，北京：中華書局，1988 年版，第 308 頁。

中的要素而運動變化，強調的亦是其動態過程。漢代賈誼《鵩鳥賦》則直接指出：「萬物變化，固無休息。斡流而遷，或推而還，形氣轉續，變化而嬗……千變萬化，未始有極。」宋代張載《正蒙・神化》則將「變」與「化」進行區分，認爲「變則化，由粗入精也；化而裁之謂之變，以著顯微也」〔註98〕，「化」是漸變，而「變」爲突變。

其三爲「生」。《周易・繫辭下》曰：「天地之大德曰生」，程頤釋之曰：「生生之謂易，是天志所以爲道也，天只是以生爲道。」（《遺書》卷二上）宇宙萬物變易之本質在於生化不息。《老子》曰：「道生一，一生二，二生三，三生萬物，萬物負陰而抱陽」，《周易・繫辭下》曰：「天地絪緼，萬物化醇；男女構精，萬物化生。」天地交合，化生萬物。宇宙萬物猶如生命機體，具有生化之功能。

面對這紛繁複雜的宇宙萬物，該如何把握其根本呢？漢儒通過氣類感應的方式，在人與天地萬物的交會感通中探究天人合一之道，董仲舒《春秋繁露・陰陽義》曰：「天亦有喜怒之氣，哀樂之心，與人相副，以類合之，天人一也」，天與人之間因爲同道而溝通爲一體，然而其「思想停留於感性的表層，未能使道豁然顯露於人們的面前」。〔註99〕魏晉南北朝文士抽象思辨能力的提高使他們超越現實而試圖站在更高層次上探究隱藏在現象下面的本質，「研精一理」的論體文是他們闡釋思想的重要載體，記錄了他們進行思想探析的軌跡與過程。從他們的論作中可以發現，世界統一性的根本原理仍然是他們著力探討的。既然「品制萬變，宗主存焉」〔註100〕，那麼，何者爲萬物之「宗主」呢？魏晉南北朝文士對此有不同見解，貴無論玄學家以「無」爲本，認爲「有之爲有，恃無以生；事而爲事，由無以成」〔註101〕，「無形無名者，萬物之宗也」。〔註102〕崇有論玄學家則主張以「有」爲本，裴頠《崇有論》認爲「夫總混群本，宗極之道也。方以族異，庶類之品也。形象著分，有生之體也。化感錯綜，理迹之原也。」受大乘中觀思想影響的僧肇則以非有非無的

〔註98〕〔宋〕張載：《張橫渠集（一）》，北京：中華書局，1985年版，第28頁。

〔註99〕余敦康：《魏晉玄學史》，北京：北京大學出版社，2004年版，第89頁。

〔註100〕〔三國魏〕王弼：《周易略例・明象》。樓宇烈：《王弼集校釋》，北京：中華書局，1980年版，第591頁。

〔註101〕《列子・天瑞篇》張湛注引何晏《道論》。

〔註102〕〔三國魏〕王弼：《老子指略》。樓宇烈：《王弼集校釋》，北京：中華書局，1980年版。

「空」爲本。他們的認識雖異，但都強調天下殊途而同歸，百慮而一致，因此致思之理路相同，都是透過紛繁的現象來探究「一元」之所在。

至於「一元」所「化生」的萬物，看起來似雜亂無章，「雜者尙乎眾美，而總以行之」，「見其不繫，則謂之雜」，「雜以行物，穢亂必興」〔註 103〕，實際上「物無妄然，必由其理」，只要做到「統之有宗，會之有元」，就可以「繁而不亂，眾而不惑」〔註 104〕因此，除了探尋「一元」，魏晉南北朝文士亦對萬物所蘊含之「理」進行探究，大至天地定位、帝王君主，小至草木鳥獸，都要探究其「總而持之、條而貫之者」，即「理」。史論探究的是興衰之理，政論探究的是統治之理，文論探究的是爲文之理，對萬事萬物「必由之理」的探究，是以言理爲特徵的論體文得以興盛的思維根源。

要探究天下萬物之「元」，把握其內含之「理」，執一統眾、以簡馭繁成爲重要的思辨原則。何晏《論語集解・衛靈公章注》在解釋孔子「予一以貫之」時說：「善有元，事有會。天下殊途而同歸，百慮而一致，知其元，則眾善舉矣，故不待多舉，一以知之也。」〔註 105〕王弼《論語釋疑・里仁》釋爲「夫事有歸，理有會。故得其歸，事雖殷大，可以一名舉；總其會，理雖博，可以至約窮也。譬猶以君御民，執一統眾之道也。」〔註 106〕對同篇曾子說「夫子之道，忠恕而已矣」的解釋爲「能盡理極，則無物不統。極不可二，故謂之一也。推身統物，窮類適盡，一言而可終身行者，其唯恕也」。〔註 107〕對《論語・陽貨》中孔子說：「予欲無言」解釋爲「予欲無言，蓋欲明本。舉本統末，而示物於極者也。」〔註 108〕可見二者強調的均爲「執一統眾」「推身統物」「舉本統末」。王弼運用這種統會的方法研究經典，開創一代學風。他認爲《老子》的指歸在於「文雖五千，貫之者一；義雖廣瞻，眾則同類。解其一言而蔽之，

〔註 103〕〔三國魏〕王弼：《老子指略》。樓宇烈：《王弼集校釋》，北京：中華書局，1980 年版。

〔註 104〕〔三國魏〕王弼：《周易略例・明象》。樓宇烈：《王弼集校釋》，北京：中華書局，1980 年版，第 591 頁。

〔註 105〕〔三國魏〕何晏集解，〔南朝梁〕皇侃義疏：《論語集解義疏》，北京：中華書局，1985 年版，第 214 頁。

〔註 106〕〔三國魏〕王弼：《論語釋疑》。樓宇烈：《王弼集校釋》，北京：中華書局，1980 年版，第 622 頁。

〔註 107〕〔三國魏〕王弼：《論語釋疑》。樓宇烈：《王弼集校釋》，北京：中華書局，1980 年版，第 622 頁。

〔註 108〕〔三國魏〕王弼：《論語釋疑》。樓宇烈：《王弼集校釋》，北京：中華書局，1980 年版，第 633 頁。

則無幽而不識；每事各爲意，則雖辯而愈惑」，其結果將「莫不誕其言以爲虛焉」。〔註 109〕王弼運用統會的方法建構其言不盡意、崇本統末的玄學體系。慧遠在論中亦多次提到「統」，如《沙門不敬王者論‧求宗不順化三》指出「凡在有方，同稟生於大化，雖群品萬殊，精粗異貫，統極而言，唯有靈與無靈耳」，《明報應論》指出「然佛教深玄，微言難辨，苟未統夫指歸，亦焉能暢其幽致？」在其他文章中，亦有論述，如《廬山出修行方便禪經統序》指出「然理不云昧，庶旨統可尋」，「而尋條求根者眾，統本運末者寡」。皆可見王弼統會方法的影響，這已成爲慧遠論辯的重要思想之一，他試圖以「統」來處理佛教各派思想之間的關係。

魏晉南北朝文士堅信在萬事萬物後面有一個「一」，也就是亞里士多德所說的「終極因」在決定著它們，只要「執一」，即抓住根本，就能「統眾」，統宗會元，提綱挈領，從容自如地應對各種錯綜複雜的情況。這種思辨模式的建立，標誌著魏晉南北朝文士將一元化生的思想從認識論上陞至方法論。在魏晉南北朝論體文中可見其影響，如嵇康在《明膽論》中指出：「夫論理性情，折引異同，固尋所受之終始，推氣分之所由。順端極末，乃不悖耳。今子欲棄置渾元，捃摭所見，此爲好理綱目，而惡持綱領也。」〔註 110〕強調要善於抓住主要方面，以綱帶目，反對捨本求末，理綱目而棄綱領，將執一統眾轉化爲一種論辯方法。

二、二極共構與莫不有對

由「一元」而化生出萬物，其化生的動力是什麼？老子曰：「道生一，一生二，二生三，三生萬物，萬物負陰以抱陽。」在他看來，「道」的內部蘊涵著陰陽兩種不同力量，其相互作用而化生出萬物。《莊子‧則陽》亦有類似回答：「少知曰：『四方之內，六合之裏，萬物之所生惡起？』大公調曰：『陰陽相照相蓋相治，四時相代相生相殺。』」〔註 111〕《周易‧繫辭》曰：「乾坤，其易之門邪？乾，陽物也；坤，陰物也。陰陽合德，而剛柔有體，以體天地之撰，以通神明之德」，「剛柔相推而生變化」，「剛柔相推，變在其中矣」。均

〔註 109〕〔三國魏〕王弼：《老子指略》。樓宇烈：《王弼集校釋》，北京：中華書局，1980 年版，第 198 頁。

〔註 110〕〔清〕嚴可均：《全三國文》卷 50，《全上古三代秦漢三國六朝文》，北京：中華書局，1958 年版，第 1336 頁。

〔註 111〕〔清〕郭慶藩：《莊子集釋》，北京：中華書局，1961 年版，第 914 頁。

將陰陽之間的相互作用看作萬物化生之動力。朱熹直接點明這一點，《朱子語類》卷 98 日：「凡天下之事，一不能化，惟兩而後能化。且如一陰一陽，始能化生萬物。」

陰陽二極互動而化生萬物，萬物內部亦包含陰陽相待之兩面，正如張載《正蒙・太和》所言，「造化所成，無一物相肖者，以是知萬物雖多，其實一物無無陰陽者，以是知天地變化，二端而已。〔註 112〕」事物之所以能夠產生千差萬別之變化，皆因其內部之陰陽交互作用。把握同一事物內部與不同事物之間的陰陽二極之變化，就能更深刻地認識事物之本質，我們的古人將其演變成一種二極共構思維方式。孔子稱之爲「叩其兩端」，《論語・子罕》稱：「吾有知乎哉？無知也。有鄙夫問於我者，空空如也，我叩其兩端而竭焉。」老子強調二極之間的相互依存與轉化，《老子》2 章曰：「有無相生，難易相成，長短相較，高下相傾，音聲相和，前後相隨。」〔註 113〕42 章曰：「故物或損之而益，或益之而損」〔註 114〕，58 章曰：「禍兮福之所倚，福兮禍之所伏」〔註 115〕。張載在《正蒙・太和》中作了進一步發揮：「兩不立則一不可見，一不可見則兩之用息。兩體者，虛實也，動靜也，聚散也，清濁也，其究一而已。」又曰：「感而後有通，不有兩則無一。故聖人以剛柔立本，乾坤毀則無以見易。」〔註 116〕程顥《河南程氏遺書》卷 11 曰：「天地萬物之理，無獨必有對，皆自然而然，非有安排也」〔註 117〕。

魏晉南北朝文士對二極共構思辨模式有著深刻體認，王弼在《老子指略》中分析《老子》的思維模式特點時指出：

> 凡物之所以存，乃反其形；功之所以尅，乃反其名。夫存者不以存爲存，以其不忘亡也；安者不以安爲安，以其不忘危也。故保其存者亡，不忘亡者存；安其位者危，不忘危者安。善力舉秋毫，善聽聞雷霆，此道之與形反也。〔註 118〕

〔註 112〕〔宋〕張載：《張橫渠集（一）》，北京：中華書局，1985 年版，第 14 頁。
〔註 113〕高明：《帛書老子校注》，北京：中華書局，1996 年版，第 230 頁。
〔註 114〕高明：《帛書老子校注》，北京：中華書局，1996 年版，第 32 頁。
〔註 115〕高明：《帛書老子校注》，北京：中華書局，1996 年版，第 110 頁。
〔註 116〕〔宋〕張載：《張橫渠集（一）》，北京：中華書局，1985 年版，第 13 頁。
〔註 117〕〔宋〕朱熹編：《河南程氏遺書》，上海：商務印書館，1935 年版，第 133 頁。
〔註 118〕〔三國魏〕王弼：《老子指略》。樓宇烈：《王弼集校釋》，北京：中華書局，1980 年版，第 197 頁。

老子採用「正言若反」的方式來闡述矛盾雙方的對立、統一、轉化關係，王弼從形名、存亡、安危相互轉化、相互依存的角度指出表面矛盾的雙方所具有的同一性。「王弼所說的常人的思維就是形式邏輯的思維，他所理解的《老子》的思維就是辯證的思維，這兩種思維的區別相當於黑格爾所說的知性與理性的區別。」〔註 119〕對辯證思維的重視，使魏晉南北朝文士能夠看到矛盾雙方對待互補與相生相勝的關係，從而更合理地把握事物整體的特點，探視隱藏在現象背後的本質所在。

「人文之元，肇自太極」〔註 120〕，劉勰將人文之源追溯到元氣渾一之「太極」。太極所生之陰陽觀念亦影響到文之創作，清人曾國藩《送周荇農南歸序》曰：「天地之數，以奇而生，以偶而成。一則生兩，兩則還歸於一。一奇一偶，互爲其用，是以無息焉。……一者陽之變，兩者陰之化。故曰一奇一偶者，天地之用也。文字之道，何獨不然。」〔註 121〕李兆洛在《駢體文鈔序》亦曰：「天地之道，陰陽而已。奇偶也，方圓也，皆是也。陰陽相併俱生，故奇偶不能相離，方圓必相爲用。道奇而物偶，氣奇而形偶，神奇而識偶。孔子曰：『道有變動，故曰爻，爻有等，故曰物，物相雜，故曰文。』又曰：『分陰分陽，迭用柔剛。』故《易》六位而成章，相雜而迭用。文章之用，其盡於此乎！」〔註 122〕二者均以陰陽共構，奇偶相生來解釋文章之道。這種二極建構思辨模式反映到論體文中就是處處有「對」，主要表現爲：

其一，兩兩相對的範疇與對比論證。如有與無、體與用、本與末、一與多、哀與樂、公與私、形與神、名教與自然等，言此必言彼，言彼以言此。具體到論證方法就是正反對比、古今對比的大量運用。

其二，問對型結構安排與對比性結構要素。不管是設論體、對問體，還是論難體結構，均有主客雙方，或以問導答，或相互論辯，通過二者理性認知力量的消長展現其說服與被說服的過程。魏晉南北朝論體文之對比性結構要素主要包括詳略、抑揚、頓挫、開合等，而開合又包含正反、虛實、斷續、擒縱等。這些對立的結構要素在相互作用中爲文章結構之形成提供動能。

〔註 119〕余敦康：《魏晉玄學史》，北京：北京大學出版社，2004 年版，第 134～135 頁。

〔註 120〕范文瀾：《文心雕龍注》，北京：人民文學出版社，1958 年版，第 2 頁。

〔註 121〕張文治：《古文治要》，上海：上海文明書局，1930 年版，第 332 頁。

〔註 122〕〔清〕李兆洛：《駢體文鈔》，鄭州：中州古籍出版社，1990 年版，第 19 頁。

其三，駢散並行。魏晉南北朝論體文文中奇偶交錯、駢散共行之句式亦表現出二極對立、相生之關係。其中的駢儷文句本身就是兩兩成對，《文心雕龍・麗辭》論述其產生曰：「造化賦形，支體必雙；神理爲用，事不孤立。夫心生文辭，運裁百慮，高下相須，自然成對。」〔註 123〕遍照金剛《文鏡秘府論・論對屬》亦曰：「凡爲文章，皆須對屬；誠以事不孤立，必有匹配而成。」〔註 124〕二者皆注意到支體必雙、事不孤立乃自然天成，是陰陽對舉思維方式的直覺外現。駢儷句式的根本特徵就在「對」，清人袁枚《胡稚威駢體文序》曰：「文之駢，即數之偶也。」兩兩相對方成駢，音則分平仄、形則分文質、義則分言事，以奇求偶，雙線並行，二向對立，兩個對句構成一個完整的系統，要理解其義必須互相參照，表現了一種對稱平衡之美。

在以上二極共構的範疇、結構與句式中，二極之間既相互對立，又彼此依存，相互包容、滲透，並在一定條件下相互轉化，實際上表現出來是一種辯證思維。

三、三維同建與「三事」話語

「三」在古人看來是個與眾不同的數，且對其有特殊的理解。老子言「二生三，三生萬物」，《周易・繫辭上》言「六爻之動，三極之道也」。《易緯・乾鑿度》引孔子之語曰「陽三陰四，位之正也」，〔註 125〕鄭玄抄錄《京氏易傳》爲其作注：「三者，東方之數，東方日所出也。又圓者，徑一而周三。四者，西方之數，西方日所入也。又方者，徑一而匝四也。」〔註 126〕從五行數位與天圓地方的角度解釋了爲什麼陽具有三的數理性質和方位特徵，爲什麼陰具有四的數理性質與方位特徵，以及爲什麼陽三陰四爲正位，對陰陽內涵有更深入而細緻的理解。至司馬遷又有「數起於一，終於十，成於三」之說。董仲舒在《春秋繁露・官制象天》中指出：「三而一成，天之大經也，以此爲天制」〔註 127〕，揚雄《玄圖》曰：「一玄都覆三方，方同九州」〔註 128〕，「玄有

〔註 123〕范文瀾：《文心雕龍注》，北京：人民文學出版社，1958 年版，第 588 頁。
〔註 124〕〔日〕遍照金剛著，王利器校注：《文鏡秘府論校注》，北京：中國社會科學出版社，1983 年版，第 486 頁。
〔註 125〕林忠軍：《易緯導讀》，濟南：齊魯書社，2002 年版，第 83 頁。
〔註 126〕林忠軍：《易緯導讀》，濟南：齊魯書社，2002 年版，第 83 頁。
〔註 127〕蘇輿：《春秋繁露義證》，北京：中華書局，1992 年版，第 216 頁。

二道，一以三起，一以三生」〔註 129〕，均強調了「三」在事物生成過程中的重要地位。

從思維方式的角度看，以三極鼎立的結構模式來理解事物現象的構成，並闡釋左右事物運作變化的諸種因素之間的相互關係，是建立在三維同建思辨模式之上。點滴是零維，單線是一維，平面是二維，立體是三維。三維綜合觀超出了點滴、單線、平面的立論範圍，是一種最符合事物眞實面貌、最能洞悉事物本質的立體思維方法。三維不同於一般的三分，它不是無序狀態下的分而爲之，也不是事物在同一軸線運動過程的三個分數，而是強調鼎立的三極之間相互影響、相互制約，其中任何兩極都能自由地進行直接的往復聯繫。三維同建思辨模式改變了只沿一根軸線單層面地考察現象的格局，有比較自由的、多層面的往復聯繫。

魏晉南北朝文士的思辨經常借助「分而爲三」而達於精微，尤其得益於三維模式的運用，在其論體文中則主要表現爲「三事」的運用。對「三事」所指，杜貴晨先生曾有精闢論述，在其《中國古代文學的「三事」話語》一文中對其來源與意義探本溯源，認爲其本義指施政的三件大事，「三事」話語，「作爲一種句法或文學現象，其通常的形式是一句話列舉『三事』，作三個、三面或三層意義表述的語言形式」。〔註 130〕杜先生對「三事」話語的研究多集中在小說文體中，而對散文，尤其是以言理爲主要特徵的論體文則涉及甚少。「三事」之起源如其所言，「大約因爲『三』之爲數很早就被賦予了『三極之道』（《周易・繫辭傳上》）的神聖意義，又因『三事大夫』的高官地位之故，所以，西周以後雖不再有此設置，但是，凡爲論說，仍然習慣於標舉『三事』，以示全面、深刻和鄭重，形成我國古代生活中『三事』話語的傳統」。也就是說，舉「三事」本爲論理，所以，在論體文中的應用正是保留其原始功能。魏晉南北朝論體文在敘事性言說中仍不乏「三事」話語，形成其別具特色的數理之美，反映了其時文士的三維思辯模式。

〔註 128〕〔漢〕揚雄著，〔宋〕司馬光集注：《太玄集注》，北京：中華書局，1998 年版，第 211 頁。

〔註 129〕〔漢〕揚雄著，〔宋〕司馬光集注：《太玄集注》，北京：中華書局，1998 年版，第 212 頁。

〔註 130〕杜貴晨：《中國古代文學的「三事」話語》，《泰山學院學報》，2004 年第 2 期，第 10 頁。

（一）分三項而成論

分而論之或許是一切理論展開的基本方法。構成事物現象的因素往往是多元的，其結合方式和關係一般都有明顯的矛盾性、協調性與變易性。對立統一的關係普遍存在，但二元的對立統一絕不是唯一的類型。在剖析紛繁的現象時，分而為二的理論模式也並非總是應付裕如。魏晉南北朝論體文「三事」話語的典型用法就是分三項而成論，又可分為三種情況：

其一，一分為三式。先總說，再分三項進行論述，類似於佛教「論」文中常用的「六離合釋」中的「帶數釋」，即在解說一個事理時，將其內涵分為一、二、三條，再逐條進行解析，使問題條分縷析，使文意如剝筍般層次清晰，行文邏輯周密嚴謹，形成拾級而上的序列美。如荀悅《漢紀・孝武皇帝紀》論述「三遊」即採用這種結構，開頭提出中心論點「世有三遊，德之賊也。一曰游俠，二曰遊說，三曰遊行」，之後解釋何為「游俠」、「遊說」、「遊行」，再一一闡述其危害，得出「故大道之行，則三遊廢矣」〔註131〕的結論，提出政治措施。文章說理充分，讓人不容質疑，心服口服。

東晉慧遠在其《三報論》中亦採用這種方式：

> 經說業有三報：一曰現報，二曰生報，三曰後報。現報者，善惡始於此身，即此身受。生報者，來生便受。後報者，或經二生三生，百生千生，然後乃受。受之無主，必由於心；心無定司，感事而應；應有遲速，故報有先後；先後雖異，咸隨所遇而為對；對有強弱，故輕重不同。斯乃自然之賞罰，三報之大略也。〔註132〕

先將報應分為三種，現報，生報和後報，然後一一加以闡釋，再進一步分析，指出報應的主體是「心」，而所謂的「三報」，乃是自然依據每個人的業分別作出的賞罰。這樣的剖析層層深入，論辯嚴密完整，具有較強的說服力。

沈約《述僧中食論》將外物對心神的侵擾分為三種：

> 人所以不得道者，由於心神昏惑；心神所以昏惑，由於外物擾之。擾之大者，其事有三：一則勢利榮名；二則妖妍靡曼；三則甘旨肥濃。榮名雖日用於心，要無晷刻之累；妖妍靡曼，方之已深。

〔註131〕〔漢〕荀悅撰，張烈點校：《漢紀》，北京：中華書局，2002年版，第158～159頁。

〔註132〕《弘明集・三報論》。《弘明集・廣弘明集》，上海：上海古籍出版社，1991年版，第35頁上。

> 甘旨肥濃，爲累甚切，萬事云云，皆三者之枝葉耳。聖人知不斷此三事，求道無從可得，不得不爲之立法，使簡而易從也。〔註 133〕

先指出人不得道之根源在於心神昏惑，再探究造成心神昏惑的緣由在於外物干擾，之後分析干擾之事有三項，一一論述。

劉峻《廣絕交論》論述由「五交」造成的「三釁」曰：

> 因此五交，是生三釁：敗德殄義，禽獸相若，一釁也。難固易攜，讎訟所聚，二釁也。名陷饕餮，貞介所羞，三釁也。〔註 134〕

諸如此類，在魏晉南北朝論體文中不勝枚舉。其基本結構爲先總括後分說，而分說部分又含三項，呈現條分縷析的序列美。

其二，合三爲一式。與「一分爲三式」相反，「合三爲一式」先言「三事」，然後對其進行總結，得出結論。慧遠《沙門不敬王者論》論「三者」曰：

> 六合之外，存而不論者，非不可論，論之或乖；六合之內，論而不辯者，非不可辯，辯之或疑；春秋經世，先王之志，辯而不議者，非不可議，議之者或亂。此三者，皆即其身耳目之所不至，以爲關鍵，而不關視聽之外者也。〔註 135〕

此處分論「六合之外」「六合之內」「春秋經世」三種情況，論述「論」「辯」「議」三者之關係，出白《莊子・齊物論》：「六合之外，聖人存而不論；六合之內，聖人論而不議。春秋經世，先王之志，聖人議而不辯。」〔註 136〕最後總結，「此三者，皆即其身耳目之所不至，以爲關鍵，而不關視聽之外者也」。

再如鍾會《芻蕘論》論「交」曰：「有貪其財而交，有慕其勢而交，有愛其色而交。三者既衰，疏薄由生。」〔註 137〕將人與人之間的交往分爲三種，貪財、慕勢、愛色，再總結三者既衰則疏薄由生。東漢袁宏《後漢紀》史論亦不乏合三爲一式論述，如：

〔註 133〕〔清〕嚴可均：《全梁文》卷 29，《全上古三代秦漢三國六朝文》，北京：中華書局，1958 年版，第 3122 頁上。

〔註 134〕〔清〕嚴可均：《全梁文》卷 57，《全上古三代秦漢三國六朝文》，北京：中華書局，1958 年版，第 3289 頁。

〔註 135〕〔清〕嚴可均：《全晉文》卷 161，《全上古三代秦漢三國六朝文》，北京：中華書局，1958 年版，第 2394 頁。

〔註 136〕〔清〕郭慶藩：《莊子集釋》，北京：中華書局，1961 年版，第 83 頁。

〔註 137〕〔清〕嚴可均：《全三國文》，《全上古三代秦漢三國六朝文》，北京：中華書局，1958 年版，第 1191 頁上。

> 夫世之所患，患時之無才也；雖有其才，患主之不知也；主既知之，患任之不盡也。彼三患者，古今之同，而御世之所難也。〔註 138〕

> 夫生而樂存，天之性也；困而思通，物之勢也；愛而效忠，情之用也。故生苟宜存，則四體之重不可輕也；困必宜通，則天下之欲不可去也；愛必宜用，則北面之節不可廢也。此三塗者，其於趣舍之分，則有同異之辨矣；統體而觀，亦各天人之理也。〔註 139〕

前者論古今相同之「三患」，後者論「生而樂存」、「困而思通」、「愛而效忠」之三塗，皆採用先分後總之結構，體現出思維由發散到收斂的過程。

其三，三足鼎立式。與「一分爲三式」、「合三爲一式」不同，「三足鼎立式」只有「分論」而無「總論」，三項之間呈並列關係。如裴頠《崇有論》曰：「是以立言藉於虛無，謂之玄妙；處官不親所司，謂之雅遠；奉身散其廉操，謂之曠達。」將「玄妙」、「雅遠」、「曠達」之表現分別闡述，三者之間並無交集。由反問句式構成的「三足鼎立式」，形成排比，更能增強其引人深思的力量。如李康《運命論》曰「名與身孰親也？得與失孰賢也？榮與辱孰珍也？」〔註 140〕「名與身」、「得與失」、「榮與辱」是三個並列的範疇，如三足之鼎立，彼此之間並無必然關係。

以上三種「分三項而成論」之方式，使論體文在或分或合或並列中達到提綱挈領、并言三面的效果，使論證層次分明而條分縷析。

（二）舉三事以爲證

魏晉南北朝文士在證明觀點時，往往要舉出實例，以增強說服力。舉兩例太少，舉四例太多，於是他們往往舉三事以爲證。如此便打破言必成雙之模式，爲其論文增加錯綜變化之美。

「三事」話語中的用典，常常是三個同類典故一起使用，從不同的歷史人物、事件中找出共同的特點，有力地論證作者的觀點。如李康《運命論》

〔註 138〕〔晉〕袁宏撰，張烈點校：《後漢紀》，北京：中華書局，2002 年版，第 108 頁。

〔註 139〕〔晉〕袁宏撰，張烈點校：《後漢紀》，北京：中華書局，2002 年版，第 334 頁。

〔註 140〕〔清〕嚴可均：《全三國文》卷 43，《全上古三代秦漢三國六朝文》，北京：中華書局，1958 年版，第 1296 頁。

曰:「幽王之惑褒女也，祆始于夏庭；曹伯陽之獲公孫強也，徵發于社宮；叔孫豹之昵豎牛也，禍成于庚宗」〔註 141〕，列舉三個典故來證明「豈惟興主，亂亡者亦如之焉」。嵇康《釋私論》:「是故伊尹不惜賢于殷湯，故世濟而名顯；周旦不顧賢而隱行，故假攝而化隆；夷吾不匿情于齊桓，故國霸而主尊。其用心豈爲身而繫乎私哉！」〔註 142〕以伊尹、周旦、夷吾之事例證明其用心乃爲公，非繫於私，增強說服力。《聲無哀樂論》中亦多處採用「三事」用典，如「昔伯牙理琴，而鍾子知其所志；隸人擊磬，而子產識其心哀；魯人晨哭，而顏淵審其生離」，〔註 143〕「且師襄奏操，而仲尼覩文王之容；師涓進曲，而子野識亡國之音；寗復講詩而後下言，習禮然後立評哉。斯皆神妙獨見，不待留聞積日，而已綜其吉凶矣」。〔註 144〕「若葛盧聞牛鳴，知其三子爲犧；師曠吹律，知南風不競，楚師必敗；羊舌母聽聞兒啼，而審其喪家。凡此數事，皆效于上世，是以咸見錄載。推此而言，則盛衰吉凶，莫不存乎聲音矣」。〔註 145〕皆通過列舉三件性質相似的事例來證明自己的觀點。這也是「三事」話語與「雙事」話語用典之不同處，前者只能選取三件性質形似的事例以證明觀點，後者則既可選取相似事例成「正對」，亦可選取性質相反之事例成「反對」，採用直接論證或對比論證的方式。

除了用典，舉三事時亦可運用類比手法，以從不同角度對同一道理進行說明。李康《運命論》:「夫忠直之迕于主，獨立之負于俗，理勢然也。故木秀于林，風必摧之；堆出于岸，流必湍之；行高于人，眾必非之。」〔註 146〕爲證明忠直之士忤於主、獨立之士負於俗是理勢所然，而以「木秀于林」、「堆出于岸」、「行高于人」類比之，使言理通俗易懂，增強說服力。

〔註 141〕〔清〕嚴可均:《全三國文》卷 43,《全上古三代秦漢三國六朝文》，北京：中華書局，1958 年版，第 1295 頁。
〔註 142〕〔清〕嚴可均:《全三國文》卷 50,《全上古三代秦漢三國六朝文》，北京：中華書局，1958 年版，第 1334 頁。
〔註 143〕〔清〕嚴可均:《全三國文》卷 49,《全上古三代秦漢三國六朝文》，北京：中華書局，1958 年版，第 1329 頁。
〔註 144〕〔清〕嚴可均:《全三國文》卷 49,,《全上古三代秦漢三國六朝文》，北京：中華書局，1958 年版，第 1329 頁。
〔註 145〕〔清〕嚴可均:《全三國文》卷 49,《全上古三代秦漢三國六朝文》，北京：中華書局，1958 年版，第 1330 頁。
〔註 146〕〔清〕嚴可均:《全三國文》卷 43,《全上古三代秦漢三國六朝文》，北京：中華書局，1958 年版，第 1295 頁。

（三）立三極以建構

《周易・繫辭上》所言「三極之道」中的「三極」何指？《逸周書・小開武》曰「在我文考，順明三極……三極：一、維天九星，二、維地九州，三、維人四佐。」《成開》曰：「三極：一、天有九列，別時陰陽；二、地有九州，別處五行；三、人有四佐，佐官維明。」均認爲「三極」當指天、地、人。《周易・繫辭下》曰：「《易》之爲書也，廣大悉備：有天道焉，有人道焉，有地道焉。兼三才而兩之，故六。六者非它也，三才之道也。」「三才」亦指天、地、人。三極建構由此而來，也就是說以三極鼎立的結構模式來理解事物現象的構成，並闡釋左右事物運作變化的諸種因素之間的相互關係。鼎立的三極相互影響、相互制約，其中任何兩極都能自由地進行直接的往復聯繫。如荀悅《漢紀》曰：

> 《易》稱：「有天道焉，有地道焉，有人道焉」，各當其理而不相亂也。過則有故，氣變而然也。若夫大石自立，僵柳復起，此形神之異也。男子化爲女，死人復生，此含氣之異也。鬼神髣髴在於人間，言語音聲，此精神之異也。夫豈形神之怪異哉？各以類感，因應而然。善則爲瑞，惡則爲異；瑞則生吉，惡則生禍。精氣之際，自然之符也。故逆天之理，則神失其節，而妖神妄興；逆地之理，則形失其節，而妖形妄生；逆中和之理，則含血失其節，而妖物妄生。此其大旨也。〔註147〕

以「神」「形」「物」比附「天」「地」「人」三道，列舉「形神之異」「含氣之異」「精神之異」之現象，歸結其因在於「逆天之理」「逆地之理」「逆中和之理」而使「妖神妄興」「妖形妄生」「妖物妄生」。

再如伏滔《正淮論上》以「天時、地利、人和」論國之盛衰，曰：

> 夫懸象著明，而休徵表于列宿；山河衿帶，而地險彰于丘陵；治亂推移，而興亡見于人事。由此而觀，則兼也必矣。昔妖星出于東南，而弱楚以亡，飛孛橫于天漢，而劉安誅絕，近則火精晨見，而王淩首謀，長彗宵暎，而毋丘襲亂。斯則表乎天時也。彼壽陽者，南引荊汝之利，東連三吳之富；北接梁宋，平塗不過七日；西援陳許，水陸不出千里。外有江湖之阻，內保淮肥之固。龍泉之陂，良疇萬頃，舒六之貢，利盡蠻越，金石皮革之具萃焉，苞木箭竹之族

〔註147〕〔漢〕荀悅撰，張烈點校：《漢紀》，北京：中華書局，2002年版，第227頁。

> 生焉，山湖藪澤之隈，水旱之所不害，土產草滋之實，荒年之所取給。此則係乎地利者也。其俗尚氣力而多勇悍，其人習戰爭而貴詐僞。豪右并兼之門，十室而七；藏甲挾劍之家，比屋而發。然而仁義之化不漸，刑法之令不及，所以屢多亡國也。〔註 148〕

伏滔的觀點承《孟子・公孫丑下》而來：「天時不如地利，地利不如人和。」《孫臏兵法・月戰》亦曰：「天時、地利、人和，三者不得，雖勝有殃。」文段開頭提出天地人「其兼也必矣」的觀點，下文一一論述，尤其強調「人事」乃亡國與否的關鍵因素。再如何承天《達性論》曰：

> 天以陰陽分，地以剛柔用，人以仁義立。人非天地不生，天地非人不靈，三才同體，相須而成者也。故能稟氣清和，神明特達，情綜古今，智周萬物，妙思窮幽賾，製作侔造化，歸仁與能，是爲君長。〔註 149〕

此處論述了天、地、人三極之關係，強調其三才同體、相互依賴之特點。

除了以天、地、人爲三極進行論述外，亦有其他三極共建的。如荀悅《高祖皇帝紀》論形、勢、情爲三極，先提出論點「夫立策決勝之術，其要有三：一曰形，二曰勢，三曰情。形者，言其大體得失之數也；勢者，言其臨時之宜也，進退之機也；情者，言其心志可否之意也。故策同事等而功殊者何？三術不同也。」之後從三個方面進行論述，「同事而異形」，「同事而異勢」，「同事而異情」，最後得出「權不可預設，變不可先圖，與時遷移，應物變化，設策之機也」〔註 150〕的結論。全篇渾然一體，像是不假思索，一筆揮成，在謀篇佈局上卻可以看到精到的安排與功力，給人無懈可擊之感。再如嵇康《釋私論》論述「行賢」「任心」與「顯情」三極之關係曰：「君子之行賢也，不察于有度而後行也；任心無邪，不議于善而後正也；顯情無措，不論于是而後爲也」，〔註 151〕「是故傲然忘賢，而賢與度會；

〔註 148〕〔清〕嚴可均：《全晉文》卷 133，《全上古三代秦漢三國六朝文》，北京：中華書局，1958 年版，第 2226 頁。

〔註 149〕〔清〕嚴可均：《全宋文》卷 24，《全上古三代秦漢三國六朝文》，北京：中華書局，1958 年版，第 2568 頁。

〔註 150〕〔漢〕荀悅撰，張烈點校：《漢紀》，北京：中華書局，2002 年版，第 26～27 頁。

〔註 151〕〔清〕嚴可均：《全三國文》卷 50，《全上古三代秦漢三國六朝文》，北京：中華書局，1958 年版，第 1334 頁上。

忽然任心，而心與善遇；儻然無措，而事與是俱也」，〔註 152〕也屬於三極建構，三位一體。

第五節　審智品格

所謂「品格」，在心理學中，「一般被理解爲個體所呈現出來的比較穩定的心理特質和行爲模式之總稱」。〔註 153〕在古人看來，文體也滲透著生命意識，也像人體一樣具有生氣和活力。黃霖等著的《原人論》指出：「古代文論家以生命的眼光看待文學，古代文體論也滲透著濃重的生命意識。這主要表現在兩個方面：第一，文體的確立和使用受主體生命精神、生命態度的制約，也就是劉勰所述的『因情立文』。作家創作使用何種文體是按情感表達的需要，按主體生命精神的表現需要而確定的，因而，文體與作家的生命精神相一致。第二，古代文論家認爲，文學作品的文體形式是一種類似於人的生命體的形式，這種觀念表現在古代文論家對文體形式的論述中。」〔註 154〕可見，文體形式中也內蘊著豐富的內容和意義，不同的文體具有不同的品格，不同的行文模式體現出不同的心理特質。魏晉南北朝時期，作論可謂爲獨立的精神探險，要求創作者必須具備獨立見解與立場，他們執著於對天人之際的探究、對現實與歷史的評判及對政治文化、道德命題的直面言說。作論終究不同於寫詩與作賦，不以抒情、體物爲主，而以審智爲其根本要求，具有獨特的品格。

一、致力於現實批判的反思品格

《禮記・中庸》云：「博學之，審問之，愼思之，明辨之，篤行之。」其中，「審問」「愼思」「明辨」即可用來概括魏晉南北朝論體文的審愼思辨傾向的具體表徵。「博學」爲審愼思辨的前提，「篤行」則是其結果。隨著主體意識的日益覺醒，論體文成爲魏晉南北朝文士發揮批判功能的重要武器。較之

〔註 152〕〔清〕嚴可均：《全三國文》卷 50，《全上古三代秦漢三國六朝文》，北京：中華書局，1958 年版，第 1334 頁上。

〔註 153〕楊方：《論哲學品格》，《南通大學學報（社會科學版）》，2007 年第 4 期，第 17 頁。

〔註 154〕黃霖、吳建民、吳兆路：《原人論》，上海：復旦大學出版社，2000 年版，第 273 頁。

其他文體，論體文具有更深刻、更豐富的意蘊內涵，更濃厚更睿智的理性品味與更鮮明、更激烈的情感傾向。創作者敏銳的批判眼光賦予其一種撞擊社會現實的穿透力，而強烈的關注歷史、社會與個體前景與命運的參與精神又使其贏得深入人心的感召力。著論者站在一定的歷史高度，以敏銳的眼光對現實狀況進行深刻剖析，在此基礎上反思人類自身的處境，關注其現狀與未來。

對自身生存狀況的觀照與審視，是魏晉南北朝論家深刻反思的重要內容。馮契先生指出：「由於反思，人對自我有了越來越明白的意識。人憑意識之光不僅照亮外在世界而且用來反照自己，提高了人心的自覺性。」〔註155〕在險惡的政治環境中，個體生命顯得如此脆弱無助，稍有不慎就會死於非命。阮籍選擇了縱酒酣飲，逃避現實，在《詠懷詩》中以隱晦的方式吟唱內心的痛苦與矛盾。更具哲人氣質的嵇康則在《卜疑》中深刻地反思：

> 吾寧發憤陳誠，讜言帝庭，不屈王公乎？將卑懦委隨，承旨倚靡，爲面從乎？
>
> 寧愷悌弘覆，施而不德乎？將進趣世利，苟容偷合乎？
>
> ……寧與王喬赤松爲侶乎？將進伊摯而友尚父乎？……將如箕山之夫，潁水之父，輕賤唐虞而笑大禹乎？
>
> 寧如老聃之清淨微妙，守玄抱一乎？將如莊周之齊物變化，洞達而放逸乎？〔註156〕

其內心的痛苦與矛盾通過這些選擇式問句淋漓盡致地表現出來，在經過深刻反思後，最終選擇直面慘淡的現實與人生，堅持自己的理想，與殘酷的現實抗爭到底。《卜疑》可視爲其在自問自答中對人生旨趣進行的反思與抉擇，表明其繼續高潔心性持守節操、不與世同流合污的決心。西晉夏侯湛在《抵疑》中對自己的處境進行描述：

> 僕也承門户之業，受過庭之訓，是以得接冠帶之末，充乎士大夫之列，頗闚《六經》之文，覽百家之學。弱年而入公朝，蒙蔽而當顯舉，進不能拔群出萃，卻不能抗排當世，志則乍顯乍昧，文則

〔註155〕馮契：《認識世界與認識自己》，上海：華東師範大學出版社，1996年版，第216頁。

〔註156〕〔清〕嚴可均：《全三國文》卷47，《全上古三代秦漢三國六朝文》，北京：中華書局，1958年版，第1321頁。

> 乍幽乍蔚。知之者則謂之欲逍遙以養生，不知之者則謂之欲遑遑以求達。……僕，東野之鄙人，頑直之陋生也。不識當世之便，不達朝廷之情，不能倚靡容悅，出入崎傾，逐巧點妍，嘔喁辯佞。隨群班之次，伏簡墨之後。〔註 157〕

借助自嘲的方式，將自己飽讀詩書而居下位的坎廩不平之氣發泄出來，寄託對仕途險惡、正道直行之艱難的憤慨，表達自己孤高超拔、守正不移、潔身自好、不與現實妥協的志向。

與論體文反思品格密不可分的是其批判性。通過對生存環境的審視，對現存世界的批判以捍衛人的價值與尊嚴，可以說經由反思的批判才是理性的、犀利的。在論體文創作中，魏晉南北朝文士敢於對一切不合理現象進行批判，這種批判是學術性的而非政治性的，是平等的論辯與爭鳴而非審判與扼殺。敏銳的洞察力使其能夠對種種荒謬無理的社會制度有著深刻認識，獨立自主的人格又使其追求學術思想的自主，不依附權貴，不人云亦云。魏晉南北朝論體文所給予我們的絕不是歌功頌德，而是理性的針砭，對權威的批判。上文在論述魏晉南北朝論體文的「刺世之憤」時已涉及到其對儒家禮法、虛僞名教、社會黑暗、世態炎涼進行的無情針砭，此處談一下其對不同見解的學術論辯與批判，從另一層面瞭解魏晉南北朝論家在介入社會現實過程中又兼顧思想學術之建樹的特點。劉永濟在《十四朝文學要略》中稱正始時期「此標新義，彼出攻難，既著篇章，更申酬對。苟片言賞會，則舉世稱奇，戰代遊談，無其盛也」〔註 158〕。嵇康好辯，與向秀辯「養生」，與呂安辯「明膽」，與張邈辯「自然好學」，與阮德如辯「宅無吉凶」，《聲無哀樂論》亦以與秦客論辯的方式展開，這些論題頗具學術性，是嵇康理性批判精神的體現。勇敢堅持獨立見解，敏銳洞察荒謬無理，嚴正抗議邪惡非義，其批判超越個人情感，以有理有據取勝。東晉慧遠亦爲論辯大師，其與桓玄辯沙門是否應該禮敬王者，與何無忌辯沙門是否應袒服，分別與桓玄、戴逵辯是否有因果報應，其論體文亦爲理性思辨的傑作，在平等爭鳴中破除異說、闡明己見。無神論者范縝更是以其眞知灼見而留名青史，他高揚「神滅論」之旗幟，不

〔註 157〕〔清〕嚴可均：《全晉文》卷 69，《全上古三代秦漢三國六朝文》，北京：中華書局，1958 年版，第 1855 頁。

〔註 158〕劉永濟：《十四朝文學要略》，哈爾濱：黑龍江人民文學出版社，1984 年版，第 144 頁。

畏強權，勇持己說。所有這些都表現出魏晉南北朝論家眞理面前人人平等的意識和勇於懷疑、勇於批判的精神。因其如此，他們才在論作中對社會現實中的種種荒謬無理的現象有著敏銳洞察能力，敢於對一切邪惡勢力提出嚴正抗議，成爲社會良知的代表。

二、追求理想境界的超越品格

毋庸置疑，論是一種實用文體，以表達思想爲主要內容，而思想產生的源泉正是現實生活，因此，其是人生存境況的反映。然而，較之書牘、碑誄、表、策等應用文體，論又具有超越品格，意味著要超越現實，克服有限性，進入形而上之思的境界。論體文是審美與審智的結合，是用智慧的靈光透視人生，提升自我、超越自我的重要方式，它記錄了人的心靈動向，寄託其價値關懷。

魏晉南北朝論家生活於殘酷黑暗的現實中，不可能獲得眞正自由，其精神意志受制於現實，在論體文中虛構出理想人格意象與自由的人生境界，從而使自己得到某種心理滿足。作論成爲文士在現實中克服自身有限性與現實局限性而採取的一種超越行爲，從而使其在現實境遇中失衡的心理得到補償。從這個意義上說，魏晉南北朝論體文既具有現實建構性，又具有理想虛構性。對現實的批判本身就是一種破壞性解構，上文已述，此處著重談一下魏晉南北朝論體文追求理想境界的超越品格。

嵇康在《養生論》《答難養生論》中闡述了「清虛靜泰，少私寡欲」的自然養生觀，借對長生的追求表達其對理想人生境界的渴望。其《養生論》曰：

> 善養生者，則不然矣。清虛靜泰，少私寡欲。知名位之傷德，故忽而不營，非欲而彊禁也。識厚味之害性，故棄而弗顧，非貪而後抑也。外物以累心不存，神氣以醇白獨著，曠然無憂患，寂然無思慮。又守之以一，養之以和，和理日濟，同乎大順。然後蒸以靈芝，潤以醴泉，晞以朝陽，綏以五弦，無爲自得，體妙心玄，忘歡而後樂足，遺生而後身存。若此以往，恕可與羨門比壽，王喬爭年，何爲其無有哉？〔註159〕

《答難養生論》曰：

〔註159〕〔清〕嚴可均：《全三國文》卷48，《全上古三代秦漢三國六朝文》，北京：中華書局，1958年版，第1324頁。

> 順天和以自然，以道德爲師友，翫陰陽之變化，得長生之永久，任自然以託身，並天地而不朽。〔註 160〕

由此不難看出，嵇康心中理想的人生境界以崇尚自然、否定虛僞名教爲特徵，在與自然和諧相處中實現人格的自我完善與精神的自由，顯然繼承並發揚了莊子在《逍遙遊》中所闡發的絕對精神自由。在《聲無哀樂論》中，嵇康描繪了「古之王者」統治下的和諧社會之狀況：

> 古之王者，承天理物，必崇簡易之教，御無爲之治。君靜于上，臣順于下，玄化潛通，天人交泰。枯槁之類，浸育靈液，六合之內，沐浴鴻流，蕩滌塵垢，群生安逸，自求多福，默然從道，懷忠抱義，而不覺其所以然也。和心足于內，和氣見于外……若以往則萬國同風，芳榮濟茂，馥如秋蘭，不期而信，不謀而誠，穆然相愛，猶舒錦綵，而粲炳可觀也。大道之隆，莫盛於茲，太平之業，莫顯于此。〔註 161〕

文中充滿對遠古之世和諧社會的憧憬與嚮往，其時君臣關係效法自然，天人交泰，人們安居樂業，相親相愛。《難自然好學論》中亦刻畫了原始和諧狀態下的洪荒之世，「洪荒之世，大樸未虧。君無文于上，民無競于下。物全理順，莫不自得。飽則安寢，飢則求食。怡然鼓腹，不知爲至德之世也。若此，則安知仁義之端，禮律之文」〔註 162〕，表達其對「體資易簡，應天順矩」「君道自然」（《太師箴》）的理想人生境界的追求。這是一種在殘酷政治壓迫下唱出的理想之歌，更反襯出現實社會的黑暗與名家禮法違背自然與人性的虛僞性。

鮑敬言在《無君論》中勾畫出一幅「曩古之世，無君無臣」理想的社會畫面，將「無君」狀態下人們委運自然、怡然自得的生活狀態描繪出來，「曩古之世，無君無臣，穿井而飲，耕田而食，日出而作，日入而息。汎然不繫，恢爾自得，不競不營，無榮無辱。山無蹊徑，澤無舟梁。川谷不通，則不相并兼；士眾不聚，則不相攻伐。是高巢不探，深淵不漉，鳳鸞棲息於庭宇，龍鱗群遊於園池，飢虎可履，虺蛇可執，涉澤而鷗鳥不飛，入林而狐兔不驚……

〔註 160〕〔清〕嚴可均：《全三國文》卷 48，《全上古三代秦漢三國六朝文》，北京：中華書局，1958 年版，第 1327 頁。

〔註 161〕〔清〕嚴可均：《全三國文》卷 49，《全上古三代秦漢三國六朝文》，北京：中華書局，1958 年版，第 1332 頁。

〔註 162〕〔清〕嚴可均：《全三國文》卷 50，《全上古三代秦漢三國六朝文》，北京：中華書局，1958 年版，第 1336 頁。

降及杪季，智用巧生，道德既衰，尊卑有序……君臣既立，眾慝日滋，而欲攘臂乎桎梏之間，愁勞於塗炭之中」〔註 163〕。將社會中奢侈浪費、虛僞欺詐、盜竊掠奪等罪惡現象的出現歸之於「有君」，直指問題產生之核心，見解深刻而犀利。

嵇康與鮑敬言論中的理想境界都存在於洪荒之世、遠古時代，在他們看來曾經發生過，只是現實由於政治之黑暗，君主之統治而使之只能存在於理想中。受印度大乘空宗思想影響的僧肇所嚮往的涅槃聖境則是「潢漭惚恍，若存若往」的。其《涅槃無名論》曰：

> 夫涅槃之爲道也，寂寥虛曠，不可以形名得；微妙無相，不可以有心知。超群有以幽昇，量太虛而永久，隨之弗得其蹤，迎之罔眺其首，六趣不能攝其生，力負無以化其體。潢漭惚恍，若存若往。〔註 164〕

這種「寂寥虛曠」「微妙無相」的虛無境界顯然有別於嵇康、鮑敬言等人嚮往的「曩古之世」，更具現實超越性與宗教神秘美。

綜上所述，可以發現，魏晉南北朝論體文在對現實批判的基礎上，充滿對理想境界的嚮往，這是一種超越於現實的重構，一種在批判解構的廢墟上重新建構理想家園的大膽嘗試。如此，賦予論作以反思中的超越品格。

三、張揚主體意識的獨創品格

方孝岳指出：「批評一切文章，都從作者的爲人來著眼，才是高人一著。論之外，其他的文章，如詩，如告語類的文章，本也是如此。但是詩的意思最含蓄，告人之文，多少有些環境和客觀的關係；只有論之一體，是完全主觀的、直質的、內心的表現了。」〔註 165〕這裏談的雖是文學批評，卻道出了論體文的一個根本特點，即具有濃厚的主觀色彩，表現了作論者強烈的主體意識與獨創品格。錢穆《國學概論》指出：「蓋凡一時之學術風尚，必有一種

〔註 163〕楊明照：《抱朴子外篇校箋（下）》，北京：中華書局，1997 年版，第 498～509 頁。

〔註 164〕〔清〕嚴可均：《全晉文》卷 165，《全上古三代秦漢三國六朝文》，北京：中華書局，1958 年版，第 2417 頁。

〔註 165〕方孝岳：《中國文學批評．中國散文通論》，北京：三聯書店，2007 年版，第 40 頁。

特殊之精神」，而魏晉南北朝時期「個人自我之覺醒」〔註 166〕，使經的束縛被打破，於是群賢共論，各逞其性。論體文，是魏晉南北朝文士思人所未思、言人所未言，成一家之言的重要載體。魏晉南北朝士人「在中國文學史上，第一次將主體自身價值的思考訴之於論說體的文本樣式之中」〔註 167〕，因其如此，他們創作的論體文才具有更加鮮明的主體意識與獨創品格。

魏晉南北朝論辯風盛，文士各持己見，反覆論難。其時士人具有鮮明的自我意識，他們達知自我的存在與特性，關注自己的形象與價值，感歎時光的易逝與生命的短暫。《世說新語・品藻》載殷浩發出的「我與我周旋久，寧作我」，亦可看成其自我意識覺醒之宣言。他們關注的重心由漢代群體中的「人」轉變爲個體意義上的「人」，人物品鑒之風的盛行正是其「以己度人」，以自我之認識評價別人的重要表現。而對論著的重視又是其對話語權的掌控，通過論作讓外界聽到自己發出的聲音。從正始玄學家共同析理的玄學論著到竹林名士有關理想人格建構的言論篇章，到晉代各家的眾多論著、南北朝三教之論爭，都以自我個性爲宗，將獨立的見解傾注於論體文中。唯有各持己見，互不相讓，絕不盲從，才能形成論辯之風。

劉勰在評價正始之論時，指出：「詳觀蘭石之才性，仲宣之去伐，叔夜之辨聲，太初之本玄，輔嗣之兩例，平叔之二論，並師心獨見，鋒穎精密，蓋人倫之英也。」〔註 168〕對「師心獨見，鋒穎精密」的重視使魏晉南北朝論體文新見迭出，翻案之風蓬勃興起，表現了其時文士對約定俗成的常識的質疑與對被奉爲經典的言論的批判。魯迅稱「嵇康的論文比阮籍更好，思想新穎，往往與古時舊說反對」〔註 169〕，《聲無哀樂論》以振聾發聵之音打破了儒家「治世之音安以樂，亡國之音哀以思」的觀點，《管蔡論》爲史家向以「凶逆」所目的管、蔡翻案，表現了嵇康的過人膽識。習鑿齒之《晉承漢統論》一反之前作爲蜀漢舊臣的陳壽在《三國志》中堅持的以魏爲正統的觀點，提出晉承漢統之新見。在老莊之學風靡東晉士林時，孫盛作《老聃非大賢論》，持老聃非賢，亦非大賢之觀點，認爲「老子之作，與聖教同者，是代大匠斫騈拇咬指之喻；其詭乎聖教者，是遠救世之宜，違明道若昧之義也」；王坦之作《廢

〔註 166〕錢穆：《國學概論》，北京：商務印書館，1997 年版，第 146～147 頁。
〔註 167〕皮元珍：《玄學與魏晉文學》，長沙：湖南人民出版社，2004 年版，第 280 頁。
〔註 168〕范文瀾：《文心雕龍注》，北京：人民文學出版社，1958 年版，第 327 頁。
〔註 169〕魯迅：《魯迅全集》第 3 卷，北京：人民文學出版社，2005 年，第 533 頁。

莊論》，將批判的矛頭指向《莊子》，認爲「莊子之利天下也少，害天下也多」、「魯酒薄而邯鄲圍，莊生作而風俗頹」。面對帝王有無上權威的世俗觀念，慧遠作《沙門不敬王者論》，在中國佛學史上第一次理直氣壯、義正辭嚴地宣告沙門不應禮敬王者，並將這一問題提升至關係佛教存亡的高度。諸篇論作無不高揚主體意識，無不具備獨創品格。

作論本爲己立言，自應發前人所未發，拾人牙慧終究可恥。故魏禧有「三不必，二不可」之談，甚有見地。「作論有三不必，二不可。前人所已言，眾人所易知，摘拾小事無關係處，此三不必作也。巧文深刻，以攻前賢之短，而不中要害；取新出異以翻昔人之案，而不切情實，此二不可作也。作論須先去此數病，然後乃議文章耳。」〔註 170〕魏晉南北朝論家深諳此理，文體是生命的表達形式，他們在精彩的論作中實現內在的精神能力和生命價值，亦在作論的過程中省察人生，獲得心靈的愉悅。

〔註 170〕《目錄論文》，《昭代叢書》乙集。

結　語

一、「一代有一代之文學」觀與魏晉南北朝論體文身份之認同

近人王國維在《宋元戲曲考序》中稱：「凡一代有一代之文學，楚之騷，漢之賦，六代之駢語，唐之詩，宋之詞，元之曲，皆所謂一代之文學，而後世莫能繼焉者也。」〔註 1〕學界對其「一代有一代之文學」之論斷多有探析，或追溯其淵源，或探討其局限，或辨析其時代精神、現代意義，然而，從文體的角度視之，騷、賦、詩、詞、曲皆爲文體，駢語則非眞正意義上的文體。

所謂「駢語」，即駢文。在王國維之前，明人遊日章有《駢語雕龍》，清人周池有《駢語類鑒》，皆以駢語指駢文。駢文之名至清代才出現，孫德謙在其《六朝麗指》中曰：「昔人有言『駢四儷六』，後世但知用『四六』爲名，殆我朝學者，始取此『駢』字以定名乎？」〔註 2〕在魏晉南北朝時期，駢儷並非指文體，而是與造化同形、與自然同性的道之文。劉勰《文心雕龍・麗辭》曰：「造化賦形，支體必雙；神理用焉，事不孤立。夫心生文辭，運裁百慮，高下相須，自然成對。」〔註 3〕凡達道之文，皆可爲駢文，諸如公牘、箋啓、銘頌、論說、序跋、碑誌、傳狀等各種文體無不如此。駢文是與散文相對的語言形態〔註 4〕，將漢語言「高下相須，自然成對」的形式特徵以詩意化的方式表現出來，與騷、賦、詩、詞、曲等文體不相類。

〔註 1〕王國維：《王國維戲曲論著》，臺北：純眞出版社，1982 年版，第 3 頁。

〔註 2〕孫德謙：《六朝麗指》。王水照：《歷代文話（第九冊）》，上海：復旦大學出版社，2007 年版，第 8497 頁。

〔註 3〕范文瀾：《文心雕龍注》，北京：人民文學出版社，1958 年版，第 588 頁。

〔註 4〕劉麟生《駢文學》指出：「駢文又名四六文，與散體文立於對敵地位。如是則駢體文亦可名之爲整體文矣。」海口：海南出版社，1994 年版，第 1 頁。

所謂「一代有一代之文學」，蔣寅先生指出，「從根本上說是時代的藝術意志與藝術家的創造力合力作用的結果：時代的藝術意志選擇了最佳（最有效）的新文體樣式，而新文體樣式作爲一種挑戰和規範又激發、誘導了作家的藝術才能和創造力。這就是文學繁榮的內在運作機制，其外部形態則表現爲激勵創作競爭、促使作品流通的制度和時尚。」〔註5〕強調的是文體與時代的關係，就是說文體代有所盛，代有所擅，並不否認歷代文學的多元共生，也不意味著文體之間的取代與興亡。

魏晉南北朝時期，隨著辨體意識的自覺與對文體自身特徵的關注，文體論由簡趨繁，曹丕《典論・論文》初分四科八體，陸機《文賦》分十體，摯虞《文章流別志論》、李充《翰林論》二書已經佚失，考之殘文，分別有十二體及十三體〔註6〕，劉勰《文心雕龍》計三十三體，蕭統《文選》分爲三十八體，其時堪稱「文體的時代」。那麼能夠與楚之騷、漢之賦、唐之詩、宋之詞、元之曲共預其列的魏晉南北朝之「時代的文體」應該是什麼？在進行較爲深入研究的基礎上，筆者認爲論體文堪得此稱。

（一）魏晉南北朝之時代思潮選擇了「論」體文

魏晉南北朝時期，在儒學獨尊局面被打破的同時，刑名、老莊之學以及道佛二教也得以自由發展。理性意識的萌生與思辨能力的增強使魏晉南北朝文士不再爲經義束縛，打破漢儒發言屬論不詭於聖人的思維定式，疑經辨史思潮勃然興起。社會上名理、玄理、佛理三大思潮此起彼伏，相互關聯。漢魏之際的名理之學重視「循名責實」，熱衷於對事、理與名、實關係的探討，其「才性之辨」之所以不同於「汝南月旦」，正在於前者重視抽象思辨，傾向於對人的本質與命運的反思，而後者專限於「臧否人物」。玄理之學講究辨名析理，論有無、體用、本末，辨言意、養生、聲之哀樂，直接促進了思辨邏輯的發展，並對其時審美情趣產生極大影響，「它將枯燥的哲學思辨變成藝術，談論眞理和領悟眞理，成了知識分子最大的精神享受」〔註7〕。佛理之學

〔註5〕蔣寅：《一代有一代之文學——關於文學繁榮問題的思考》，《文學遺產》，1994年第5期，第17頁。

〔註6〕可參閱王令樾：《六朝文體論——筆之文體》，《勵耕學刊（文學卷）》，2011年第1期。

〔註7〕王曉毅：《中國文化的清流》，北京：中國社會科學出版社，1991年版，第108頁。

則在夷夏之爭、形神之辨、報應之爭中刺激其時文士原本凝固和定型的思想世界，使其文化結構得以提升，眼界得以拓展，從而產生新的見解。〔註 8〕

對「理」的探求，表現了其時文士思想活躍、觀事於微和反應敏銳的特色，無形中培養了他們的哲理頭腦，使他們的抽象、推理、論辯能力得到發展。王曉毅先生指出，「一般認爲，我們民族沒有抽象思維的特長和興趣，但在魏晉清談的刺激下，知識界對哲理的酷愛已近似癖好了。」〔註 9〕此處，王先生將因果顛倒了，似乎應該是對哲理的酷愛使魏晉清談成爲一時盛況。清談只是魏晉南北朝文士酷愛哲理的一種表現方式，與此相稱，創作以言理爲主要特徵的「論」，則是魏晉南北朝文士酷愛哲理的另一表現方式。正是出於對「理」的由衷熱愛與執著追求，才使其時清談與作論風氣濃厚。「唐人酷愛作詩，宋人嗜好塡詞，而清談哲理在魏晉人那裏具有了同樣的時代藝術魅力」〔註 10〕。魏晉南北朝論體文題材雖廣泛，其論題卻並非漫無體系，就其所論問題之虛實可分爲「玄理」與「實理」兩大類。前者與實際人事關係較疏遠，是個人安身立命、學術思想之「哲理」，如聲無哀樂論、言象意論、自然名教之辯、形神生滅論等，後者與實際人事關係較密切，是行事法則、處理事務之「事理」，如人物優劣論、禮論、政論等。儘管「玄」「實」有別，但其根本所求皆在一個「理」。

魏晉南北朝之時代思潮，不僅包括達到很高理論思維水平的哲學思潮，亦包括具有獨特意味的審美思潮。對文體自身獨特美質的強調，使魏晉南北朝各種文體各具其美，詩之綺靡，賦之瀏亮，論之朗暢，說之譎誑，互不相類。在語言形式方面，隨著詩賦理論中追求華美思想的初見端倪，論體文的文采亦得以肯定。析理精微而文辭優美，成爲魏晉南北朝論體文的突出特徵。章太炎先生稱：「魏晉佳論，譬如淵海，華美精辨，各自擅場。」〔註 11〕從行文特色看，魏晉南北朝之論大致有兩種風格：一種繼承漢儒說理之傳統，立論平實，說理透闢，文辭壯麗，喜好鋪陳，追求華美，引經據典，以氣勢文采勝。代表作家有應瑒、曹植、阮籍、陸機、干寶、葛洪等。另一種則受玄

〔註 8〕具體論述可參閱本文第二章魏晉南北朝論體文之題材類型。

〔註 9〕王曉毅：《中國文化的清流》，北京：中國社會科學出版社，1991 年版，第 103 頁。

〔註 10〕王曉毅：《中國文化的清流》，北京：中國社會科學出版社，1991 年版，第 103 頁。

〔註 11〕章太炎：《國學講演錄》，上海：華東師範大學出版社，1995 年版，第 241 頁。

學、佛學影響，論多創見，思辨性強，文辭尙簡，條述清晰，析理細密，吸納名、法、道家文之論辯技巧，加以靈活變通，形成鋒穎精密的特點。代表作家有何晏、嵇康、裴頠、慧遠、僧肇等。當然，這種分類只是就大體而言，並非絕對的，一位作家在不同時期、不同情境往往會創作出不同風格的作品，而同一部作品也是多種創作手法同時運用。

魏晉南北朝是一個學術複雜、思想澎湃、奇義風生的時代，不立訓詁而好談理據，是其時人之治學方式；重意、尙理、標新、求美，是其時人之思想特質。只有在這樣的時代，論體文才會繁盛，才會形成審智與審美相融、思辨與詩意相洽的特色。只有在這樣的時代，論體文才會成爲與詩賦諸體共同獨立於文學之林的「唯美」文體。也只有在這樣的時代，論體文才會以其自由性、反思性、批判性與超越性成爲與詩賦諸體不同的更能反映時代特徵的「重智」文體。唯美與重智相結合，使魏晉南北朝論體文成爲「文體時代」的「時代文體」。

（二）魏晉南北朝文士選擇了「論」體文

毋庸置疑，良好的社會現實的土壤是催生可代表一個時代的文體及其作品的重要條件，但最後能否達成還要依賴「人」的因素。明人茅一相《題詞評〈曲藻〉後》稱：「一代之興，必生妙才；一代之才，必有絕藝」，因有「妙才」，而生「獨擅其美而不得相兼，垂之千古而不可泯滅」之「絕藝」，諸如唐之詩、宋之詞、元之曲等，無不如此。魏晉南北朝文士以其開放的胸懷、敏銳的知覺與追求眞實的理性精神，著眼於本時代之實際需求，主動求新求變，力主創造出屬於自己時代的文學，以期和前人比肩並列。

在清談論辯風氣影響下，魏晉南北朝文士的治學方式亦隨之改變，思辨能力隨之提升。他們不再拘泥於「坐而論道」、繁瑣注經，而致力於思想能力的培養。不管是建安文人對政治事務的探究，還是正始名士對宇宙人生的探討，抑或是兩晉南北朝文士談史論佛、三教論爭，無不表現出一種獨立思考的精神。刑名之學的發展使魏晉文人得到良好的邏輯思維訓練。傅玄《舉清遠疏》云：「魏武好法術，而天下貴刑名；魏文慕通達，而天下賤守節。」〔註12〕在曹操、曹丕的倡導下，刑名之學日漸興盛。《文心雕龍·論說》中也指出：「魏之初霸，術兼名法，傅嘏王粲，校練名理。迄至正始，務欲守文，何晏

〔註12〕〔唐〕房玄齡等：《晉書》，北京：中華書局，1974年版，第1317頁。

之徒，始盛玄論。」〔註 13〕除傅嘏、王粲外，魏晉玄學家擅長名理者甚多，鍾會「博學精練名理」〔註 14〕，阮侃「有俊才，而飭以名理」〔註 15〕，嵇康「研至名理」，王弼「好論儒道，辭才逸辯」，「通辯能言」，「（鍾）會論議以校練爲家，然每服弼之高致」〔註 16〕。王弼稱「不能辯名，則不可與言理；不能定名，則不可與論實」〔註 17〕，特別強調概念的準確明晰和論證的邏輯嚴謹對理論探討的重要。李充在《翰林論》中指出：「研核名理，而論難生焉，論貴於允理，不求支離。」〔註 18〕論者研核名理水平的提升，促進了以「鋒穎精密」爲特徵的論體文的興盛。

就某種意義而言，文體是一種表達的方式，不同文體在表達同一思想內容時，往往採用不同的方式，而創作者在構思創作過程中，總要選擇能夠恰當表達其創作意圖和對象的文體。在具備了獨立思考的能力和受到嚴格的邏輯思維訓練之後，魏晉南北朝文士具備了創作論體文的內在素質。論體文在他們看來，不僅爲「覺世」之文，亦爲「傳世」之文。梁啓超在《湖南時務學堂學約》中稱：「傳世之文，或務淵懿古茂，或務沉博絕麗，或務瑰奇奧詭，無之不可。覺世之文，則辭達而已矣。當以條理細備，詞筆銳達爲上，不必求工也。」「覺世之文」出於濃重的現世關懷，意在爲拯救社會現實災難提供政略治術，而往往針砭現實，激揚文字，因此只求「辭達而已矣」。而作爲「立言」之「傳世」之文，則被視爲自然生命的延續，出於「或雜以求名後世之心，或參以爭勝前賢之意」〔註 19〕的心理，魏晉南北朝文士在作論時，又重視其文采。或清峻簡約，文質兼備，如何晏、王弼之論；或文章壯麗，總采騁辭，如嵇康、阮籍之論；或要約明暢，析理精微，如慧遠、僧肇之論；或情真語摯、文采飛揚，如沈約、范曄之論。

〔註 13〕范文瀾：《文心雕龍注》，北京：人民文學出版社，1958 年版，第 325 頁。

〔註 14〕〔晉〕陳壽撰，〔宋〕裴松之注：《三國志》，北京：中華書局，1959 年版，第 784 頁。

〔註 15〕〔南朝宋〕劉義慶撰，〔梁〕劉孝標注，徐震堮校箋：《世說新語校箋》，北京：中華書局，1984 年版，第 365 頁注引《陳留志名》。

〔註 16〕〔晉〕陳壽撰，〔宋〕裴松之注：《三國志》，北京：中華書局，1959 年版，第 795 頁注引何劭《王弼傳》。

〔註 17〕王弼：《老子指略》。〔魏〕王弼著，樓宇烈校釋《王弼集校釋》，北京：中華書局 1980 年版，第 199 頁。

〔註 18〕〔清〕嚴可均：《全晉文》，《全上古三代秦漢三國六朝文》，北京：中華書局，1958 年版，第 1767 頁上。

〔註 19〕劉永濟：《文心雕龍校釋》，北京：中華書局，1962 年版，第 62 頁。

儘管在魏晉南北朝時期，詩與賦亦得到長足發展，但在其時文士心中只是被視爲不足以揄揚大義、彰示來世的「小道」。如曹植《與楊德祖書》言：「辭賦小道，固未足以揄揚大義，彰示來世也。昔楊子雲先朝執戟之臣耳，猶稱壯夫不爲也。吾雖薄德，位爲藩侯，猶庶幾戮力上國，流惠下民，建永世之業，流金石之功，豈徒以翰墨爲勳績，辭頌爲君子哉？若吾志不果，吾道不行，亦將採史官之實錄，辨時俗之得失，定仁義之衷，成一家之言。雖未能藏之名山，將以傳之同好。」〔註 20〕在他看來，如果不能輔國惠民，建立不朽功業，傳於後世，那麼就創作成一家之言的書論，使之「傳之於同好」，儘管其詩賦成就斐然，卻只是被視爲「小道」。葛洪在《抱朴子》中亦持此觀點，辭賦只是「細碎小文」，該書《自敘篇》云：「先所作子書內外篇，幸已用功夫，聊復撰次，以示將來云爾……洪年二十餘，乃計作細碎小文，妨棄功日，未若立一家之言，乃草創子書。」〔註 21〕《抱朴子外篇・尙博》云：「拘繫之徒，桎梏淺隘之中……或貴愛詩賦淺近之細文，忽薄深美富博之子書，以磋切之至言爲騃拙，以虛華之小辯爲妍巧，眞僞顚倒，玉石混淆。」〔註 22〕《抱朴子外篇・百家》亦云：「子書披引玄曠，眇邈泓窈。總不測之源，揚無遺之流。變化不繫於規矩之方圓，旁通不淪於違正之邪徑。風格高嚴，重刃難盡。是偏嗜酸甜者，莫能賞其味也；用思有限者，不得辯其神也……狹見之徒，區區執一……惑詩賦瑣碎之文，而忽子論深美之言。」〔註 23〕可見在他心目中，能夠傳示將來，以爲不朽的是子論，而非詩賦。在這種觀念下，魏晉南北朝的時代文體自然非詩非賦，而爲論。

（三）「論」史中魏晉南北朝「論」體文之地位

唐代皇甫湜在《諭業》中指出：「文不百代，不可以知變」，強調一定的時間長度是洞悉文學發展規律的必要條件。在王國維所言「一代有一代之文學」之楚之騷、漢之賦、唐之詩、宋之詞、元之曲，無不是將其置於歷史縱

〔註 20〕〔清〕嚴可均：《全三國文》卷 16，《全上古三代秦漢三國六朝文》，北京：中華書局，1958 年版，第 1140 頁。

〔註 21〕楊明照：《抱朴子外篇校箋（下）》，北京：中華書局，1997 年版，第 694～697 頁。

〔註 22〕楊明照：《抱朴子外篇校箋（下）》，北京：中華書局，1997 年版，第 103～105 頁。

〔註 23〕楊明照：《抱朴子外篇校箋（下）》，北京：中華書局，1997 年版，第 442～444 頁。

深之中進行衡量後才視其爲代表某個時代的文體，那麼，將魏晉南北朝論體文置於整個古代論體文史中，其地位又如何呢？

章太炎先生甚爲稱道魏晉之論，認爲其「持論彷彿晚周」，二者「氣體雖異」，但相似之處在於「守己有度，伐人有序，和理在中，孚尹旁達」，因此，「可以爲百世師矣。」又稱，「晚周之論，內發膏肓，外見文采，其語不可增損」〔註 24〕，藝術價值極高。從文體的角度看，晚周時期論體文尚未獲得獨立地位，屬於子書，魏晉南北朝論體文則以其獨立身份蓬勃發展。就論辯藝術言，如前文所述，魏晉南北朝論體文在理性思辨方面有長足發展，與先秦諸子多以寓言言理、借物象喻理相比，逐漸超越這種「窮理析義，須資象喻」〔註 25〕的言理方式，而發展爲「以言爲象」、「寄言出意」的論辯方式。從論理角度看，魏晉南北朝論體文較晚周諸子之文更關注論辨中的邏輯關係，由自通而通人才是其發論之目的。

兩漢論體文受控於經學的話語權力下，強調發言屬論不詭於聖人，論體文內容來源與立論依據也只能出自經典。這種封閉僵化的狀態，嚴重制約了論體文的發展。與其相比，魏晉南北朝在儒家思想禁錮被打破後，智力充盈、思想活躍的文士以邏輯的頭腦、理智的良心和探求眞理的熱忱投入論體文創作中。於是，論體文數量增多、題材廣泛，呈蓬勃發展之勢。不管是力透紙背的破解傳統，還是迥出意表的新理異義，都使兩漢論體文莫與比隆。受辭賦影響，「漢世之論，自賈誼已繁穰，其次漸與辭賦同流，千言之論，略其意不過百名」〔註 26〕，以繁縟鋪排與引經據典的方式言理，實際上正表明其理性思辨能力較弱。魏晉南北朝雖然亦有受辭賦影響的論體文，如陸機之《五等論》《辨亡論》，其篇幅雖長，亦有鋪排敘事之處，但論無敷衍文辭、脫離題旨之句，故能華而不浮，長而不冗，臧榮緒稱其「天才綺練，當時獨絕」，所評至精。

到唐代中晚期，論體文成爲科舉考試科目之一，《新唐書・選舉志》載：「先是，進士試詩、賦及時務策五道，明經策三道。建中二年，中書舍人趙贊權知貢舉，乃以箴、論、表、贊代詩、賦，而皆試策三道。」〔註 27〕任何文體一旦成爲科舉考試的工具，其內容與形式必定受到一定限制，論亦如此。

〔註 24〕章太炎：《國故論衡》，上海：上海古籍出版社，2003 年版，第 81～82 頁。

〔註 25〕錢鍾書：《管錐編（第一冊）》，北京：中華書局，1979 年版，第 12 頁。

〔註 26〕章太炎：《國故論衡》，上海：上海古籍出版社，2003 年版，第 81～82 頁。

〔註 27〕〔宋〕歐陽修、宋祁：《新唐書》卷 44《選舉志》，北京：中華書局，1975 年版，第 1168 頁。

《唐大詔令集》卷二十九《大和七年冊皇太子德音》製詞曰：「漢代用人，皆由儒術，故能風俗深厚，教化興行。近日苟尚浮華，莫修經藝，先聖之道，堙鬱不傳。況進士之科，尤要釐革。」〔註 28〕唐代科舉論體文之題目往往出自儒家經典，用世之目的顯而易見，正發揮了論體文的實用功能。而中晚唐時期社會中彌漫的議論文風亦使其時非科舉之論盛行，柳宗元、劉禹錫等創作大量膾炙人口的論作。宋沿唐制，試必有論。《宋史・選舉志一》：「凡進士試詩、賦、論各一首……」〔註 29〕。《四庫全書・論學繩尺提要》云：「當時每試必有一論，較諸他文應用之處爲多。」科舉試論促成了宋人好議論之風尚，其時文士以擅作論著稱者比比皆是，如王安石「議論奇高，能以辯博濟其說，人莫能詘」〔註 30〕，蘇軾「文章議論，獨出當世，風格高邁，眞譎僊人也」〔註 31〕等，皆有好論擅論之美名，亦留下不少佳作。

然而，將唐宋之論與魏晉南北朝之論進行比較，其高下自可見。章太炎先生指出：「魏晉間，知玄理者甚眾。及唐，務好文辭，而微言幾絕矣」〔註 32〕，唐宋科舉之論側重考查文士的博學與致用才能，因此題目多從經史中來〔註 33〕，而「論策徒有泛濫之辭，而不切於理」〔註 34〕之弊卻顯而易見。加上科舉試論有著嚴格的時間限制與字數要求，對點題立意、佈局謀篇均有限制，因此要在規定時間寫出符合衡文要求的論作，無異於戴著鐐銬跳舞。即使被葉適稱爲「古今論議之傑」〔註 35〕的蘇軾，其論作內容仍局限在「率其意所欲言，卓然近於可用」〔註 36〕上，重在通過作論力陳其政治主張，表現

〔註 28〕宋敏求：《唐大詔令集》，臺北：文華書局，1968 年版，第 608 頁。

〔註 29〕〔元〕脫脫等：《宋史》卷 155《選舉志一》，北京：中華書局，1977 年版，第 3604 頁。

〔註 30〕〔宋〕司馬光撰，鄧廣銘、張希清點校：《涑水記聞》附錄三《溫公瑣語》，北京：中華書局，1989 年版，第 386 頁。

〔註 31〕〔宋〕王辟之著，呂友仁點校：《澠水燕談錄》卷四，北京：中華書局，1981 年版，第 42 頁。

〔註 32〕《檢論・通程》，《章太炎全集》，第 3 卷，上海：上海人民出版社，1984 年版，第 453 頁。

〔註 33〕可參閱吳建輝：《宋代試論與文學》附錄一《宋代進士殿試論題一覽表》，長沙：嶽麓書社，2009 年版，第 241 頁。

〔註 34〕〔清〕徐松：《宋會要輯稿・選舉》，北京：中華書局，1957 年版，第 4317 頁。

〔註 35〕葉適：《習學記言序目》卷 50《皇朝文鑒四》「論」，北京：中華書局，1977 年版，第 744 頁。

〔註 36〕〔清〕浦起龍：《古文眉詮》卷 67，清乾隆九年靜寄東軒刻本。

其務實政治品格，皆爲有爲而作，並不具有超越現實的形而上精神。其被《四庫全書‧論學繩尺提要》稱揚爲「自出機杼，未嘗屑屑頭頸、心腹、腰尾之式」的省試論《刑賞忠厚之至論》，卻將論點建立在「想當然」的論據上，其結論之可信度大大降低〔註 37〕。而其《子思論》之末段亦存在由於概念不清而導致的判斷錯誤等現象。由此皆可見以蘇軾爲代表的宋論在邏輯思辨方面存在的問題。普慧先生曾從佛教變遷的角度談到宋代論體文之變化，曰：「至宋，隨著佛教中理論性極強的宗派（三論宗、唯識法相宗、天台宗、華嚴宗等）相繼消歇和不重理論、只憑感悟的禪宗及強調實踐的淨土宗的稱霸佛壇，中國的思想越來越缺少形式邏輯和辯證邏輯思維的支撐。儘管宋明理學家們寫出了大量的議論文，但是，邏輯思維的粗疏，理性認知的萎靡，已經重重地罩住了知識階層。中國古代議論文由此走向了衰敗的必然之路」〔註 38〕，明確指出宋代之論邏輯思維能力之衰弱。

爲適應科舉考試的需要，唐宋文士對論之做法有深入研究，大量探討論文做法的論文輯本、選本、評點本應運而生，如魏天應編選、林子長箋解的《論學繩尺》、陳傅良的《止齋論祖》、呂祖謙的《古文關鍵》、謝枋得的《文章軌範》、樓昉的《崇古文決》等，「論學」因之興起。《論學繩尺》中有專門的「論決」，對論之做法有面面俱到的論述。呂祖謙曰：「看論須先看立意，然後看過接處。論題若玩熟，當別立新意說，作論要首尾相應，及過處有血脈。論不要似義，方要活法圓轉，論之段片或多，必須一開一合，方有收拾。」歐陽起鳴有關論頭、論項、論心、論腹、論腰、論尾的論述，陳傅良對論之認題、立意、造語、破題、原題、講題、使證、結尾的闡述，等等，諸如此類，可謂周備。然而，誠如顧炎武《日知錄‧程文》所言：「文章無定格，立一格而後爲文，其文不足言矣。唐之取士以賦，而賦之末流，最爲冗濫；宋之取士以論策，而論策之弊，亦復如之。」〔註 39〕論體文至宋代而走向程序化，與魏晉南北朝論相比，宋論更多人爲雕琢之氣，在這些穩妥的寫作規範

〔註 37〕〔宋〕陳善：《捫虱新話》卷五載：「東坡省試論刑賞，梅聖俞一見，以爲其文似孟子，置在高等。坡後往謝梅，梅問論中用堯、皐陶事出何書，坡徐應曰：『想當然耳。』至今傳以爲戲。予讀坡應制試《形勢不如德論》，坡時亦似不曉出處。」續修《四庫全書》本。

〔註 38〕普慧：《佛教對中古議論文的貢獻和影響》，《文學評論》，2007 年第 4 期，第 40 頁。

〔註 39〕〔清〕顧炎武著，陳垣校注：《日知錄校注》，合肥：安徽大學出版社，2007 年版，第 921 頁。

的指導下進行的論體文創作，反而禁錮了作者的思維，使本爲表現才識、展示思想之最佳載體的論成爲謀取晉身之階的科舉工具，因此其氣格與精神也就下了。

魏晉南北朝論作雖多，但論述論之創作手法者則不多。即使如論壇巨子嵇康，亦無專門論述論的文章。劉師培先生稱之爲「蓋嵇叔夜開論理之先，以能自創新意爲尚，篇中反正相間，主賓互應，無論何種之理，皆能曲暢旁達。」〔註 40〕就書法而言，魏晉人尚韻，所謂「韻」即作品之「意」，即筆墨天成，是超然於有限物質形式的作品內在之精神，同時，這個精神又導源於人。因此，所謂的「韻」，從更本質的角度看就是魏晉文士「俯仰自得，遊心太玄」的超然心態、風度的自然流露。文風與書風同樣反映了其時人的審美風尚，所以，從此角度言，魏晉南北朝論作之自然風味亦以「韻」爲主，韻自天成，非刻意可爲。

瞿兌之在《中國駢文概論》中將李康《運命論》與唐宋八大家之論進行比較，曰：「拿這種文章與所謂唐宋八大家相較，同一說理，卻是風度大兩樣了。譬如演說，八大家（尤其是宋人）彷彿是揎拳擄袖指手畫腳的演說家，聲音態度可以使人興奮。然而久聽之後，不免嫌他粗豪過甚，沒有餘味。如其不然，便是搖頭擺尾，露出酸腐的神情。再不然，便是躡手躡腳吞吞吐吐一味的矯揉造作。……惟有魏晉人的說理文，終眞是安雅和平，清談娓娓，不矜不躁，態度自然，使得聽的人可以肅然改容，穆然深思。」〔註 41〕又論干寶《晉紀總論》曰：「他描寫晉朝朝野風氣之壞，感慨淋漓，使千百年之後讀之如在目前，也是文章聖手。……這種文章不躁不矜，清微綿邈，若比起唐宋八大家來，一個像風流蘊藉的人，從容揮麈。一個便像村夫子說書，口沫橫飛，聲嘶力竭了。」〔註 42〕瞿先生以形象的比喻將魏晉之論與唐宋八大家之論進行比較，究其實是境界高低之差異。前者以自然爲宗，後者以人造爲尚。因其「自然」，方現胸中之感想，方呈時代之情狀，方具秀傑之靈氣，方達眞摯之至理。因其如此，才堪稱一代文學之所勝。

眾所週知，任何學術命題都有其歷史根源性與局限性，劉勰在《文心雕

〔註 40〕劉師培：《漢魏六朝專家文研究》。《中國中古文學史講義》，上海：上海古籍出版社，2000 年版，第 140 頁。

〔註 41〕瞿兌之：《中國駢文概論》，上海：世界書局，1934 年版，第 31 頁。

〔註 42〕瞿兌之：《中國駢文概論》，上海：世界書局，1934 年版，第 32 頁。

龍・時序》中指出，「文變染乎世情，興廢繫乎時序」，「一代有一代之文學」說，正是植根於傳統的文變時序說與文體通變論。魏晉南北朝論體文在此學說中的身份認同，亦本於此。當六朝之論以獨立特行之姿態與楚之騷、漢之賦、唐之詩、宋之詞、元之曲並列時，爲「一代有一代之文學」說增添新的內涵，其「文學」才成爲眞正具有傳統意義的、包括文與筆的「文學」。

二、魏晉南北朝論體文的現代意義

就文體本身而言，從某種意義上說，論體文是一切文章中難度最高的。因爲「論」中運轉的是理性，而「文學」之本質是感性的。論體文可謂是一種審美地表現理性的文體，卻又並非給理性穿上文學的花衣，而是從根本上它們就是融爲一體的。其間發生聯繫的是「趣味」二字。也就是說，作論者對於所研究的對象，對於他的觀點與材料發生了審美意義上的「興趣」，這興趣帶動了其感性，從而把理性消融於其中。

我們的古人在以他們獨有的方式感悟世界，體味人生，「論」，正是他們表達自己思想、闡述自己見解的獨特方式。他們的獨立之人格、博學之通才、求異之思維怎不令我們豔羨？閱讀魏晉南北朝時期的論作，我們能夠感受到著作者強烈的自我意識與獨創精神。他們站在「究天人之際，通古今之變」的高度上「成一家之言」，立言不朽對他們而言固然重要，而更重要的則是他們對於宇宙人生進行探究的熱情與興趣，如此才成就了他們以沉思人類個別的或群體命運，觀照潛隱其間的人性掙扎爲主要內容的論作。魏晉南北朝文士用他們的論體佳構啓迪我們，只有將學術研究建立在人文關懷的基點上，對研究對象懷著滿腔熱忱，產生濃厚興趣的研究才是有意義和有價值的。換言之，只有將胸襟、懷抱、生氣淋漓的人生融入學問文章中，才能達到學術研究的更高境界。這一點對當今學術越來越趨向職業化、研究變得越來越精密、越來越科學的學界而言更具現實意義。在當前體制下，「著書都爲稻粱謀」，將著書立說作爲謀生或邀譽的手段，何來半點眞正的熱情與趣味？又何來不鬻論爲官的錚錚鐵骨？

魏晉南北朝文人尙通脫，講性情，不管在文學思想中尙文還是尙質，其論體文語言皆趨於自然形成，要約明暢，既具有分肌擘理的論辯智慧，也富於巧譬曲喻的語言技巧。讀這些論體文章，時隔一千多年的我們，仍能感受到當時論體文作者的口槍舌劍和文采風流。他們在創作論體文時立論注意語言節奏的和諧，行文注意語言形式的整飭，以析理之微使人歎服，也以語言之美讓人稱快。再看今天的論文寫作，這也不能不讓我們汗顏。西方論文的書寫格式與規範固然讓我們得以與國際接軌，卻也在全盤接受的過程中丟失了我們傳統的思想闡釋方式。楊守森先生曾直言：「從整體上來看，20 世紀的中國文學批評，不僅體式機械呆板，較為單一，語言文字也大多乾癟生硬，枯燥乏味，且散亂蕪雜，空洞無物，缺乏個性。」〔註 43〕。以這樣的語言去解讀詩意蔥蘢的古人之作，豈不是暴殄天物？對本土文化的日漸疏遠和陌生，使我們日益遠離詩性傳統，在解讀古人如萬斛泉源從心中汩汩流淌而出的詩文時，怎能不使其詩意豐盈的內涵變得蒼白？

當我們致力於從西方「拿來」時，西方的大哲們卻早已回眸，將目光投向東方。海德格爾指出：「有一種幾千年來養成的偏見，認為思想乃是理性（ratio）也即廣義的計算（Rechnen）的事情——這種偏見把人弄得迷迷糊糊。因此之故，人們便懷疑關於思與詩的近鄰關係的談論了。」〔註 44〕在人類文明發展過程中，對以精確分析為特色的理性思維的過於注重，使更具形象性與朦朧性的詩性思維受到壓抑和弱化。作為後人的我們如果只一味囿於僵化的思維定式，以西方的邏輯觀念為尺子，去衡量一千多年前何晏、王弼、嵇康等人的論作，從而遮蔽並剝奪了他們論體文創作中的「專利權」與原創性，我們的古人又從哪裏獲得資格，在人類精神史上與外國哲人進行平等的對話呢？作為生活在當下的後人，我們何妨一方面學習西方大哲縝密的邏輯思辨，一方面學習古人論作中的詩性邏輯闡釋方式，提升自己論文的品質，使之既表現出生命的深度，又充滿文化的厚度。從此角度看，研究魏晉南北朝論體文能夠讓我們獲益的不僅僅是其理論價值與文學價值，更應該成為恰如其分地評價古人的原創性和專利權的基點，並以此建立起具有中國特色的思想闡釋方式的理論支撐點與話語體系的原始生長點。

〔註 43〕楊守森：《缺失與重建——論 20 世紀中國的文學批評》，《中國社會科學》，2000 年第 3 期，第 165～167 頁。

〔註 44〕〔德〕海德格爾著，孫周興譯：《海德格爾選集（下卷）》，上海：上海三聯書店，1996 年版，第 1070 頁。

主要參考文獻〔註 1〕

B

1.〔晉〕葛洪撰，楊明照校箋，抱朴子外篇校箋〔M〕，北京：中華書局，1997 年。
2.〔隋〕虞世南，北堂書鈔〔M〕，天津：天津古籍出版社，1988 年。
3.〔唐〕李延壽，北史〔M〕，北京：中華書局，1974 年。
4.〔唐〕李百藥，北齊書〔M〕，北京：中華書局，1972 年。
5. 周天遊，八家後漢書輯注〔G〕，上海：上海古籍出版社，1986 年。
6. 吳先寧，北朝文學特質與文學進程〔M〕，北京：東方出版社，1997 年。

C

1.〔魏〕曹植著，趙幼文校注，曹植集校注〔M〕，北京：人民文學出版社，1984 年。
2.〔梁〕釋僧祐撰，蘇晉仁、蕭鍊子點校，出三藏記集〔M〕，北京：中華書局，1995 年。
3.〔唐〕姚思廉，陳書〔M〕，北京：中華書局，2000 年。
4.〔唐〕徐堅等撰，初學記〔M〕，北京：中華書局，1962 年。
5. 牟宗三，才性與玄理〔M〕，桂林：廣西師範大學出版社，2006 年。

D

1.〔東漢〕劉珍等撰，吳樹平校注，東觀漢記校注〔M〕，鄭州：中州古籍出版社，1987 年。

〔註 1〕按書名首字之音序排列。

2. 劉汝霖，東晉南北朝學術編年〔M〕，上海：上海書店，1992 年。
3. 劉季高，東漢三國時期的談論〔M〕，上海：上海古籍出版社，1999 年。
4. 張可禮，東晉文藝繫年〔M〕，濟南：山東教育出版社，1992 年。
5. 張可禮，東晉文藝綜合研究〔M〕，濟南：山東大學出版社，2001 年。
6. 屈大成導讀，大般涅槃經導讀〔M〕，北京：中國書店出版社，2007 年。
7. 〔俄〕舍爾巴茨基著，立人譯，大乘佛學〔M〕，北京：中國社會科學出版社，1994 年。
8. 〔日〕中村元著，林太、馬小鶴譯，東方民族的思維方法〔M〕，杭州：浙江人民出版社，1989 年。
9. 〔錫蘭〕L.A.貝克著，趙增越譯，東方哲學簡史〔M〕，北京：中國友誼出版公司，2006 年。
10. 〔日〕蜂屋邦夫著，雋雪豔、陳捷等譯，道家思想與佛教〔M〕，瀋陽：遼寧教育出版社，2000 年。

E

1. 二十五史刊行委員會，二十五史補編〔M〕，北京：中華書局，1955 年。

F

1. 〔漢〕揚雄著，汪榮寶撰，陳仲夫點校，法言義疏〔M〕，北京：中華書局，1987 年。
2. 丁福保，佛學大辭典〔M〕，上海：上海書店，1991 年。
3. 熊十力，佛家名相通釋〔M〕，北京：中國大百科全書出版社，1985 年。
4. 孫昌武，佛教與中國文學（第 2 版）〔M〕，上海：上海人民出版社，2007 年。
5. 彭自強，佛教與儒道的衝突與融合——以漢魏兩晉時期爲中心〔M〕，成都：巴蜀書社，2000 年。
6. 〔荷蘭〕許里和著，李四龍、裴勇等譯，佛教征服中國〔M〕，南京：江蘇人民出版社，1998 年。
7. 〔俄〕舍爾巴茨基著，宋立道、舒曉煒譯，佛學邏輯〔M〕，北京：商務印書館，1996 年。
8. 潘富恩，馬濤，范縝評傳〔M〕，南京：南京大學出版社，1996 年。
9. 高文強，佛教與永明文學研究〔M〕，湖北教育出版社，2006 年。

G

1.〔梁〕慧皎撰，湯用彤校注，高僧傳〔M〕，北京：中華書局，1992 年。
2. 錢穆，國學概論〔M〕，北京：商務印書館，1997 年。
3. 牛貴琥，廣陵餘響〔M〕，北京：學苑出版社，2004 年。
4. 錢鍾書，管錐編〔M〕，北京：中華書局，1979 年。
5. 章太炎，國學講演錄〔M〕，上海：華東師範大學出版社，1995 年。
6. 章太炎，國故論衡〔M〕，上海：上海古籍出版社，2006 年。
7. 章太炎，國學概論〔M〕，香港：學林書店，1971 年。

H

1.〔漢〕班固撰，〔唐〕顏師古注，漢書〔M〕，北京：中華書局 1962 年。
2.〔漢〕荀悦撰，張烈點校，漢紀〔M〕，北京：中華書局，2002 年。
3.〔晉〕袁宏撰，張烈點校，後漢紀〔M〕，北京：中華書局，2002 年。
4.〔晉〕常璩撰，任乃強校注，華陽國志校補圖志〔M〕，上海：上海古籍出版社，1987 年。
5.〔梁〕僧祐、〔唐〕道宣，弘明集，廣弘明集〔M〕，上海：上海古籍出版社影印宋磧砂版大藏經，1991 年。
6.〔南〕范曄，後漢書〔M〕，北京：中華書局，1965 年。
7. 何寧集釋，淮南子集釋〔M〕，北京：中華書局，1998 年。
8.〔明〕張溥著，殷孟倫注，漢魏六朝百三家集題辭注〔M〕，北京：人民文學出版社，1960 年。
9. 曹虹，慧遠評傳〔M〕，南京：南京大學出版社，2002 年。
10. 李小榮，《弘明集》《廣弘明集》述論稿〔M〕，成都：巴蜀書社，2005 年。
11. 劉立夫，弘道與明教〔M〕，北京：中國社會科學出版社，2004 年。
12. 湯用彤，漢魏兩晉南北朝佛教史〔M〕，北京：北京大學出版社，1997 年。
13. 杜繼文，漢譯佛教經典哲學〔M〕，南京：鳳凰出版傳媒集團，江蘇人民出版社，2008 年。
14. 方立天，慧遠及其佛學〔M〕，北京：中國人民大學出版社，1984 年。
15. 胡寶國，漢唐間史學的發展〔M〕，北京：商務印書館，2003 年。
16. 黄侃，黄侃國學文集〔M〕，北京：中華書局，2006 年。

17. 王運熙，漢魏六朝唐代文學論叢〔M〕，上海：上海古籍出版社，1981年。

18. 侯立兵，漢魏六朝賦多維研究〔M〕，北京：人民出版社，2007年。

19. 任繼愈，漢唐佛教思想論集〔G〕，北京：人民出版社，1998年。

20. 孫明君，漢魏文學與政治〔M〕，北京：商務印書館，2003年。

21. 張朝富，漢末魏晉文人群落與文學變遷——關於中國古代「文學自覺」的歷史闡釋〔M〕，成都：四川出版集團，巴蜀書社，2008年。

22. 黃金明，漢魏晉南北朝誄碑文研究〔M〕，北京：人民文學出版社，2005年。

23. 許結，漢代文學思想史〔M〕，南京：南京大學出版社，1990年。

J

1.〔後晉〕劉昫等，舊唐書〔M〕，北京：中華書局，1975年。

2.〔唐〕房玄齡等，晉書〔M〕，北京：中華書局，1974年。

3.〔唐〕許嵩，建康實錄〔M〕，北京：中華書局，1986年。

4.〔宋〕晁公武撰，孫猛校證，郡齋讀書志校證〔M〕，上海：上海古籍出版社，1990年。

5. 俞紹初、張亞新校注，江淹集校注〔M〕，中州古籍出版社，1994年。

6.〔清〕皮錫瑞著，周予同注釋，經學歷史〔M〕，北京：中華書局，1959年。

7. 俞紹初，建安七子集〔M〕，北京：中華書局，2005年。

8. 戴明揚，嵇康集校注〔M〕，北京：人民文學出版社，1962年。

9. 陳寅恪，金明館叢稿初編〔M〕，上海：上海古籍出版社，1980年。

10. 程千帆，儉腹抄〔M〕，上海：上海文藝出版社，1998年。

11. 童強，嵇康評傳〔M〕，南京：南京大學出版社，2004年。

12. 王鵬廷，建安七子研究〔M〕，北京：北京大學出版社，2004年。

13. 蒙文通，經學抉原〔M〕，上海：上海世紀集團，2006年。

14. 王曉毅，嵇康評傳〔M〕，南寧：廣西教育出版社，1994年。

15. 皮元珍，嵇康論〔M〕，長沙：湖南人民出版社，2000年。

16. 郭英德，建構與反思——中國古典文學研究思辨錄〔M〕，西安：陝西人民出版社，2006年。

L

1. 朱謙之校釋，老子校釋〔M〕，北京：中華書局，1984 年。
2. 〔漢〕王充，論衡〔M〕，上海：上海古籍出版社影印明通津草堂刊本，1990 年。
3. 〔漢〕鄭玄注，〔唐〕孔穎達疏，禮記正義〔M〕，北京：中華書局，1961 年。
4. 〔晉〕陸機著，劉運好校注整理，陸士衡文集校注〔M〕，南京：鳳凰出版社，2007 年。
5. 〔晉〕張湛注，列子〔M〕，上海：上海書店，1986 年。
6. 羅國威校注，劉孝標集校注〔M〕，學苑出版社，2003 年。
7. 〔唐〕姚思廉，梁書〔M〕，北京：中華書局，1973 年。
8. 楊伯峻，列子集釋〔M〕，北京：中華書局，1979 年。
9. 楊明照校注，陳應鸞增訂，增訂劉子校注〔M〕，成都：巴蜀書社，2008 年。
10. 〔清〕劉熙載著，徐中玉、蕭華榮校點，劉熙載論藝六種〔M〕，成都：巴蜀書社，1990 年。
11. 王水照主編，歷代文話〔M〕，上海：復旦大學出版社，2007 年。
12. 吳雲，建安七子集校注〔M〕，天津：天津古籍出版社，2005 年。
13. 譚家健，六朝文章新論〔M〕，北京：北京燕山出版社，2002 年。
14. 湯用彤，理學，佛學，玄學〔M〕，北京：北京大學出版社，1991 年。
15. 賈奮然，六朝文體批評研究〔M〕，北京：北京大學出版社，2005 年。
16. 葉楓宇，兩晉作家的人格與文風〔M〕，上海：上海三聯書店，2006 年。
17. 楊明，劉勰評傳〔M〕，南京：南京大學出版社，2001 年。
18. 牟宗三，理則學〔M〕，南京：江蘇教育出版社，2006 年。
19. 姜亮夫，陸平原年譜〔M〕，上海：古典文學出版社，1957 年。
20. 劉大櫆，吳德旋，林紓，論文偶記，初月樓古文緒論，春覺齋論文〔M〕，北京：人民文學出版社，1959 年。
21. 朱大渭，六朝史論〔M〕，北京：中華書局，1998 年。
22. 郭彩琴，邏輯學教程〔M〕，北京：北京大學出版社，2007 年。
23. 吳正嵐，六朝江東士族的家學門風〔M〕，南京：南京大學出版社，2003 年。
24. 王琳，六朝辭賦史〔M〕，哈爾濱：黑龍江教育出版社，1998 年。
25. 郝潤華，六朝史籍與史學〔M〕，北京：中華書局，2005 年。

26. 張家龍，邏輯學思想史〔M〕，長沙：湖南教育出版社，2004年。
27. 劉咸炘撰，黃曙輝編校，劉咸炘學術論集（子學編）〔M〕，廣西師範大學出版社，2007年。
28. 劉咸炘撰，黃曙輝編校，劉咸炘學術論集（史學編）〔M〕，廣西師範大學出版社，2007年。

M

1.〔德〕黑格爾著，朱光潛譯，美學〔M〕，北京：商務印書館，1979年。

N

1.〔梁〕蕭子顯，南齊書〔M〕，北京：中華書局，1972年。
2.〔唐〕李延壽，南史〔M〕，北京：中華書局，1975年。
3.〔清〕趙翼撰，王樹民校證，廿二史札記校注〔M〕，北京：中華書局，1984年。
4. 高步瀛選注，南北朝文舉要〔M〕，北京：中華書局，1998年。
5. 張亞軍，南朝四史與南朝文學研究〔M〕，北京：中國社會科學出版社，2007年。
6. 曹道衡、劉躍進，南北朝文學編年史〔M〕，北京：人民文學出版社，2000年。

P

1.〔清〕李兆洛，駢體文鈔〔M〕，鄭州：中州古籍出版社，1990年。
2.〔清〕于光華，評注昭明文選〔M〕，上海：掃葉山房發行。

Q

1.〔清〕嚴可均，全上古三代秦漢三國六朝文〔M〕，北京：中華書局，1958年。
2. 李小樹，秦漢魏晉南北朝史學史稿〔G〕，北京：中國人民大學出版社，2007年。

R

1.〔魏〕劉劭撰，李崇智校箋，人物志校箋〔M〕，成都：巴蜀書社，2001年。

2.〔唐〕許敬宗編，羅國威整理，日藏弘仁本文館詞林校證〔M〕，北京：中華書局，2001 年。
3. 陳伯君，阮籍集校注〔M〕，北京：中華書局，1987 年。
4. 高晨陽，儒道會通與正始儒學〔M〕，濟南：齊魯書社，2000 年。
5. 王曉毅，儒釋道與魏晉玄學形成〔M〕，北京：中華書局，2003 年。
6. 高晨陽，阮籍評傳〔M〕，南京：南京大學出版社，1994 年。

S

1.〔清〕阮元校刊，十三經注疏〔M〕，北京：中華書局，1980 年。
2.〔漢〕司馬遷著，〔宋〕裴駰集解，〔唐〕司馬貞索隱，〔唐〕張守節正義，史記〔M〕，北京：中華書局，1959 年。
3.〔晉〕陳壽撰，〔宋〕裴松之注，三國志〔M〕，北京：中華書局，1959 年。
4.〔梁〕沈約，宋書〔M〕，北京：中華書局，1974 年。
5.〔南朝宋〕劉義慶撰，（梁）劉孝標注，余嘉錫箋疏，世說新語箋疏〔M〕，北京：中華書局，1983 年。
6.〔南朝宋〕劉義慶撰，〔梁〕劉孝標注，徐震堮校箋，世說新語校箋〔M〕，北京：中華書局，1984 年。
7.〔梁〕鍾嶸著，陳延傑注，詩品注〔M〕，北京：人民文學出版社，1961 年。
8.〔唐〕魏徵、令狐德棻，隋書〔M〕，北京：中華書局，1973 年。
9.〔唐〕劉知幾撰，〔清〕浦起龍釋，史通通釋〔M〕，上海：上海古籍出版社，1978 年。
10.〔宋〕朱熹，四書章句集注〔M〕，北京：中華書局，1983 年。
11. 李景星，四史評議〔M〕，長沙：嶽麓書社，1986 年。
12. 許抗生，僧肇評傳〔M〕，南京：南京大學出版社，1998 年。
13. 劉永濟，十四朝文學要略〔M〕，哈爾濱：黑龍江人民文學出版社，1984 年。
14. 余英時，士與中國文化〔M〕，上海：上海人民出版社，1987 年。
15. 孫星衍，尚書今古文注疏〔M〕，北京：中華書局，1986 年。
16. 孫立堯，宋代史論研究〔M〕，北京：中華書局，2009 年。
17. 楊慶存，宋代文學論稿〔M〕，上海：復旦大學出版社，2007 年。

T

1.〔宋〕李昉，太平御覽〔M〕，北京：中華書局影印上海涵芬樓影印宋本，1960 年。
2. 姜劍雲，太康文學研究〔M〕，北京：中華書局，2003 年。
3. 錢志熙，唐前生命觀和文學生命主題〔M〕，北京：東方出版社，1997 年。
4. 張新科，唐前史傳文學研究〔M〕，西安：西北大學出版社，2000 年。

W

1.〔魏〕王弼著，樓宇烈校釋，王弼集校釋〔M〕，北京：中華書局，1980 年。
2.〔晉〕陸機著，張少康集釋，文賦集釋〔M〕，北京：人民文學出版社，2002 年。
3.〔梁〕蕭統編，〔唐〕李善注，文選〔M〕，北京：中華書局，1977 年。
4.〔梁〕劉勰著，范文瀾注，文心雕龍注〔M〕，北京：人民文學出版社，1958 年。
5.〔梁〕劉勰著，詹鍈義證，文心雕龍義證〔M〕，上海：上海古籍出版社，1988 年。
6.〔北齊〕魏收，魏書〔M〕，北京：中華書局，1974 年。
7.〔清〕章學誠撰，葉瑛校注，文史通義校注〔M〕，北京：中華書局，1994 年。
8.〔清〕吳納著，于北山校點，〔清〕徐師曾著，羅根澤校點，文章辨體序說，文體明辨序說〔M〕，北京：人民文學出版社，1962 年。
9. 劉永濟，文心雕龍校釋〔M〕，臺北：正中書局印行，中華民國三十七。
10. 駱鴻凱，文選學〔M〕，北京：中華書局，民國二十六。
11. 黃侃著，黃焯編次，文選平點〔M〕，上海：上海古籍出版社，1985 年。
12. 黃侃，文心雕龍札記〔M〕，上海：華東師範大學出版社，1996 年。
13. 王仲犖，魏晉南北朝史〔M〕，上海：上海人民出版社，1979 年。
14. 周一良，魏晉南北朝史札記〔M〕，北京：中華書局，1985 年。
15. 湯用彤，魏晉玄學論稿〔M〕，上海：上海古籍出版社，2001 年。
16. 孔繁，魏晉玄學和文學〔M〕，北京：中國社會科學出版社，1987 年。
17. 余敦康，魏晉玄學史〔M〕，北京：北京大學出版社，2004 年。
18. 羅宗強，魏晉南北朝文學思想史〔M〕，北京：中華書局，1996 年。
19. 徐斌，魏晉玄學新論〔M〕，上海：上海古籍出版社，2000 年。

20. 盧盛江，魏晉玄學與中國文學〔M〕，南昌：百花洲文藝出版社，2002年。
21. 萬繩楠，魏晉南北朝文化史〔M〕，合肥：黃山書社，1989年。
22. 王曉毅，王弼評傳〔M〕，南京：南京大學出版社，1996年。
23. 徐公持，魏晉文學史〔M〕，北京：人民文學出版社，1999年。
24. 衛紹生，魏晉文學與中原文化〔M〕，北京：學苑出版社，2004年。
25. 孫昌武，文壇佛影〔M〕，北京：中華書局，2001年。
26. 劉大杰，魏晉思想論〔M〕，上海：上海古籍出版社，1998年。
27. 許建明，魏晉玄學倫理思想研究〔M〕，北京：人民出版社，2003年。
28. 許抗生，魏晉玄學史〔M〕，西安：陝西師範大學出版社，1989年。
29. 容肇祖，魏晉的自然主義〔M〕，北京：東方出版社，1996年。
30. 王運熙、楊明，魏晉南北朝文學批評史〔M〕，上海：上海古籍出版社，1989年。
31. 賀昌群，魏晉清談思想初論〔M〕，北京：商務印書館，1999年。
32. 錢志熙，魏晉詩歌藝術原論〔M〕，北京：北京大學出版社，1993年。
33. 高步瀛，魏晉文舉要〔M〕，北京：中華書局，1989年。
34. 唐翼明，魏晉文學與玄學〔M〕，武昌：長江文藝出版社，2004年。
35. 唐長孺，魏晉南北朝史論集〔G〕，石家莊：河北教育出版社，2000年。
36. 高敏，魏晉南北朝史發微〔M〕，北京：中華書局，2005年。
37. 方立天，魏晉南北朝佛教〔M〕，北京：中國人民大學出版社，2006年。
38. 林繼中，文化建構文學史綱（魏晉——北宋）〔M〕，北京：北京大學出版社，2005年。
39. 張廷銀，魏晉玄言詩研究〔M〕，北京：商務印書館，2008年。
40. 李榮啓，文學語言學〔M〕，北京：人民出版社，2005年。
41. 童慶炳，文體與文體的創造〔M〕，昆明：雲南人民出版社，1994年。
42. 陶東風，文體演變及其文化意味〔M〕，昆明：雲南人民出版社，1994年。
43. 王利器校點，文則，文章精義〔M〕，北京：人民文學出版社，1998年。

X

1. 王先謙集解，荀子集解〔M〕，北京：中華書局，1988年。
2. 〔漢〕桓譚，新論〔M〕，上海：上海人民出版社，1977年。
3. 顧紹柏校注，謝靈運集校注〔M〕，中州古籍出版社，1987年。

4. 逯欽立，先秦漢魏晉南北朝詩〔M〕，北京：中華書局，1964 年。
5. 羅宗強，玄學與魏晉士人心態〔M〕，杭州：浙江人民出版社，1991 年。
6. 陳啓雲著，高專誠譯，荀悦與中古儒學〔M〕，瀋陽：遼寧大學出版社，2000 年。
7. 程千帆，閒堂文藪〔M〕，濟南：齊魯書社，1984 年。
8. 皮元珍，玄學與魏晉文學〔M〕，長沙：湖南人民出版社，2004 年。
9. 羅時憲導讀，小品般若經論導讀〔M〕，北京：中國書店出版社，2007 年。
10. 伍蠡甫，胡經之，西方文藝理論名著選編〔M〕，北京：北京大學出版社，1985 年。
11. 譚家健，先秦散文藝術新探〔M〕，濟南：齊魯書社，2007 年。
12. 熊禮彙，先唐散文藝術論〔M〕，北京：學苑出版社，1999 年。
13. 李建中、高華平，玄學與魏晉社會〔M〕，石家莊：河北人民出版社，2003 年。
14. 張其成，象數易學〔M〕，北京：中國書店出版社，2003 年。
15. 李雁，謝靈運研究〔M〕，北京：人民文學出版社，2005 年。
16. 胡大雷，玄言詩研究〔M〕，北京：中華書局，2007 年。
17. 〔日〕佐藤利行著，周廷良譯，西晉文學研究〔M〕，北京：中國社會科學出版社，2004 年。
18. 〔俄〕舍爾巴茨基著，立人譯，小乘佛學〔M〕，北京：中國社會科學出版社，1994 年。

Y

1. 〔南〕顏之推著，王利器撰，顏氏家訓集解（增訂本）〔M〕，北京：中華書局，1993 年。
2. 〔唐〕歐陽詢撰，汪紹楹校，藝文類聚〔M〕，上海：上海古籍出版社，1982 年。
3. 〔清〕何焯著，崔高維點校，義門讀書記〔M〕，北京：中華書局，1987 年。
4. 黃霖，吳建民，吳兆路，原人論〔M〕，上海：復旦大學出版社，2000 年。
5. 孫昌武，遊學集錄〔M〕，天津：南開大學出版社，2004 年。
6. 邱淵，「言」「語」「論」「説」與先秦論説文體〔M〕，昆明：雲南人民出版社，2009 年。

7.〔法〕丹納著，傅雷譯，藝術哲學〔M〕，北京：人民文學出版社，1963年。

Z

1. 郭慶藩集釋，王孝魚整理，莊子集釋〔M〕，北京：中華書局，1961年。
2.〔漢〕徐幹撰，徐湘霖校注，中論校注〔M〕，，巴蜀書社，2000年。
3.〔唐〕令狐德芬等，周書〔M〕，北京：中華書局，1971年。
4.〔宋〕司馬光編著，〔元〕胡三省音注，資治通鑑〔M〕，北京：中華書局，1956年。
5. 喬致忠，眾家編年體晉史〔M〕，天津：天津古籍出版社，1989年。
6. 范文瀾，中國通史簡編〔M〕，北京：人民文學出版社，1962年。
7. 馮友蘭，中國哲學史新編（中）〔M〕，北京：人民文學出版社，1998年。
8. 任繼愈，中國哲學發展史（魏晉南北朝卷）〔M〕，北京：人民文學出版社，1988年。
9. 李澤厚，劉綱紀，中國美學史〔M〕，北京：中國社會科學出版社，1987年。
10. 葛兆光，中國思想史〔M〕，上海：復旦大學出版社，1997年。
11. 劉師培，中國中古文學史講義〔M〕，上海：上海古籍出版社，2000年。
12. 錢基博，中國文學史〔M〕，北京：中華書局，1993年。
13. 陸侃如，中古文學系年〔M〕，北京：人民文學出版社，1998年。
14. 郭預衡，中國散文史〔M〕，上海：上海古籍出版社，2000年。
15. 譚家健，中國古代散文史稿〔M〕，重慶：重慶出版社，2006年。
16. 朱世英，中國散文學通論〔M〕，合肥：安徽教育出版社，1995年。
17. 邵傳烈，中國雜文史〔M〕，上海：上海文藝出版社，1991年。
18. 于景祥，中國駢文通史〔M〕，長春：吉林人民出版社，2002年。
19. 方立天，中國佛教散論〔M〕，北京：宗教文化出版社，2003年。
20. 蔣維喬，中國佛教史〔M〕，北京：團結出版社，2005年。
21. 呂澂，中國佛學源流略講〔M〕，上海：上海世紀出版集團，2005年。
22.〔印〕龍樹著，鳩摩羅什譯，李潤生導讀，中論導讀〔M〕，北京：中國書店出版社，2007年。
23. 任繼愈，中國佛教史〔M〕，北京：中國社會科學出版社，1985年。
24. 方立天，中國古代哲學〔M〕，北京：中國人民大學出版社，2006年。
25. 蒙文通，中國史學史〔M〕，上海：上海世紀集團，2006年。

26. 吳懷淇，中國史學思想史〔M〕，合肥：安徽人民出版社，1996 年。
27. 金毓黼，中國史學史〔M〕，北京：商務印書館，1999 年。
28. 瞿林東，中國史學史研究〔G〕，武漢：湖北教育出版社，2006 年。
29. 瞿林東，中國史學的理論遺產（瞿林東卷）〔M〕，北京：北京師範大學出版社，2005 年。
30. 瞿林東，中國史學史（第三卷）〔M〕，上海：上海人民出版社，2006 年。
31. 方孝岳，中國文學批評，中國散文概論〔M〕，北京：三聯書店，2007 年。
32. 褚斌傑，中國古代文體概論〔M〕，北京：北京大學出版社，1990 年。
33. 景蜀慧，中國古代思想史〔M〕，南寧：廣西人民出版社，2006 年。
34. 錢穆，中國學術思想史論叢〔M〕，合肥：安徽教育出版社，2004 年。
35. 向世陵，中國學術通史（魏晉南北朝卷）〔M〕，北京：人民出版社，2004 年。
36. 蒙培元，中國哲學主體思維〔M〕，北京：東方出版社，1993 年。
37. 郭英德，中國古代文體學論稿〔M〕，北京：北京大學出版社，2005 年。
38. 吳承學，中國古代文體形態研究（增訂本）〔M〕，廣州：中山大學出版社，2002 年。
39. 曹道衡，中古文學史論文集〔M〕，北京：中華書局，1986 年。
40. 周雲之，中國邏輯史〔M〕，太原：山西教育出版社，2004 年。
41. 孫中原，中華先哲的思維藝術〔M〕，北京：北京大學出版社，2006 年。
42. 孫中原，中國邏輯研究〔M〕，北京：商務印書館，2006 年。
43. 侯外廬等，中國思想通史（第三卷）〔M〕，北京：人民出版社，1957 年。
44. 柯慶明，中國文學的美感〔M〕，石家莊：河北教育出版社，2001 年。
45. 李樹菁著，高宏寬整理，周易象數通論〔M〕，北京：光明日報出版社，2007 年。
46. 王瑤，中古文學史論〔M〕，北京：北京大學出版社，1998 年。
47. 劉麟生，方孝岳等，中國文學七論〔M〕，桂林：廣西師範大學出版社，2007 年。
48. 高晨陽，中國傳統思維方式研究〔M〕，濟南：山東大學出版社，1994 年。
49. 張曉芒，中國古代論辯藝術〔M〕，太原：山西人民出版社，2001 年。
50. 范子燁，中古文人生活研究〔M〕，濟南：山東教育出版社，2001 年。
51. 洪修平，中國佛教與儒道思想〔M〕，北京：宗教文化出版社，2004 年。

52. 韓格平，竹林七賢詩文全集譯注〔M〕，長春：吉林文史出版社，1997年。
53. 陳良運，周易與中國文學〔M〕，南昌：百花洲文藝出版社，1999年。
54. 黃烈，中國古代民族史研究〔M〕，北京：人民出版社，1987年。
55. 靳義增，中國文法理論〔M〕，中國社會科學出版社，2009年。
56. 歸青，曹旭，中國詩學史（魏晉南北朝卷）〔M〕，鷺江出版社，2002年。
57. 牟潤孫，注史齋叢稿〔M〕，北京：中華書局，1987年。
58. 傅剛，《昭明文選》研究〔M〕，北京：中國社會科學出版社，2000年。
59. 胡大雷，中古文學集團〔M〕，桂林：廣西師範大學出版社，1996年。
60. 柯慶明，中國文學的美感〔M〕，石家莊：河北教育出版社，2001年。
61. 〔日〕伊藤隆壽，林鳴宇，肇論集解令模鈔校釋〔M〕，上海：上海古籍出版社，2008年。

後　記

余生之也甚早，然知問學也甚晚。昔中師畢業，恰二九年華。三尺講臺，甘露育桃李；四季晴雨，粉筆寫春秋。余性情沉靜，心志單純，既不喜依阿取容，以徇世俗，亦不願安於現狀，隨波逐流，故教事暇豫，每多沉浸書海。自立自強，喜學識漸長，然自學自悟，苦無師指點。以此之故，余滿懷求知之熱望，輕叩考研之門扉，歷經磨礪，終遂己願。

丙戌年七月既望，余辭別家鄉，問學泉城。憶稼軒之肝膽，追漱玉之清響，一色長天秋正好，萬種風光豪情放。學問乃畢生之事，講習特一時之緣。蒙恩師王琳先生不棄，使愚鈍頑劣如吾輩者，得以負笈師門，而獲畢生之幸。先生之爲人也，仁厚謙和，頗具儒者之德；蕭散沖淡，又有竹林之風。先生之爲學也，嚴謹紮實，厚積而薄發；融會貫通，去陳以求新。先生之爲教也，既重言傳，且重身則；既爲經師，又爲人師；嚴慈相兼，亦師亦父。先生導我以治學門徑，教我以爲文之法。論文自選題立意至佈局謀篇，自資料搜集至文本研讀，自研究方法至疑難處理，自整體結構至細枝末節，皆得先生悉心指點，無不浸透先生心血。點滴進步，倍加肯定；些微挫折，每爲礪志。春風化雨，潤物無聲，殷殷期望，催余前行。慚無商回之質，愧無肇睿之慧，雖竭盡駑鈍，仍難盡人意，點鐵成金，潤色昇華，皆賴先生之力也。

猶記辭舊迎新日，春意微萌時，余手攜幽蘭之芬芳，輕叩先生之門扉。一杯清茗，數卷素書，談文論道，其樂融融，寥寥幾筆啓眞思，淡淡數語點愚頑。時刻銘記先生入門須正，立志須高之教誨，正則源清流爲遠，高則根深葉方茂。高山仰止，景行行止，桃李不言，下自成蹊，先生之謂也！悠悠三千，路難涉矣；茫茫碧淵，深難測矣；滄滄滄海，三光璨矣；欣欣杏壇，錦帳施矣；藹藹先生，策我前矣；浩浩師恩，無以謝矣！

先生爲竹，虛懷自有淩雲氣；師母則爲梅，暗香豈無傲雪膽？師母孫之梅先生，名爲「梅」，亦具梅之淩寒獨放、斗雪著香之品格。其文積之以學，運之以氣，充之以涉世之久，閱歷之深，煆之以辭才之精，音聲之美，故識見獨到，文筆老練，縱橫捭闔，揮灑自如，頗具丈夫之氣。先生稱師母「能文能武」，言其上得廳堂，下得廚房，戲謔之中可見二老伉儷之情深。余有幸多次蹭飯先生家中，享師母精湛之廚藝，得二老耳提與面命。

庚寅冬日，師母回包頭探視老母，攜內蒙羊排歸。知余感風寒掛弔針數日，特燉羊排爲余補之。窗外寒風凜冽，室內親情融融。師母囑余不必作淑女，手抓口啃即可。余亦不拘束，謹遵師母之命，手抓大塊羊排，輕咬細嚼。其肉鮮嫩爽滑，油而不膩，無絲毫腥膻之味，有濃鬱草原之香，如吾輩不嗜好肉食者，亦大快朵頤。先生與師母共飲蓯蓉之酒，酒酣耳熱之時，談興亦濃，品學問，論人生，時有智慧之火花閃現。生於斯，長於斯，遼闊草原成就先生與師母之心胸氣度與學術人格，其淵博之學識令淺薄如吾輩者難以窺其崖略，其仁者之胸懷亦令余仰之歎之。

轉益多師，兼取眾長，卑陋之心，不堪大道。攻讀期間，受教於諸家。杜師貴晨才通學碩，識見深卓，哲思睿語常脫口而出，深刻凝練，妙如貫珠。由其「讀書宜具『前後眼』」、「以大胸懷做大學問」之說，可略窺其學術人格之大境界，而小說數理批評理論之建構，更以其原創性成爲開風氣之先者。陳師元鋒，爲人慈和恭恪，不擅言談，博覽群籍，專精治學。曾以著作《北宋館閣翰苑與詩壇研究》贈余，其文義理明析，文字允正，辯而不華，質而不野，鉤深致遠，嚴謹紮實，令余受益頗多。石師玲，其人情韻淑靜，溫潤典雅，其文雍容和緩，紆餘寬平，對余亦多點撥。

王師恒展興趣廣泛，於茶道、武術、書法、中醫、佛學靡不該博，故課堂之上，談書法、論茶道、品《心經》，天馬行空，任意揮灑。其豁達之心胸，樂觀之態度對余多有影響。課下曾以小楷書《般若波羅蜜多心經》贈余，其書勻整秀勁，利落開闊，骨力雄健，筆法多變，既勁氣內涵、風姿英挺，又筆勢精妙，備盡楷則，頗具隸時濃重、墨趣酣足之獨特風格。己丑初秋，應恒展先生之邀，余與同門王君鳳苓、康君建強、周君成強前往龍泉山莊，與先生登山暢遊。先生言，百年前，山上有上井村，後爲山洪沖沒，惟有一泉，水流清澈，泡茶極佳。故吾等前往上井村遺址，汲泉酣飲，甚爲暢快。下山後，於先生茶室品茗，水甘茶香，寵辱偕忘。歸後，夜不能寐，吟詩兩首，聊以記之。其一曰：「清晨師友登山去，萬里風光漫野秋。棗碩柿紅蘆吐素，莠豐葛盛菊含幽。噴珠泄玉水波動，孕秀洗心意馬遊。可歎百年即瞬逝，惟留泉水泠泠流。」其二曰：「金秋乘爽赴師門，素瓷香飄滿室春。玉潤光瑩成妙境，韻永煙渺洗俗塵。輕濤松下烹溪月，含露蘭邊煮嶺雲。歸去皓齒留餘味，清風拂面日西沈。」迄今憶之，其情景猶歷歷在目，令人不勝唏噓。

課堂之上，周波先生、王志民先生、周遠斌先生、劉加夫先生之金玉良言，令余受益匪淺；答辯之時，山東大學袁世碩先生、張可禮先生、王平先生之點滴教誨，亦令余沒齒難忘。在此並致謝忱！

學貴有友，相互砥礪，共同研討，博余之孤陋，拓余之胸襟，助余之進益，解余之憂心。師姐王鳳苓，師兄康建強、周成強，課上探討，課下同行。登山，觀四時之美景；遊園，賞群雀之翔空。小酌，敘平生之悲歡；痛飲，歎人世之無奈。許姐智銀、孟姐新東，專業雖異，向學之心則同，切磋之誼，關愛之情，難以言表，在此僅表謝意！

余之父母，年過花甲，尚於田間勞作，披星戴月，汗滴黃土。殷殷之牽掛，細細之叮嚀，耳邊迴蕩，心頭銘想，策余奮進，鞭余前行。猶記臨別之夜，父親提筆留詩句，母親針線理行裝，每每念及，總有熱淚盈眶。寸草之心，難報三春之暉，養育之恩，豈一謝字可表？公爹與婆母，亦年過六秩，作爲兒媳，余因學業繁重，不能膝下承歡，面前盡孝，反勞二老掛念，愧疚之情難表，又焉敢言謝？

外子李向君，所學雖爲工科，卻與余因文史之好而結緣，攜手行吟於紅塵中，攙扶雲遊於天地間，以其一肩入世之擔當成就余出世之學業。於生命之河畔，余俯下身，以一己有限之時空爲瓢，飲一瓢之掬，已飲盡世間一切河水。一瓢清淺，一世擔當，此去人間，應是無怨無悔。

歲月不居，時節如流，碩博六載，轉瞬即逝。六朝煙水，潤吾心田；魏晉風度，啓余靈淵。凝寒靖夜，朗月長霄，獨處陋室，吟誦經典。孤燈一盞，素書一卷，清茶一壺，墨香一縷，觀古今於須臾，撫四海於一瞬，如此快意，而又適意。浮生若夢，爲歡幾何？博覽，拓余之視野；精研，增余之識見。徜徉書海，余觀天地風雲，賞萬物更生，讀古今變幻，閱人生百態，迷津得渡，其樂融融。高山流水，滌除外界戾氣；毛錐鐵管，賦予內在充盈。資料紛繁，必綜會以尋其理，而不畏其瑣；文章精奧，必涵詠以求其意，而不憚其難。亦曾費勁思量，輾轉難眠；亦曾夢中驚醒，秉燭夜戰；亦曾沉潛往復，從容含懷；亦曾文思泉湧，靈光閃現。根柢無易其故，裁斷必出於己。其中甘辛，不足爲外人道也。宋代詩人尤袤曾有「四當」之說，「饑讀之以當肉，寒讀之以當裘，孤寂而讀之以當友朋，幽憂而讀之以當金石琴瑟也」，此中三昧，惟吾輩讀書人方有體悟。學貴沉潛，不容浮躁者涉獵。寂寂寥寥揚子居，年年歲歲一床書。寒齋有夢書當枕，余之謂也！什師頌云：哀鸞孤桐上，清音徹九天。余雖非鸞凰，亦無清音，卻任紅塵滾滾，繁華滿目，於喧囂之中，獨守靈魂之淨居。立足隨緣隨喜地，展翅無欲無求天。滴水粒米，亦具般若滋味；安步當車，自有從容無限。

壬辰歲夏，余自魯徂黔，背故土之沃衍，適新邑之丘山，匪擇良木以棲集，適遇際會而蓬轉。對層巒之遙阻，搦彤管而悵然。何愁緒之交加，豈折麻與樹萱。癸巳年春，獲批教育部人文社科研究青年基金項目，幾經打磨，拙作遂成，愧其鄙陋，藏諸櫝中。是時，臺灣花木蘭文化出版社慨允付梓，恩師王琳先生撥冗賜序，於茲並致謝意！

秉農人之本分，承師長之厚望，書山試犁，學海泛舟。悠悠歲月，燦燦年華，皆化作筆下流水，紙上雲煙。回首來路，飛鴻已去，足跡猶存。展望前方，荊棘叢生，風雨兼程。拙作殺青之際，又逢花開時節。築城三月，春光醉人，玉蘭吐芳，迎春燦爛，鶯歌嬌啼，燕語呢喃。斜風拂柳揮玉剪，細雨潤芽生碧煙。天河潭中珠潺溢，黔靈山上青綿延。惜春莫起風塵歎，流年似水近亦遠。一蓑煙雨平生志，兩卷清風萬里天……

乙未年春月朝蕾謹記